« PAVILLONS »

Collection dirigée par Claire Do Sêrro

DE LA MÊME AUTRICE

Au nom des miens, Robert Laffont, « Pavillons », 2021

NINA WÄHÄ

BABETTA

Traduit du suédois
par Anna Postel

Robert Laffont

Traduit avec le concours financier du Swedish Arts Council

Titre original : BABETTA

ISBN 978-2-221-26656-4
(édition originale : ISBN 9789113119496, Norstedts, Stockholm)
Dépôt légal : mai 2024
Éditions Robert Laffont – 92, avenue de France, 75013 Paris

Qu'est-ce que l'amitié ?
Est-ce un amour platonique ?
Est-ce une relation adelphique que l'on aurait choisie ?

Si l'amitié peut revêtir chacune de ces formes, il en existe une version absolue, si absolue qu'elle frôle le cannibalisme. Dans cette amitié seulement, on peut aimer avec tant de force, tant de pureté, qu'on a parfois l'impression de devoir s'entredévorer pour atteindre la satiété.

Cette flamme dévastatrice de l'amitié, je ne l'ai sentie brûler en moi qu'une seule fois. Pour cette amie, je ferais n'importe quoi, sans sourciller. Et elle ferait la même chose pour moi, sans l'ombre d'un doute.

Voici le récit de cette amitié.

I

Elle appelle et j'accours. C'est ainsi. Depuis toujours. Elle ordonne, je m'exécute.

« Viens. »

J'arrive. Bien sûr, j'arrive.

Sa peau, dorée par le soleil. Elle est étendue sur le dos au bord de la piscine, une main dans l'eau ; elle la caresse lentement, l'eau, encore et encore. Le ventre creusé dans son bikini triangle noir. Un corps parfait. De longues jambes épilées, de petits seins parfaitement proportionnés. Je pourrais la contempler à l'infini. Son visage, son corps, ses cheveux. Et quand elle dirige son attention sur vous, vous le sentez si clairement. C'est comme si le soleil apparaissait derrière un nuage, comme si un projecteur s'allumait. Elle produit cet effet sur les gens. *L'effet Lou*. Celui qui lui a permis de décrocher le rôle principal dans une superproduction à l'âge de dix-neuf ans. Celui qui lui a ouvert toutes les portes.

Quand elle est là, nul ne peut détourner les yeux.

L'hiver, sa peau prenait une teinte grisâtre. Jusqu'à ce qu'elle adopte l'autobronzant, qu'elle se mette à aller au solarium une fois par semaine. Pas plus, sinon la peau vieillit. Irrévocablement. C'est une maquilleuse qui le lui avait enseigné. Toujours se tartiner de crème solaire. Cela va de soi. C'est l'une des vérités qui vous définit, qui montre qui vous êtes, où vous vous situez dans la hiérarchie, à quel monde vous appartenez.

Elle avait bâti son personnage sur l'idée que ses actions n'étaient jamais mues par un désir de reconnaissance – la reconnaissance, ce besoin viscéral qui balaie tous les autres. Le travail, en revanche, se fonde sur la conviction que l'on est sur terre pour accomplir quelque chose qui nous transcende. Le *travail* a toujours été central pour elle. Elle a toujours été disciplinée, méthodique. « C'est la seule manière d'arriver à ses fins. » Et cette ambivalence : vouloir arriver à ses fins sans pour autant se montrer ambitieuse. Parce que ce n'est pas la réussite qui compte. Enfin, facile à dire quand on a tout réussi.

On ne peut pas nier que c'était, à maints égards, un grand film. *Babetta* a été vu par des millions de spectateurs à travers le monde, a remporté l'Ours d'or à Berlin et plusieurs Oscars, entre autres pour la photographie et les décors (il a été nommé dans la catégorie meilleur film, mais n'a pas raflé le prix). Il a été programmé dans tous les cinémas de Suède et a été encensé par les journaux du monde entier. Il était sur toutes les lèvres. Et il lui a ouvert toutes les portes. Quoi qu'on pense de ce film aujourd'hui, il est entré dans la légende.

Babetta retrace l'histoire d'une des domestiques du jeune comte István Széchenyi, dans son domaine de la province de Győr-Moson-Sopron, située dans la partie hongroise de l'empire d'Autriche au début du XIXe siècle. Lou y incarnait le personnage principal. Son premier rôle international. Enfin, elle avait bien fait des apparitions dans des courts-métrages pendant ses cours d'été dans une école de cinéma de Londres, et nous avions filmé nos vacances en train, mais c'était son premier vrai rôle international. Celui qui allait tout changer.

Tout le monde avait été stupéfait – les journalistes, le grand public. Mais elle n'avait pas été surprise, je le savais. Pour elle, rien n'était dû au hasard.

« Je me suis préparée à ça toute ma vie », m'avait-elle confié. On se prélassait dans le jardin de Björn, tard dans la nuit, ou tôt le matin. On était passées à la boulangerie rue Tjärhovsgatan après la fermeture du Kvarnen – comment étions-nous entrées au Kvarnen alors que nous n'avions que dix-neuf ans, je l'ignore. Peut-être justement grâce à ça, à notre jeune âge, à notre pureté, à la lumière des projecteurs.

On partageait un roulé à la cannelle, tout chaud, rond et gros comme un Frisbee. Elle en arrachait soigneusement de minuscules morceaux, des bouchées de souriceau, avant de me le tendre. Je mangeais avec appétit. J'ai englouti presque toute la pâtisserie. À l'époque, j'étais incapable de me contrôler. Je n'en voyais pas la nécessité. Je n'avais aucune discipline. Pas comme elle. Quoi, toute ta vie ? me disais-je. Ta vie n'a pas encore commencé ! Je pensais cela de ma propre existence. Je n'avais aucun recul. Je croyais encore qu'il suffisait de faire les choses dans le bon ordre, que j'avais l'éternité devant moi. J'étais si bête. Pas comme Lou.

Parce qu'il ne suffit pas d'avoir du talent, il faut aussi de la jugeote. Si l'on veut arriver à ses fins, il faut avoir un plan. La semaine suivante, elle devait s'envoler pour Londres afin de débuter la préproduction. Les tests coiffure et maquillage. Les essayages de costumes. Le coaching vocal. Le coaching sportif. Les répétitions (qui n'étaient pas nécessaires, mais le réalisateur, autoritaire, voulait diriger ses acteurs comme des marionnettes) et les cours de ballet avec un professeur du Royal Ballet de Londres. La boîte de production téléphonait plusieurs fois par jour depuis qu'on lui avait attribué le rôle. J'étais assise à côté d'elle, ou dans la même pièce, sur la même couverture, et je la regardais se lever, faire les cent pas le long de l'eau à Långholmen. Je voyais à son langage corporel qu'elle était envoûtante, y compris au téléphone, y compris en anglais. L'effet Lou était traduisible, il se propageait même par les fils téléphoniques.

En juin nous avions passé notre bac option théâtre au lycée Södra Latin de Stockholm. Et je pensais que le monde nous appartenait, que la vie ne faisait que commencer. Comme j'avais tort. Comme j'étais stupide.

II

Nous sommes meilleures amies. Depuis si longtemps que je ne me souviens plus vraiment de la façon dont ça a commencé. Les relations amoureuses sont faciles à dater, il y a un avant et un après. Le premier baiser, le début. La rupture, la fin. Mais l'amitié ? Elle arrive à pas de loup.

Nous étions dans la même classe au lycée. Je me souviens juste du bonheur d'avoir été admise dans la meilleure filière théâtrale de la ville. Ça signifiait que j'étais quelqu'un. Ou du moins que je pouvais le devenir. Mais était-ce vraiment ce qui comptait pour moi à l'époque ? Je ne sais plus. Je n'ai aucun autre souvenir de la rentrée, ni des tout premiers jours, ni de la cour de récréation, des salles de classe, rien. Je ne me souviens pas des autres élèves ni même de Lou. Mais nous sommes devenues amies de la manière dont se nouent les amitiés lorsqu'on est à ce moment charnière entre l'enfance et l'âge adulte. Soudain nous étions comme deux doigts d'une main. Pendant tout le lycée. À la vie à la mort.

On ne se quittait pas. Je n'y voyais pas de problème, à l'époque, mais maintenant j'en ai honte, je n'en parle pas, j'aimerais ne pas y penser. Parfois les images reviennent, malgré tout.

C'est bizarre, non, de prendre une douche ensemble si l'on n'est pas en couple ? De dormir constamment l'une chez l'autre. Toujours dans le même lit. Plus ou moins nues, en T-shirt, sans culotte. C'est bizarre de sortir avec des garçons qui doivent aussi être meilleurs amis pour que ça marche. De partager son assiette, sa fourchette, son verre, son sandwich. De se parler au téléphone le soir avant de se coucher, le matin avant l'école. De finir les phrases l'une de l'autre. Nous étions comme un organisme unique. Les gens disaient qu'on se ressemblait. « Vous devez être sœurs. » J'en étais si fière. Aujourd'hui j'en ai honte. Pas honte de notre amitié. Ni d'elle. Mais il y a quelque chose de tellement naïf et insouciant dans cette proximité, dans cette croyance que l'amitié peut être tout cela. Ça n'existe pas. C'est impossible, n'est-ce pas ?

Près de quinze ans ont passé depuis *Babetta*. Nous avons gardé le contact, nous sommes meilleures amies, après tout. Mais bien sûr nos rencontres se sont espacées. Elle a travaillé, voyagé, travaillé, voyagé, et moi je suis restée ici. J'ai tenté le concours des écoles d'art dramatique, chaque année, dans toutes les villes du pays. J'ai vu Stockholm changer, d'autant plus clairement que j'étais immobile. Comme entravée dans mon développement. Incapable de modernisation.

Quand nous sommes-nous parlé pour la dernière fois ? Ou vues ? Ça doit faire au moins un an. Et là, quinze ans après notre rencontre, elle me demande de la rejoindre. En France. Je reçois une photo d'elle, en contre-plongée, la peau bronzée, coiffée d'un chapeau de paille aux bords ajourés illuminant son visage en transparence, comme des grains de beauté dorés. Elle savait que je ne pourrais pas résister à la vue de cette image. « Viens. » J'arrive. Je fais tout ce que tu veux.

Je réserve un billet et, deux jours plus tard, le 1er juillet, je m'envole pour la France. Mon téléphone s'est déchargé pendant le voyage et je ne trouve aucune prise de courant dans l'aéroport. Je me poste à la sortie, espérant que ce soit la bonne. De longues files de taxis. Des hommes au physique que j'imagine nord-africain fument et parlent en gesticulant, se déplacent entre les rangées de voitures ou sortent la tête par les fenêtres ouvertes. Le soleil, brûlant, d'une blancheur impitoyable. Tous les contours effacés. Les palmiers qui s'étirent vers le ciel. Les avions qui décollent et atterrissent. Je sue à grosses gouttes. Lou n'est nulle part. J'attends. Hésite. Fais encore un tour. Pénètre dans la boutique qui vend du café, des cigarettes, des croissants. J'ose enfin demander à l'ado boutonneux, dans mon français scolaire balbutiant, si je peux charger mon téléphone. Il hausse les épaules, ne comprend pas ma question. Je n'insiste pas. Je me laisse tomber sur un banc devant les portes coulissantes. Mon T-shirt est collé dans mon dos, des auréoles de transpiration doivent se voir sous mes bras. Elle sait que j'arrive. Ce n'est pas la première fois que je l'attends. C'est notre dynamique, depuis toujours. N'est-ce pas ? C'est toujours moi qui l'attends.

Une amitié comme celle-ci, fiévreuse ou cannibale, a-t-elle déjà survécu à l'épreuve du temps ? Peut-on rester toute sa vie un personnage secondaire dans l'existence de quelqu'un d'autre ?

À l'époque, elle s'appelait Louise Bergström. Peu de gens le savent. C'est en seconde, quand elle a obtenu son premier rôle en tant que figurante dans une comédie musicale au Stadsteatern, qu'elle a changé de nom. Lou Faucher. Ce n'est pas comme si elle avait changé d'identité, tout le monde l'appelait déjà Lou, et Faucher était le nom de jeune fille de sa mère – son grand-père maternel était français. Lou Faucher. C'est sous ce nom que le monde la connaît. Mais moi je me souviens. Je pourrais raconter des choses, faire des révélations.

Les chauffeurs de taxi gesticulent dans ma direction, me hèlent en français, me demandent où je veux aller. Je secoue la tête. J'ignore où je vais. Lou ne m'a pas donné son adresse et je ne la lui ai pas demandée. « Viens. » Et me voilà. Comme un chien.

En fin d'après-midi, elle arrive enfin. C'est déjà le soir pour quelqu'un du Nord. Elle gare sa voiture noire vraisemblablement hors de prix. Vitres teintées, intérieur cuir beige. Chignon négligé, lunettes de soleil en écaille, court short en jean, chemise légère et ample, d'un blanc éclatant. Ballerines Chanel. Elle me serre dans ses bras, prend mon visage entre ses mains.

« Pardonne-moi ! »

Ses lèvres forment une petite moue. Elle est irrésistible. J'arrive à peine à la regarder, mais je ne parviens pas non plus à détourner les yeux, comme lors d'un accident de voiture ou d'une manifestation divine.

« Il y avait tellement de bouchons, et je n'avais pas conduit en ville depuis le début de la saison touristique. Tu as reçu mon SMS ? »

Je ne reconnais pas sa voix, elle paraît artificielle, comme si chaque mot lui demandait un effort. Ce n'est peut-être pas étonnant. Quand a-t-elle parlé suédois pour la dernière fois ? Ça fait une éternité que nous ne nous sommes vues. Je lui envoie parfois des messages, sans m'attendre à quoi que ce soit. Elle répond de manière sporadique. Elle adore utiliser des cœurs rouges.

« Tu as mangé ? Tu veux qu'on s'arrête pour t'acheter un pan bagnat ? »

J'ignore de quoi il s'agit et je ne demande pas de précision, je me contente de refuser d'un signe de la tête. La chaleur m'a donné la nausée. Je lui explique que mon téléphone est déchargé. Nous quittons l'aéroport. L'air est frais dans la voiture. Moins de vingt degrés. Digne de la température moyenne en Suède, l'été. Ma peau colle au dossier. Je contemple le paysage, les palmiers qui défilent, l'étrange lumière, presque corrosive pour mes yeux. Je n'ai pas de lunettes de soleil – je dois en acheter, au plus vite. J'ai l'impression que cette lumière me ronge.

Il y a eu une période où je me scarifiais. En première, je crois. Mes souvenirs sont flous. Après coup, en me documentant sur ce phénomène, j'ai compris que la scarification peut servir d'exutoire, pour évacuer la douleur et l'anxiété. Pour moi ça n'a jamais été le cas. Je m'incisais la peau du bras uniquement afin d'attirer l'attention. Dans le but de passer pour quelqu'un d'assez intéressant pour être angoissée. Les entailles n'étaient ni très profondes ni très douloureuses, mais quelle jouissance de pouvoir montrer les plaies à Lou.

La première fois qu'elle les a vues c'était par hasard, au réfectoire du lycée. Gratin de légumes racines. Toujours le même menu végétarien. Des bâtonnets jaunâtres flottant dans une sorte de sauce. J'ai tendu le bras pour attraper le sel et ma manche s'est relevée. Lou a vu. Tout s'est arrêté. Elle a pris ma main et l'a serrée dans les siennes (elle avait les mains si froides, est-ce encore le cas aujourd'hui ?) et m'a fixée très sérieusement de ses yeux changeants. Parfois bleus, parfois gris, parfois verts, parfois toutes ces couleurs réunies. La capacité d'adaptation est cruciale pour réussir en tant que comédienne, disait toujours notre prof d'art dramatique. Lou m'a regardée de ses yeux adaptables. Elle m'a caressé la joue. Je me rendais compte qu'elle avait pitié de moi. Mais surtout, elle me voyait.

Après cela elle a entrevu mes plaies à d'autres occasions, mais elles lui faisaient de moins en moins d'effet, je le sentais bien. Elle m'a dit de faire attention à ne pas laisser de marques : « C'est plus dur de décrocher des rôles si l'on a la peau couverte de cicatrices ou de tatouages » et elle avait raison, bien sûr. Je n'y avais pas réfléchi de façon aussi pragmatique. J'ai cessé immédiatement. J'avais l'impression de la décevoir. Arrêter n'était pas difficile, preuve s'il en fallait que ce n'était pas « pour de vrai ». Comme pour le tabac. Ça ne prend pas, tout simplement. J'ai longtemps essayé de me mettre à fumer, surtout en fac de cinéma. Ça faisait partie de l'uniforme. Mais dès la fin des cours, j'ai laissé tomber.

Je ne lui demande ni où nous allons ni comment elle va. J'écoute d'une oreille distraite les voix enflammées qui sortent de la radio, mais mon français est trop mauvais pour que je comprenne l'ensemble. Je grappille quelques mots. Le français de Lou, lui, est parfait. En fait non, qu'est-ce que j'en sais ? Mais il l'est pour moi. Étant donné ses origines, elle avait des facilités en français au lycée. Lorsque la prof entendait sa prononciation parfaite, elle lui donnait la meilleure note, tous les semestres. Elle n'avait même pas besoin de venir en cours.

« Tu habites ici, maintenant ? »

Elle esquisse un geste ambigu, à mi-chemin entre le haussement d'épaules et le hochement de tête. Ses cils sont longs et sombres, mais elle ne porte aucune trace de maquillage.

« Je suis installée ici depuis Pâques. Mais ça fait des années que je viens régulièrement. »

Elle ne quitte pas la route des yeux, les mains sur le volant. Le moindre geste, aussi minuscule soit-il, est nimbé de perfection.

« C'est difficile de se créer une base, un chez-soi, en quelque sorte. Ça prend du temps. Mais comme Renaud a une maison et qu'il a pris une place importante dans ma vie, j'ai senti que… je serais bien ici. »

Elle prononce son prénom avec un accent français parfait, un « r » guttural. Puis elle me sourit. Tellement parfaite. Ses fossettes semblent photoshopées. Je lui rends son sourire.

« J'ai hâte de le rencontrer. »

Je suis sincère.

Je l'ai déjà vu en photo. Dans *US Weekly* et d'autres tabloïds. Un cliché pris pendant un gala où ils sont debout côte à côte. « Le directeur de la photographie et l'actrice sont arrivés ensemble. » Rien d'étonnant. Personne ne s'offusque du fait qu'il ait deux fois son âge. Il est beau, à la française. Les tempes grisonnantes, les dents blanchies, la peau tannée, de grandes mains. Vous savez ce que l'on dit des grandes mains. Je me rappelle avoir pensé qu'il avait une confiance d'homme bien membré. Mais je ne lui pose pas de question à ce sujet. J'ignore la nature exacte de leur relation.

J'imagine qu'il est fou d'elle. Comme tout le monde, n'est-ce pas ? Tout le monde tombe amoureux d'elle. Ça fait partie de sa méthode. *Méthode*, ça paraît cruel, mais n'oublions pas que c'est ça qu'implique l'effet Lou. Les gens s'utilisent les uns les autres, de différentes manières. Et sa marchandise à elle, c'est le sexe. Ou du moins la promesse de sexe, l'espoir. Mais ce n'est sans doute pas toute la vérité, il y a autre chose aussi. Je le sais, je le sens en moi, comme une plante qui a pris racine. C'est peut-être ça, l'amour ? Car je l'aime sans limites, au point que j'en ai honte. C'est elle qui a placé en moi cet amour, cette obsession.

Renaud Berthier. C'est un des plus grands de son temps, une légende. Il a travaillé avec tous les maîtres du septième art : Bergman, Kurosawa, Forman, Coppola, Sándor Vadász. Cela fait longtemps maintenant qu'il n'a pas produit de chef-d'œuvre, mais le passé ne peut être effacé, me dirai-je plus tard en effleurant les Oscars dans sa bibliothèque. L'histoire ne ment pas, pas même celle du cinéma.

Nous traversons des villages, passons devant des châteaux, des palmiers. Nous descendons une colline, en gravissons une autre. L'asphalte de la chaussée se change subrepticement en sable couleur brique, le genre qu'on trouve sur la Lune, je songe, et je lui fais remarquer qu'on pourrait filmer des scènes lunaires ici.

« Oui, ou peut-être martiennes », rétorque-t-elle sans quitter la route des yeux.

Évidemment.

Elle introduit un code et un haut portail s'ouvre, nous dévoilant la maison de Renaud. Elle est gigantesque, blanche, aveuglante, et même si un garage se trouve à sa droite, Lou continue et s'arrête dans la cour gravillonnée devant le bâtiment principal. Tout autour poussent des arbres taillés en boules parfaites et des rosiers aux fleurs rouge sang, ils sont si nombreux qu'il doit falloir des quantités astronomiques d'eau pour les garder en vie avec cette chaleur. On dirait un château. Son arrivée est royale elle aussi, majestueuse, pleine d'assurance. Elle laisse simplement la voiture devant la porte, les clés sur le contact. Plus tard, le véhicule a disparu, quelqu'un a dû le mettre au garage.

« C'est de la vieille pierre ? »

Elle secoue la tête.

« Non, mais la maison a été construite pour s'intégrer parfaitement dans le paysage. N'est-ce pas magnifiquement réalisé ? »

Sans attendre ma réponse, elle s'empare de mon sac et franchit la haute porte à double battant. Les muscles de ses jambes bronzées se contractent sous sa peau. Une fois à l'intérieur, je réprime un éclat de rire. C'est absurde. J'ai l'impression de pénétrer dans le palais d'un dictateur, ou de je ne sais qui de puissant. Le luxe est discret, mais d'une évidence frappante pour celui qui sait le reconnaître. Lou remarque ma réaction, peut-être attend-elle cela de moi. Elle me sourit.

« Un truc de fou, non ? La première fois que je suis entrée, j'ai presque cru à une blague. »

Je hoche la tête, souris, sans savoir vraiment en quoi aurait consisté cette blague. Je gravis les escaliers et elle m'indique ma chambre. On se croirait dans un hôtel cinq étoiles, enfin je n'en sais rien, c'est comme ça que je me les représente. Du blanc, du blanc, du blanc, porte-fenêtre et balcon donnant sur l'arrière de la villa et la piscine, avec vue sur les collines et, au loin, en contrebas, la mer moutonneuse, scintillante. Sur la commode, un immense bouquet de fleurs exhale lui aussi l'odeur d'un ineffable faste. Anémones, lavande, chardons, et d'autres plantes que je ne connais pas. Cette composition florale habille la plupart des pièces de la maison. Elle est substituée de façon aussi imperceptible que régulière, le lundi et le jeudi. Un nouveau bouquet a soudain remplacé le précédent, tout comme le lit a été fait, les serviettes changées. Par une main aussi invisible qu'assurée. La salle de bain est en marbre de Carrare, on pourrait trouver cela insipide, mais c'est surtout atemporel. Le pommeau de douche en or me regarde depuis le plafond. J'apprendrai plus tard qu'on appelle ça une douche à « effet pluie ». Sur une barre de fer, des serviettes blanches, immaculées, impeccables. Le papier-toilette inséré dans le porte-papier. Seul un petit pli dépasse, comme une flèche blanche qui pointe vers le carrelage blanc onéreux.

Ma valise, qu'elle a placée sur un support à bagages à l'entrée de ma chambre, semble crasseuse au milieu de ce luxe. Il y a une bouteille d'évian sur la table de chevet. Lou a ouvert les portes du balcon et s'est accoudée à la rambarde. Son chignon négligé au sommet de son crâne est absolument parfait. Naturel.

« C'est ce paysage qui me manquerait le plus, je crois. Je ne m'en lasse pas.

— Où est-ce que tu… ? » J'ai soudain un doute quant à l'organisation. « Tu dors où ? »

Elle saisit ma main. La sienne est froide, douce. Quand m'a-t-elle pris la main pour la dernière fois ? Peut-être lors de notre dernière entrevue, dans un bar à Stockholm, entre la conférence de presse et l'avant-première de ce film d'astronautes. « Du Hitchcock dans un vaisseau spatial », ironisait-elle. Il va de soi que je n'étais pas invitée à la projection. Lou m'avait proposé de me faire entrer en douce, mais j'étais du soir au café. Impossible de me faire remplacer à la dernière minute.

La visite de son palace se poursuit. Elle me conduit jusqu'à une chambre à une extrémité du couloir. Une chambre ? Une suite, plutôt. Elle accueille en son centre un immense lit à baldaquin en bois sombre et voilages blancs.

Un soir où nous y reposerons ensemble, l'étoffe vaporeuse voletant au-dessus de nos têtes, elle m'apprendra qu'il vient de Zanzibar. Au bout du lit, deux portes-fenêtres donnent sur un balcon filant. Et de part et d'autre de la pièce, deux portes, l'une menant à un gigantesque dressing et l'autre à une salle de bain tout aussi spacieuse, équipée d'une baignoire. Sur un mur, un miroir (à l'éclairage parfait, même ma peau semble belle) surplombe deux lavabos encastrés dans un meuble en marbre. Ses produits de beauté sont éparpillés partout, mais ce désordre est, comme tout chez elle, parfait. Chez Lou, même le chaos tutoie la perfection. Dans le dressing paradent des tenues plus onéreuses les unes que les autres et sur un gigantesque pouf, couleur champagne, dit-elle, sont négligemment jetés quelques vêtements. Cachemire. Lin. Soie. Nul besoin de les palper pour s'en assurer. Ils exhalent une vague odeur de parfum. Perfection. Encore perfection. Elle sort une bouteille d'évian d'un minibar sous la coiffeuse et me la tend. Je l'accepte. Elle en prend une autre pour elle.

« C'est important de boire beaucoup. On se déshydrate facilement avec cette chaleur, on a tendance à l'oublier. »

Elle me lance un clin d'œil et lève la bouteille comme pour trinquer avant de boire, avidement, avec gourmandise, parfaite encore une fois.

« Je suis si heureuse que tu sois là, Katja, s'exclame-t-elle ensuite. Tu es ma meilleure amie. »

III

Babetta se déroule dans les années 1810 et retrace l'histoire d'amour entre la jeune domestique Babetta et le comte István Széchenyi, avant qu'il devienne héros national, épouse Crescence Seilern, crée la fondation de l'Académie des sciences, fasse plusieurs tentatives de suicide infructueuses, puis (pour finir) une fructueuse près d'un demi-siècle plus tard. C'est un film en costumes et, à l'époque de sa réalisation, c'était le plus cher de l'histoire du cinéma. Ensuite, tout s'est accéléré, et cela ne doit pas représenter grand-chose par rapport aux budgets des grosses productions d'aujourd'hui.

D'une durée de quatre heures, il est construit sur une alternance de plans larges – paysages splendides, champs de bataille – et de plans très serrés sur le visage de Lou, ses yeux, sa bouche, ses mains. Elle resplendit. Pourtant, la première fois que j'ai vu ce film, je me rappelle avoir pensé qu'il ne lui rendait pas justice. Qu'elle était tellement plus belle dans la réalité. Par pure méchanceté j'ai pensé qu'elle avait l'air grosse. Et que ce qu'on dit est vrai, la caméra fait bien prendre quelques kilos. Je me disais qu'elle n'avait pas un physique adapté à l'écran, qu'elle était tout simplement plus belle, plus charismatique en vrai, mais peut-être étais-je incapable d'un jugement impartial tant nous étions proches. J'étais terrifiée à l'idée que l'on découvre mon vrai visage, celui d'une étudiante en cinéma consumée d'amertume, qui flingue les films, les acteurs et les réalisateurs pour se venger de ses propres échecs. Du reste, *Babetta* fut un réel succès, aussi bien critique et commercial.

La première scène plonge le spectateur dans une forêt obscure, filmée par une caméra à l'épaule. On distingue des halètements – quelqu'un court à travers les bois – et, au loin, des aboiements, des cris d'hommes à peine perceptibles. Un visage se révèle progressivement. C'est Lou, en Babetta. Elle court, serrant un paquet dans ses bras. L'aube se lève. Ses vêtements sont déchirés, ses cheveux hirsutes, son regard désespéré, hagard. Elle court au son d'une musique pompeuse dont le volume augmente progressivement (« Halljuk » de Márk Rózsavölgyi, le compositeur hongrois, père de l'une des danses nationales, la csárdás). On comprend que les hommes la rattrapent, la caméra zoome imperceptiblement. Les yeux de Lou emplissent l'écran. La caméra s'attarde un peu trop longuement sur son regard, des violons tonitruants en fond sonore. La musique se tait et un carton apparaît : « Un an plus tôt. »

Un travelling nous montre la cour d'un château où s'arrête une calèche venant livrer des vivres, des enfants jouent devant l'entrée de la cuisine, des poules caquettent, les chevaux hennissent dans l'écurie. C'est au milieu de cette agitation que Babetta vient prendre ses fonctions au château des Széchenyi, à Nagycenk, village du nord-est de la Hongrie. Elle rayonne dans sa robe iconique en dentelle blanche et nuances de bleu, et des boucles en tire-bouchon encadrent son visage en une coiffure élaborée, à la mode de l'époque. La caméra l'accompagne ensuite dans son installation au château, guidée par une femme de chambre, et le spectateur découvre, en parallèle de son histoire (Babetta est orpheline, elle a été élevée par un oncle dans la province de Komárom-Esztergom, à l'est de Győr-Moson-Sopron), l'intérieur de la propriété et son luxe éhonté. Le spectateur entrevoit une cour royale à la vie trépidante dont les jeunes membres exécutent justement une csárdás. Nous gravissons les étages tandis que la femme de chambre énumère les règles qui régissent le domaine, et évoque le jeune comte qui, espère-t-on, devrait bientôt se marier. Nous croisons plusieurs protagonistes, notamment le plus proche conseiller du comte, le cruel Vaz, et enfin, une fois que Babetta a gagné sa modeste mansarde au dernier étage, l'étroite fenêtre lui laisse apercevoir le comte qui approche, chevauchant sa monture, auréolé d'une longue chevelure sombre. Sa beauté est frappante, en dépit de la distance.

Ce long plan-séquence est magnifiquement réalisé ; le tournage a été millimétré, toutes les scènes minutieusement préparées. Un tour de force réitéré à plusieurs reprises dans le film (huit, pour être précise). C'est l'alternance de plans-séquences et de plans courts qui donne à l'œuvre un rythme particulier, et c'est l'une des raisons pour lesquelles *Babetta* a été tant applaudi (et primé). Je ne compte plus le nombre de fois où ce film a été cité dans mes cours de cinéma et dans les débats de spécialistes. Dernièrement, quelqu'un a même affirmé que l'œuvre de Lars von Trier et le mouvement Dogme95 n'auraient jamais existé sans *Babetta.* C'est peut-être un peu tiré par les cheveux, mais soit. D'ailleurs, il me semble que Dogme95 a été mis sur pied parallèlement au tournage de *Babetta*, pas subséquemment. En revanche, je pense vraiment que Sofia Coppola a été influencée par *Babetta.* Ses œuvres ont le même genre d'humour, le même recours au flou. Étant donné l'utilisation de « véritable » pellicule 35 millimètres, chaque nouvelle prise représentait un budget considérable. C'est peut-être l'une des raisons pour lesquelles Sándor Vadász (qui continue à tourner en argentique alors que la plupart des cinéastes sont passés au numérique) est connu pour diriger ses acteurs d'une main de fer. « Il savait exactement où il voulait nous amener, c'était passionnant de travailler avec un tel professionnel », m'avait confié Lou à l'issue du tournage. Du moins, c'est ainsi que je me le rappelle.

Le tournage n'a pas eu lieu dans le véritable domaine des Széchenyi, mais dans le château d'Eger, à trois cents kilomètres à l'est. Vadász, connu pour pousser ses visions artistiques à tout prix, estimait tout simplement que la réelle propriété manquait d'opulence. István Széchenyi, le comte qui servit de modèle au premier rôle masculin du film, est une sorte de héros national en Hongrie. Il paraît qu'il fut le cerveau de la bataille de Lützen – pas la première, la plus connue des Suédois, mais la seconde – qui fit rage au moment des guerres napoléoniennes. Si Vadász a affirmé en interview que son comte s'inspire d'István Széchenyi, dans *Babetta*, il porte le prénom plus passe-partout d'Ivan. Quant à son patronyme, il n'est jamais cité. Sans doute pour des questions de droits de propriété intellectuelle. Hypothèse personnelle.

On pourrait dire que le film adopte un point de vue féminin, puisque la vie familiale et sentimentale prime sur la question militaire, la guerre napoléonienne. Certes, on voit des hommes combattre, des cavaliers, des canons, des scènes classiques de champ de bataille, mais ce n'est jamais au cœur du récit. Ces scènes sont toujours mises en relation avec la « petite vie », avec ce qui se passe au château, à la maison. Un critique a qualifié *Babetta* de film de filles pour les garçons, mais je trouve ça cruel.

Babetta a également été salué pour ses scènes de combat réalistes et violentes, toutes filmées caméra à l'épaule, avec un son non manipulé, deux des règles de base de Dogme95. C'est dans ces scènes que la réalisation en 35 millimètres prend tout son sens. Le spectateur est mis face aux horreurs de la guerre. Ce n'est pas sans rappeler les scènes d'affrontements de la dernière saison de *Game of Thrones*. Il me semble d'ailleurs que les créateurs de la série ont revu *Babetta* avant de les tourner. Il est donc clair que ce long-métrage a marqué les esprits et laissé une trace. Pas seulement chez Lou et moi, mais aussi dans la réalité.

La cuisine de Renaud, dotée d'un grand îlot central, me rappelle un film, mais je ne sais plus lequel. Lou évolue avec une telle aisance dans toutes les pièces. Qu'est-ce qui l'en empêcherait, après tout ? Depuis *Babetta*, nos vies ont emprunté des directions radicalement opposées. J'en ai conscience, et j'ai pourtant du mal à le garder à l'esprit, à le sentir dans mon corps. Elle prend encore beaucoup de place dans ma vie. Ou plutôt, le vide qu'elle y a laissé prend beaucoup de place. Elle, elle s'est habituée à d'autres standards, et elle estime le mériter. Ce qui ne veut pas dire qu'elle ne le mérite pas. Et puis, elle est actrice, c'est son identité. Être comme un poisson dans l'eau quel que soit l'endroit où elle se trouve. Mais peut-être que je me trompe – peut-être a-t-elle toujours été comme ça, peut-être l'a-t-elle toujours mérité, a-t-elle toujours évolué dans ces milieux, jamais fait semblant. Et moi, j'ai toujours été consciente de mon propre corps. Il se meut d'une manière tellement artificielle.

Au beau milieu de l'îlot de la cuisine, le même bouquet de fleurs qu'à l'étage ainsi qu'une gigantesque corbeille de fruits. Qui mange autant d'abricots ? Une femme de petite taille, corpulente, d'origine sud-américaine j'imagine, me sourit. Elle se hâte, gants de plastique jaune et seau bleu à la main. Lou lui adresse quelques mots en français, esquisse un sourire, la femme y répond et hoche la tête en quittant la pièce. Comme si elles étaient sur un pied d'égalité. Lou a toujours su mettre les autres à l'aise. Je me tourne vers elle.

« Où est Renaud ?

— Parti faire du vélo. Cette région est un repaire à cyclistes. Les plus grands coureurs français s'entraînent ici pour le Tour de France. Mais il m'a promis de dîner avec nous. Viens. »

Elle sort par la baie vitrée et je lui emboîte le pas. La chaleur me frappe de nouveau, il doit être dix-neuf heures passées et la touffeur reste paralysante, le turquoise de la piscine me brûle les yeux. Je glisse un pied dans l'eau. Lou se débarrasse de son short en jean et de sa chemise, révélant un bikini au motif léopard dont la couleur sublime son corps doré. Elle me décoche un clin d'œil, fend la surface de l'eau et disparaît dans les profondeurs. Je reste à contempler les vaguelettes.

Ce n'est pas que je sois incapable de nouer des liens, mais je reste persuadée que dans toute relation, familiale, amoureuse ou amicale, chacun assume assez tôt un rôle. Avec moi, Lou a toujours mené la danse. Elle était l'aimant qui attirait les autres. Je suis rapidement devenue la suiveuse. Pas comme dans mes autres relations. Car oui, j'ai d'autres relations. Bon sang, ça fait quasiment quinze ans que le tournage de *Babetta* a débuté. C'est là que je l'ai perdue. Enfin, pas exactement perdue… Disons que nos vies ont commencé à prendre des tournures différentes. Il serait facile d'oublier, lorsqu'on a été spectateur de sa réussite, que ma vie aussi a évolué. Je ne suis pas restée totalement immobile. J'ai de nouveaux amis, d'autres amis, des relations. Je fais des choses. J'ai des avis. Certaines personnes sont attirées par moi. Je peux être leur aimant. Mais je me dis toujours, quand je me réveille à côté d'un nouveau petit ami, transi d'amour dans les premiers temps d'une liaison, qui me regarde avec des étoiles dans les yeux comme s'il pouvait mourir pour moi, ou quand mes amis rient à gorge déployée à l'une de mes plaisanteries, que leurs regards, leurs sentiments envers moi changeraient radicalement s'ils rencontraient Lou. Que je pâlirais à côté d'elle. Je voudrais voir cela se produire tout en le craignant par-dessus tout. Dans ces moments, je me dis que ma vie, cette existence dans laquelle je joue le personnage principal, a simplement été mise à ma disposition. Je dois me tenir prête. Dès que Lou m'appelle, je dois reprendre la place qui est la mienne – le second rôle dans sa vie à elle.

Les premières années, elle me contactait plus souvent. Chaque fois qu'elle venait en Suède, il me semble. Elle téléphonait, m'envoyait un SMS. « Je suis descendue au Grand Hôtel, rejoins-moi ! » ou « Suis au Diplomat, tu veux dormir ici ? » J'accourais. Chaque fois. Parfois il n'y avait que nous deux, parfois un tas d'autres personnes. De nouveaux amis que je ne connaissais pas, ou bien seulement de nom. Il arrivait que j'aie vu leur photo dans le journal, vu leurs films, essayé de leur ressembler en enfilant des vêtements de luxe dans les grands magasins. Certains m'ignoraient complètement, mais d'autres se montraient intéressés, avenants. J'ai noué de nouvelles amitiés lors de ces soirées dans la chambre d'hôtel de Lou. C'est aussi comme ça que j'ai décroché mon premier job d'assistante sur un tournage. Par un réalisateur qui était fou amoureux de Lou et qui voulait lui donner le rôle principal dans un film sur les émeutes à Göteborg. Mais Lou était déjà prise, elle devait tourner en Australie un spin-off de *Jurassic Park*. Je suis prête à parier qu'il m'a proposé le job parce qu'il sentait que nous étions proches. En me gardant à ses côtés, il maintenait un lien avec elle. C'est ce qu'il devait se dire.

Pendant quelques années j'ai vivoté en bossant tant bien que mal dans le cinéma. Mes parents me répétaient : « Inscris-toi à la fac, Katja, fais des études. » J'ai fini par obtempérer. Cette année-là, j'ai postulé à l'école d'art dramatique de Stockholm et à la fac de cinéma. La bouffée d'adrénaline qui m'a envahie en recevant pour une fois une réponse positive a suffi pour que je m'inscrive, sans me demander si j'en avais vraiment envie. Ensuite, ça a roulé, comme on dit.

Ce qui me plaît dans les études universitaires, c'est qu'il y a des règles. Des règles et des critères. Pour réussir, il suffit de les respecter. Pas de videur qui te bloque le passage : « Non, désolé, bien tenté, mais tu n'entres pas, tu ne corresponds pas à l'image que se fait le réalisateur du personnage. » Non, si tu fais ce que tu as à faire, tu peux aller aussi loin que tu veux. J'ai misé là-dessus. Sans réfléchir. Misé n'est d'ailleurs pas le bon terme – dans ce mot se cachent un désir caché, une nervosité, sentiments que je n'ai jamais éprouvés. Je ne me suis jamais mis des bâtons dans les roues avec les études comme j'ai pu le faire dans ma vocation d'actrice. J'avais trouvé ma voie, mais je n'ai jamais tiré aucune fierté du fait d'avoir été admise dans un club qui voulait bien de moi.

Elle n'a jamais été douée pour répondre au téléphone. Pas plus qu'aux messages ou aux mails. C'est toujours elle qui doit mener la danse. Et probablement pas seulement avec moi. Je la comprends. Son emploi du temps a toujours été tellement chargé que la seule chose qu'elle peut contrôler c'est quand et de quelle manière elle garde contact avec les gens. J'en connais qui se sont vexés, mais pas moi. Sa vie est remplie de choses si importantes, bon sang ! Je ne peux pas m'attendre à lui être indispensable.

Elle me retrouvait toujours dans le lobby, lunettes de soleil noires et maquillage discret, avec au bras un cabas de créateur rempli de scénars. Elle se promenait toujours avec des scénars. Pour des rôles qu'elle allait jouer, ou peut-être jouer, et parfois d'autres scénars sur lesquels le réalisateur lui avait demandé de jeter un œil, comme elle disait. Je me représentais tous ces hommes qui tentaient désespérément de trouver une place dans sa vie. D'y rester.

Nous nous voyions dans différents bars d'hôtel et même si son téléphone ne cessait de sonner, même si différentes personnes venaient la saluer ou lui demander un autographe, je ne me sentais jamais aussi inspirée qu'après une rencontre avec elle. Comme si une goutte de son magnétisme s'était déversée sur moi. Comme si elle m'avait transmis une part de son succès.

On nous demandait parfois si on était sœurs. Pas aussi souvent qu'au lycée, quand on se voyait tous les jours, mais cela arrivait encore régulièrement. Chaque fois on secouait la tête, non, meilleures amies seulement. Après nos rencontres, je bougeais comme elle pendant un temps. Puis ça se dissipait, et je redevenais moi-même, rien que moi-même.

Un jour, une journaliste m'a contactée. Elle cherchait à écrire un article sur l'amitié, je ne sais plus pour quel magazine, peut-être *Elle* ou *Cosmopolitan*. Elle voulait raconter ce que c'est que d'être amie avec une star de cinéma. J'ignore comment elle avait eu mon nom et mon numéro de téléphone, peut-être était-elle douée dans son travail, tout simplement. J'ai accepté de la rencontrer à contrecœur, redoutant ce que je pouvais dire, et en même temps flattée de l'attention qu'on me portait. J'avais vingt et un ou vingt-deux ans, je travaillais de nuit dans une maison de retraite parallèlement à mes études. Je l'ai retrouvée un après-midi de décembre dans le café d'une galerie marchande, j'ai commandé un cappuccino et un croissant, et je me souviens que je portais une marinière rouge et blanc, un béret, du rouge à lèvres et un trait d'eye-liner pour essayer de faire française. Elle n'a posé que des questions sur Lou. Évidemment, je le savais, ou plutôt, j'aurais dû m'en douter, et ça a eu beau me peiner sur le moment, je n'ai dit que la vérité, que Lou était la meilleure amie qu'on puisse avoir, généreuse, attentionnée, et que la célébrité ne l'avait pas transformée. Malgré tout son travail, elle trouvait toujours du temps pour ses amis et je l'admirais pour cela, presque plus que pour ses talents d'actrice.

L'article était paru sous le titre « Meilleure amie qu'actrice ? » et Lou m'avait envoyé un SMS dès sa publication, bien qu'elle fût en plein tournage aux États-Unis. En tout cas, c'est ce que j'avais déduit de son message qui était arrivé en pleine nuit. Elle me demandait de ne pas parler aux journalistes, « Je dois protéger mon image de marque », et la prochaine fois qu'on me solliciterait, je devrais donner le nom de ses agents dont elle précisait l'adresse mail. Son inquiétude était sans fondement, aucun journaliste n'a plus jamais essayé de me joindre.

Traverse-t-elle une nouvelle crise ? Est-ce pour cela qu'elle m'a demandé de la rejoindre ? C'est la première chose qui m'est venue à l'esprit quand elle m'a contactée. Il s'est passé quelque chose. Comme la dernière fois, peut-être. Il y a tant d'années de cela. Elle avait débarqué chez moi à l'improviste. C'était une journée d'automne, l'air était limpide et froid, le ciel dégagé, plein d'espérances. J'avais passé la semaine à plancher sur un devoir que j'avais rendu tard le jeudi soir. Le vendredi matin, on avait sonné à la porte, événement si exceptionnel que j'avais failli m'abstenir de glisser un coup d'œil par le judas. Ça devait encore être cette dame des Témoins de Jéhovah. Mais j'avais fini par m'arracher à mon lit et elle était là. Toute de noir vêtue. Un jean droit qui flottait autour de ses jambes minces, des bottines Acne qui claquaient contre le sol en pierre de la cage d'escalier, de grandes boucles d'oreilles et une veste en cuir. D'imposantes lunettes de soleil. Lorsqu'elle les a retirées, j'ai vu que ses yeux étaient gonflés. Elle avait pleuré. Un de ses immenses sacs en cuir griffé pendait à son bras. Un peu à la Mary Poppins.

« Je peux dormir chez toi ? »

C'était une question qui ne demandait pas de réponse. Bien sûr qu'elle pouvait dormir chez moi, elle le savait, je le savais, c'est à ça que servent les amis. Jamais je ne pourrais lui refuser ça, même si j'en avais l'envie. Mais je n'en avais pas l'envie. J'étais si heureuse qu'elle vienne.

Pour me voir, moi. Qu'elle ait besoin de moi. Quoi qu'il se soit passé, c'est vers moi qu'elle se tournait, c'est sur moi qu'elle pouvait compter, c'est chez moi qu'elle pouvait se réfugier quand ça n'allait pas.

J'ai préparé un thé, j'ai rassemblé les papiers épars sur le canapé et la table basse, et, tandis que les sachets infusaient dans les verres, elle m'a posé des questions sur mes études, m'a demandé comment ça se passait, si ça me plaisait, elle braquait le projecteur sur moi, et son regard multicolore, aux nuances changeantes, plongeait à l'intérieur de moi. Je répondais, encore somnolente, mais ravie d'être au centre de son attention.

Elle était recroquevillée dans le canapé, les mains autour du verre, le thé fumait. Je me rappelle avoir pensé que cette vision était parfaite. Dans un film, son apparence aurait suffi pour que le spectateur comprenne que quelque chose ne tournait pas rond. Je n'ai jamais eu ce sentiment quand je montais sur les planches. L'impression que mon visage seul pouvait transmettre une émotion.

Elle était en train de subir une IVG médicamenteuse. Voilà pourquoi elle était chez moi. Je n'ai pas compris si c'était également la raison de sa présence en Suède. Aux dernières nouvelles, elle devait tourner un film en Malaisie, ou au Bangladesh, mais à présent elle était là, en Suède, dans mon studio rue Bondegatan avec ses longs doigts autour de mon verre à thé.

« Tu souffres ? lui ai-je demandé, ne sachant quoi dire.

— Non, ça vient plus tard. »

J'ai eu envie d'approcher ma main, de lui caresser le bras, le visage, les cheveux, mais j'en étais incapable, j'avais l'impression qu'un bouclier invisible l'entourait, un blindage qui m'interdisait l'accès, ainsi qu'à tous ceux qui ignoraient le mot de passe.

« Tu peux rester aussi longtemps que tu veux, Lou. Dis-moi si je peux faire quelque chose. »

Elle a souri, secoué la tête. Ça ne voulait pas dire non, ça voulait dire autre chose, je ne savais pas quoi, mais ça n'avait pas la moindre importance. Elle était chez moi, elle avait besoin de moi.

Quand je suis sortie de la douche, elle s'était endormie sous mon plaid. Une vision irréelle. La dernière fois que je l'avais vue c'était à l'écran, nous avions visionné *Babetta* en cours de cinéma quelques mois plus tôt. Maintenant elle dormait sur mon canapé. J'ai soudain eu du mal à respirer. J'ai rédigé une note où j'expliquais que j'avais des bouquins à rendre à la bibliothèque universitaire, puis je suis sortie.

J'ai pris la direction de la fac. À la bibliothèque, je suis tombée sur des étudiants de ma promo et nous avons décidé de fêter le rendu du devoir le soir même, ils voulaient venir chez moi, mais je leur ai dit que ça ne serait peut-être pas possible. Je n'ai pas expliqué pourquoi et ils n'ont pas posé de questions. Nous nous voyions souvent chez moi. Mon appartement était assez central et je vivais seule. Les gens de ma classe étaient nombreux à habiter en banlieue, ce qui les obligeait à prendre le train, ou bien ils vivaient encore chez leurs parents. J'aimais que mon studio se remplisse de voix, de vie, de rires.

J'ai remarqué que l'accolade de Noah était plus longue que d'habitude. Cela faisait quelque temps que j'attendais un signe de sa part. On s'était embrassés au début du semestre, mais ça n'était pas allé plus loin. Je me disais qu'il avait peut-être une copine, mais qu'elle habitait ailleurs, peut-être à Copenhague. Je le revoyais vaguement parler de ça, je n'en étais pas sûre. Ce flirt avec Noah avait été bien agréable, mais ensuite la vie avait continué et je n'avais pas activement cherché à construire quelque chose avec lui. Pourtant ce jour-là, je sentais que l'air était lourd de sous-entendus. Après quelques verres, il se passerait inévitablement quelque chose entre nous.

Je suis retournée en ville à pied, le temps était sublime. J'ai toujours aimé l'automne et cette sensation de nouveau départ, peut-être parce que je suis née à cette saison, je ne sais pas. Ça n'a rien à voir avec les arbres, ils sont beaux, bien sûr, même si je trouve que les feuilles par terre c'est un peu triste. Non, je pense que ça a à voir avec la rentrée universitaire. Je crois que je ne me suis jamais libérée de la vie d'étudiante. J'ai étudié plus longtemps que je n'ai travaillé. Aujourd'hui encore, j'ai beau avoir plus de trente ans, je me sens à de nombreux égards comme une enfant. Mon existence ne tient aucun cap. La preuve, je peux tout lâcher et m'envoler pour la France dès l'instant où l'on me le demande.

En passant devant Humlegården, ma décision était prise. J'organiserais la fête chez moi. On n'était pas obligés de rester toute la soirée si Lou était trop fatiguée. D'ailleurs, pas sûr qu'elle soit encore là à mon retour. Je suis passée au magasin d'alcools de la rue Folkungagatan pour acheter un cubi de vin rouge et quelques bières, puis au supermarché pour prendre des chips. Je suis restée figée devant le rayon des produits bio. Devais-je lui rapporter quelque chose ? De quoi a-t-on envie quand on se fait avorter ? J'ai secoué la tête, tenté de me mettre à sa place. Moi je n'aurais eu envie de rien. Je n'aurais sans doute rien avalé jusqu'à ce que, au bord de l'évanouissement, je descende commander une pizza végétarienne à emporter avec supplément sauce à l'ail. Mais Lou ne ferait jamais ça. Je crois que la plupart d'entre nous avons un trouble du comportement alimentaire, mais qu'il s'exprime différemment d'une femme à l'autre. Lou n'admettrait jamais qu'elle a un TCA. Elle est du genre à se cacher derrière des aliments sains et non transformés. Des demi-portions qu'elle pousse élégamment d'un bout à l'autre de son assiette. J'ai effleuré un paquet de biscuits au millet. Devais-je en vérifier la valeur calorique ? Je ne connaissais pas son régime alimentaire. Fallait-il éviter les protéines animales ? Les féculents ? Ou peut-être les graisses ? J'ai fini par acheter un sachet de pommes bio et un pot de purée d'amandes. Même elle pourrait manger ça. Si elle était encore là.

Quand je suis rentrée, elle était sous la douche. Je me suis allongée sur le lit, j'avais à peu près une heure devant moi pour dormir. J'ai envoyé un message sur le groupe de notre classe – *Apéro chez moi ce soir si ça vous dit ! J'ai des chips.*

J'ai dû m'assoupir. Quand je me suis réveillée, elle était allongée à côté de moi. Elle avait les cheveux humides et elle s'était changée, portait un vêtement doux, couleur camel, du cachemire peut-être. Elle sentait bon, elle avait dû apporter son propre shampoing. Ses yeux alors bleu marine me fixaient calmement, attentivement. Elle ne portait pas de maquillage. Sa peau était magnifique, comme si elle irradiait de l'intérieur. J'ai souri, embarrassée.

« Oups, je crois que j'ai du sommeil à rattraper. J'ai rendu un devoir hier. »

Elle m'a caressé les cheveux – c'était possible, avec moi. Je n'étais pas protégée par un bouclier.

Elle m'a dit qu'elle était ravie de rencontrer mes nouveaux amis.

« Je pisse le sang, c'est pour ça qu'on m'a donné ces serviettes hygiéniques XXL », a-t-elle ajouté. Puis elle a souri et croqué dans un morceau de pomme trempé dans la purée d'amandes.

Je lui ai dit que je pouvais annuler, mais elle a insisté.

Vers dix-neuf heures, les premiers étaient déjà là. C'est drôle de voir la réaction des gens quand ils rencontrent une star de cinéma. Certains sont comme foudroyés, ils se mettent à bégayer, à rougir, balbutient que tel ou tel film était un chef-d'œuvre. Certains feignent l'indifférence, mais on voit bien qu'ils simulent. D'autres ne comprennent qu'après coup pourquoi ce visage leur semblait familier. D'autres encore deviennent péniblement braillards ou importuns. Mes camarades ne faisaient pas exception. Mais Lou était une pro. Elle souriait, se montrait avenante avec tout le monde, posait des questions tout en évitant avec virtuosité les réponses trop personnelles et les conversations indiscrètes. Vers vingt et une heures, elle a commandé des pizzas dans un restaurant chic de Slussen, et j'ai de nouveau senti ce mélange familier d'émotions. La fierté d'être son amie, et la peine de la voir s'introduire dans une partie de ma vie où elle n'avait auparavant pas existé et où elle ne constituait nullement une référence. À présent, mes amis de la fac sauraient pour toujours, tout comme moi, que Lou était merveilleuse et que je ne lui arrivais pas à la cheville.

Noah en a été l'exemple même. À son arrivée, sa frange brune tombait sur ses yeux qui brillaient, je me suis armée de courage et j'ai glissé sa mèche derrière son oreille. Il a pris ma main, l'a gardée dans la sienne. La pression de ses doigts sur mon poignet. Un vague parfum de cèdre. Fast forward, quelques heures plus tard, il fumait sur le balcon, le regard rivé sur Lou, comme aimanté. Je savais que je l'avais perdu. Même si elle ne voulait pas de lui (peut-être qu'elle voulait de lui d'ailleurs, mais peu importe), il ne pourrait jamais être à moi après ça. Ce serait comme revenir à des raviolis en boîte après avoir dégusté des tortellinis confectionnés à la main dans une trattoria italienne. C'était trop tard.

Dans notre relation, le rôle de chacune a toujours été clairement défini. Je veux dire qu'elle peut débarquer comme ça, à l'improviste. Elle en a le droit. Moi non. Je ne pourrais jamais sonner chez elle sans invitation. Je ne sais même pas où elle habite. Ça ne doit pas être facile pour elle de passer une si grande partie de son temps dans des chambres d'hôtel. Ce n'est pas anodin, je pense. On doit avoir l'impression de ne pas avoir de racines. Mais quand on est actrice, peut-être que ça a du bon ?

Et tout cela a commencé si tôt pour elle. Depuis *Babetta*, les tournages se sont enchaînés sans interruption. C'est pour ça que je suis heureuse qu'elle semble s'être posée un peu. Elle se sent chez elle dans la maison de Renaud. En tout cas, elle joue ce rôle à la perfection.

L'eau de la piscine rafraîchit, mais pas autant que l'eau de mer. Comme la climatisation face au froid véritable. À peine ai-je séché que je veux replonger. Je me sens collante. Je vois la mer qui scintille en contrebas, au loin. Je m'imagine la fraîcheur de l'eau salée. La mer me manque.

Notre voyage en train me revient soudain en mémoire. On avait décidé dès la seconde qu'on partirait, « L'été du bac, on se tire ! », et même si ça tombait au moment de certaines parties de la production de *Babetta*, Lou a insisté pour qu'on parte malgré tout. J'ai rapidement été à sec, mais elle m'a prêté de l'argent. Je me rends compte que je ne l'ai toujours pas remboursée. Je me demande combien je lui dois depuis toutes ces années. Elle a commencé à gagner sa vie si jeune. Je me rappelle les sièges en cuir brûlants dans les trains au vacarme métallique, je me rappelle aussi qu'elle avait toujours l'air pressée, elle voulait visiter un tas d'endroits, et si nous le faisions vite, le voyage serait plus rapidement terminé et sa vraie vie pourrait commencer, ou se poursuivre. C'est la seule chose qu'elle avait exigée dans les négociations avec les producteurs – c'est ce qu'elle m'avait dit, en tout cas –, elle voulait trois semaines off pour un périple en train avec sa meilleure amie. Pourtant, lorsque nous étions enfin parties, elle avait l'air déçue. J'ai songé que le problème venait de moi, que je n'étais pas suffisamment intéressante et attentive. J'avais parfois l'impression que notre amitié n'était qu'un rôle qu'elle voulait jouer, et qu'elle commençait à douter du scénario. Mais quand j'ai sorti ma caméra et que j'ai entrepris de la filmer, la première fois sur une plage de Bretagne il me semble, je l'ai vue renaître. Je le voyais sur l'écran, ses yeux pétillaient de nouveau, ses joues s'empourpraient, elle éclatait de rire. Ça m'a rappelé ce documentaire sur Madonna qu'on avait regardé, allongées sur son canapé en mangeant à la petite cuillère du yaourt allégé passé au congélateur, « de la glace maison » comme on l'appelait. Elle perd goût à la vie quand elle n'est pas filmée. Mais je repoussais ces pensées. Qu'importe ses motivations tant qu'elle était heureuse, ou feignait d'être heureuse, de passer du temps avec moi.

J'ai gardé la cassette de ce voyage. Parfois, quand Lou me manquait tout particulièrement, ou que je traversais une mauvaise passe, je pouvais écouter « Halljuk » (la bande originale de *Babetta*) et regarder mon amie. Son sourire. Je marchais toujours derrière elle, sur le côté, en essayant de capter l'expression de son visage. Les bandes se sont malheureusement démagnétisées (la faute à un déménagement), mais je les ai conservées dans une boîte à chaussures au fond de mon armoire. C'est rassurant de les savoir là, bien que leur contenu soit effacé à jamais, cela fonctionne comme un portail vers ce souvenir.

Lou a les yeux fermés. Elle est étendue au bord de la piscine, les doigts dans l'eau. L'image d'un téléphone en train de charger s'impose dans mon esprit. Les doigts plongés dans l'eau chlorée d'un bleu artificiel, elle recharge ses batteries.

« Le voilà ! » Elle se redresse sur ses coudes, écoute, flaire. J'entends un bruit que j'apprendrai bientôt à identifier. Deux petits bips suivis du vrombissement électronique du portail qui s'ouvre lentement. Lou se lève, va chercher deux draps de bain blancs dans l'abri à gauche de la piscine.

Elle m'en jette un, frotte de l'autre ses épais cheveux couleur miel. J'imagine qu'elle les teint, car sa couleur naturelle est beaucoup plus foncée, presque comme la mienne – à moins que ce soit le soleil qui lui donne ces reflets. Ses cheveux sont aussi plus longs que les miens, qui ne m'arrivent qu'aux épaules. Au printemps, j'ai repéré mon premier cheveu blanc.

Et le voilà bientôt, dans l'encadrement de la porte, Renaud. En tenue de coureur cycliste. Maillot rouge, noir et blanc. Fermeture Éclair baissée dévoilant la toison grisonnante de son torse. Gants noirs. Chaussures de vélo à la main. Ne manque que le dossard. Sans compter qu'il a deux fois l'âge (au bas mot) des cyclistes qu'on voit à la télé. Son visage ridé est illuminé d'un grand sourire.

« Bienvenue, chéri », gazouille Lou dans un français selon moi impeccable.

Elle dépose un baiser sur sa joue, il fait de même et elle lui donne une bouteille d'évian.

Il me contemple.

« So this is Katja. »

Il me tend la main, je la saisis, et avant que j'aie le temps de protester il embrasse la mienne. Ses lèvres sont chaudes, humides. À l'instant pressées contre la joue de Lou. Que demander de plus ?

« Cet endroit est paradisiaque. »

Je suis sincère. Je n'ai jamais vu pareille villa, et je n'ai pas encore tout visité, pas encore pris la mesure de la chose.

Il paraît sincèrement ravi et, malgré son âge avancé (plus tard, j'ai trouvé sur Google qu'il avait trente-cinq ans de plus que Lou et moi), je distingue dans ses yeux les traces d'un très jeune homme, d'un garçon même. Et dans son corps une vitalité, une curiosité. C'est l'apanage du succès. Chez certains, il semble freiner le vieillissement. Comme s'il vaccinait contre tout ce qui dans la vie vous fait prendre de l'âge – les crédits, les licenciements, les déceptions, toutes ces inquiétudes financières. Il appartient à une vague de professionnels du septième art qui ont percé jeunes, sont devenus des icônes, s'en sont mis plein les poches, à une époque où tout cela était encore possible. Je comprends immédiatement que sa fortune est sans commune mesure avec celle de Lou. En dépit de sa réussite, elle est loin d'être aussi riche que Renaud. Pourra-t-elle jamais le devenir ? Le peut-on, en tant que femme ? Force est de constater qu'elle a d'autres atouts que les hommes comme Renaud désirent, et que tout cela fonctionne dans un jeu économique simple et complexe à la fois. Le temps est un facteur, une composante évidente de ce système. Car les atouts de Lou sont frappés d'une date de péremption.

Son regard est pénétrant. Il dit qu'il espère que je vais me plaire ici.

« Tous les amis de Lou sont mes amis. »

Nous sommes plantés là, tous les trois, à téter nos bouteilles d'eau. Soudain il pivote sur ses talons.

« Il faut que je prenne une douche. Je pue la mort. On se retrouve pour l'apéro tout à l'heure ? »

Lou hoche la tête, moi aussi, pur réflexe.

« J'ai demandé des pasta alle vongole », indique-t-elle.

Son visage s'éclaire.

« Parfait ! »

Il joint le pouce, l'index et le majeur et embrasse le bout de ses doigts avant de disparaître.

Lou me sourit, elle guette ma réaction.

« Qu'est-ce que tu en penses ?

— De Renaud ? »

Elle acquiesce. Ses yeux ont la couleur factice de l'eau de la piscine, d'un turquoise irréel.

« Impressionnant. »

Elle hoche de nouveau la tête. Sourit. C'était la bonne réponse.

« N'est-ce pas ? » Elle me prend par le bras. « Viens, on va se doucher ! »

Nous nous engouffrons dans la maison, la laissant nous engloutir.

Nous avons toujours pris des douches ensemble. Je m'y suis habituée, je n'ai jamais trouvé ça étrange. Peut-être la première fois qu'elle l'a suggéré, mais je ne m'en souviens plus, c'était il y a si longtemps. Dans le gymnase du lycée, les douches étaient communes, et Lou et moi dormions si souvent l'une chez l'autre que ça n'avait rien de curieux ni de sexuel.

Elle m'invite à entrer dans sa gigantesque salle de bain. C'est si bon d'avoir une vraie amie, que l'on connaît par cœur. Le temps peut s'écouler, on peut passer des mois, des années sans se voir, mais en cas de problème, ou quand on finit par se retrouver, c'est comme si rien n'avait changé.

Son gel douche sent la figue, son shampoing dégage un parfum luxueux. Le pommeau effet pluie nous arrose délicatement. Son corps nu si proche du mien. Elle n'a pas de trace de maillot, sa peau est uniformément dorée. Elle a gardé une petite touffe de sa toison pubienne blond cendré, comme une flèche pointant vers le bas, vers l'entrée. Je me demande s'il prend souvent sa douche avec elle. S'il la savonne à cet endroit, s'il la dévore avec avidité, comme je l'imagine bouffer des huîtres.

Elle me propose de me prêter une tenue, je suis partante. Plus jeunes, quand on vivait ensemble, ou plutôt quand je vivais chez elle, on partageait notre garde-robe. C'était essentiellement moi qui lui empruntais des vêtements, surtout lorsque sa carrière d'actrice avait commencé à décoller. Elle avait plus d'argent que moi et a toujours été attirée par la qualité, ce qui n'est pas vraiment mon cas. J'ai du mal à m'offrir des vêtements coûteux. Dans le dressing, je laisse courir mes mains sur les tissus. Elle est postée devant les rangées d'habits, en culotte couleur chair qui dévoile la moitié de ses fesses. Un sous-vêtement de luxe. Invisible sous n'importe quelle tenue. Avoir l'air nue sous sa robe de gala. L'ivresse que procure cette sensation de pouvoir.

« J'ai une idée ! »

Son visage s'éclaire. Elle décroche une robe noire en coton. Elle ne paie pas de mine, ressemble à une longue chemise de nuit, mais je l'enfile et découvre dans le grand miroir mural que le tombé est splendide, lourd, en quelque sorte. La robe épouse la forme de mes hanches et de ma poitrine, met en valeur mon corps comme si c'était un bijou. Cette pièce doit être très onéreuse.

« Superbe ! Tu es canon. »

Elle a l'air sincère.

Elle me serre dans ses bras, je sens ses seins à travers le tissu. Je la remercie et lui dis que je dois aller chercher une culotte.

« Tu n'en as pas besoin. »

Je m'arrête, prise de court. Elle hausse les épaules et les sourcils.

« Sois un peu coquine, Katja ! »

Et elle se tourne vers le dressing pour choisir sa tenue.

Pour un œil non averti, son genre de mec peut sembler quelque peu aléatoire. On pourrait même penser qu'elle n'en a pas, mais moi je sais. Je savais que Noah n'était pas du tout son style, et je sais avec une certitude absolue que Renaud a beau être plus âgé que les hommes qu'elle fréquente habituellement, il est l'incarnation de son type. Sportif. Bronzé. Toujours en mouvement, des projets plein la tête. Physiquement, elle n'a pas de critère fixe, grand ou petit, blond ou brun, mais ils ont toujours le teint frais, hâlé. Comme s'ils venaient de traverser l'Atlantique à la voile ou les Alpes à vélo.

Ça doit venir de sa relation avec son père. Je ne l'ai pas vu souvent. Les parents de Lou ont divorcé et elle a grandi chez sa mère. Mais chaque fois qu'il débarquait, il fleurait bon l'aventure. Oui, voilà ce qu'il dégageait. Alpiniste, sportif extrême ou chasseur de trésors, toujours avec un sac à l'épaule et le souffle court, comme si le hasard l'avait mené là, entre deux grands voyages, et qu'il en profitait pour passer une tête. Nous voulons toutes épouser notre père, n'est-ce pas ? Surtout s'il a été absent durant notre enfance.

Renaud ne ressemble en rien à son père, mais de lui émane le même genre d'insouciance. Plus tard, j'apprendrai qu'ils partagent le même amour pour les discussions politiques, et que les deux hommes ont à cœur d'affirmer qu'ils sont du côté des pauvres. Le père de Lou par le biais de son travail dans la fabrication de pièces pour des systèmes d'assainissement utilisés dans les pays en développement (d'où ses nombreux voyages) et Renaud en mentionnant à tout bout de champ son enfance dans un quartier populaire de Marseille où sa famille peinait à joindre les deux bouts.

Je n'ai jamais aimé les moules, il y a quelque chose dans leur anatomie qui m'angoisse terriblement. Elles ressemblent à des vulves miniatures lovées dans leur coquille. Mais les pâtes alle vongole que la cuisinière de Renaud nous a concoctées sont tout simplement divines. Leur saveur complexe me transporte. Jamais je n'ai dégusté pareil mets.

Nous sommes installés dehors, sous le ciel étoilé. La chaleur est encore telle que le moindre geste me ferait transpirer, mais nous sommes assis, immobiles, à déguster des plats servis à table, comme au restaurant, et le vin blanc est si froid que le verre se couvre de buée. J'ai beau être une néophyte, je comprends que l'accord mets-vin a été savamment choisi, car le goût du breuvage révèle celui du plat, et je laisse échapper un cri de plaisir lorsque j'en avale une gorgée après ma première bouchée. Je les fais rire, Renaud et Lou, et je sens que ma réaction renforce leur bonheur, eux qui vivent en permanence dans ce monde et oublient peut-être de l'apprécier.

J'apprends que c'est Ermelinda, la femme d'origine sud-américaine, qui a cuisiné. Elle semble être une sorte de bonne à tout faire. Renaud s'empresse de la faire venir et annonce que Katja « our beloved guest » s'est régalée. Je hoche la tête, me sens devenir écarlate.

« Je n'ai jamais mangé des pâtes alle vongole aussi délicieuses. »

Ermelinda me remercie en souriant. Je ne précise pas que c'est la première fois que j'en goûte. Une perle de sueur glisse le long de sa joue, dans son cou, avant d'être absorbée par sa robe tablier blanche.

Je n'ai rien à ajouter, elle non plus, et j'ai l'impression que Renaud jouit du silence gêné entre nous. Lou le contemple en vidant son verre. Elle n'a pas touché aux spaghettis, elle semble s'être concentrée sur les moules.

« Chéri », lance-t-elle en caressant le bras aussi bronzé que velu de Renaud.

Il se contente de sourire, et finit par esquisser un mouvement de la tête presque imperceptible à l'adresse d'Ermelinda qui effectue une petite révérence avant de filer dans la maison. Elle est de retour quelques instants plus tard avec une nouvelle bouteille de vin. Elle remplit nos verres. Celui de Lou, le mien et enfin celui de Renaud. Je vois qu'elle pose une main maternelle sur la sienne lorsqu'il la remercie de nouveau pour le repas. Puis elle disparaît dans la maison, la bouteille vide à la main.

La mère de Lou, c'est tout un poème. Une transfuge de classe inversée, selon ses propres termes. Passée des beaux salons français (ou des internats, à tout le moins) à une sorte de classe ouvrière intellectuelle de gauche post-soixante-huitarde. Cette présentation comporte des lacunes criantes, comme son lieu de villégiature (une île privée à Roslagen, enfin, une presqu'île, mais quand même) et le fait qu'elle ait toujours vécu à Stockholm intra-muros, bien qu'en location et dans le quartier plutôt populaire de Södermalm. Il n'empêche que ça n'a pas toujours été facile. Être mère célibataire n'est pas une mince affaire, surtout quand on est aussi étudiante. Elle avait dû se battre, c'est incontestable. Mais elle jouissait d'un important filet de sécurité sociale, et si les choses dégénéraient, elle pouvait obtenir une aide financière de sa famille. Et elle possédait surtout, à l'instar de sa fille, cette devise universelle dont certains se trouvent dotés : la beauté.

La beauté de Lou est envoûtante dans toute dans sa complexité labile, ses yeux en sont la manifestation la plus éclatante. Mais sa mère est belle comme un cheval d'élevage. Sa somptuosité est flagrante, elle marque durablement. Elle semble l'incarnation de la femme parfaite. Comme si un dieu l'avait créée pour son propre plaisir. Sa beauté est presque provocante tant elle coule de source. Enfin, plus maintenant. Mais sur des photos.

J'ai soudain envie de prendre des nouvelles de sa mère, mais quelque chose me retient. Une petite inquiétude, à fleur de peau. Et si sa mère était pour Lou ce que Lou est pour moi ? Une menace. Pas seulement, bien sûr, mais tout de même. Je me demande si Renaud l'a déjà rencontrée. Ils doivent avoir à peu près le même âge. Ils se sont peut-être croisés dans une discothèque française. Je me demande si ça l'excite, de savoir qu'il a couché avec la mère et sa fille, qu'il les a cueillies alors qu'elles étaient à peine mûres, ou tout juste.

Il faut dire que la mère de Lou a été Miss Suède dans les années 1970. Plus personne ne s'en souvient, et si c'était le cas, il n'y aurait pas de quoi se vanter, mais à l'époque ça ouvrait des portes. La première fois que je suis allée chez Lou, à l'automne, en seconde, sa mère m'a raconté, alors que je dégustais une soupe de lentilles et du pain au levain (avant que le levain soit à la mode) que le roi de Suède l'avait invitée à un rendez-vous galant. Comme je n'étais pas suffisamment impressionnée, elle a dressé une longue liste de ses prétendants. Il s'avéra qu'il y avait des hommes de tous les genres. Politiciens, artistes, rock stars ou vedettes du cinéma. Ils l'avaient tous aimée. Lou avait levé les yeux au ciel derrière le dos de sa mère, mais je me souviens avoir pensé que ça avait dû l'influencer, de voir sa mère utiliser sa « devise » pour arriver à ses fins.

Ses deux parents m'ont toujours fascinée. Le plus intéressant chez les miens, c'est qu'ils sont encore mariés et que, pour une raison incompréhensible (peut-être parce qu'ils avaient visité Saint-Pétersbourg pour leur voyage de noces), ils nous ont donné à mes frères et à moi des noms aux sonorités russes. Longtemps, j'ai regretté que mes parents ne soient pas un peu plus exotiques, porteurs de peines profondes ou de secrets, de quelque chose qu'ils auraient pu me transmettre, mais l'anecdote la plus originale dans ma famille c'est que l'oncle paternel de mon père a été interné à Beckomberga. Et chaque fois que je raconte cette histoire, il y a toujours quelqu'un pour me répondre qu'un de ses grands-oncles aussi. Rien d'unique, en fin de compte.

Lou ne parle jamais de sa mère, et à ma connaissance elle ne lui rend même pas visite lorsqu'elle est à Stockholm. Je dois lui poser plus de questions sur sa vie, me dis-je avant de m'endormir entre les draps blancs amidonnés, je veux qu'elle sache que je m'intéresse vraiment à elle, vraiment.

Le lendemain matin, je me réveille tard. Il est quasiment dix heures et demie quand j'allume mon portable. Je lis le SMS que Lou m'a envoyé hier en venant me chercher : *Un peu de retard, mais je suis en route. Bisous <3.* Personne d'autre n'a cherché à me contacter entre-temps. Sur la table de chevet, je trouve la télécommande des volets roulants. Quand je les ouvre, la lumière inonde la pièce, impitoyable. Une douleur sourde palpite sous mon crâne. Le vin, et les cigarettes françaises que Renaud m'a offertes. Je n'ai plus l'habitude de fumer, mais il y avait quelque chose de si hospitalier dans son geste, lorsqu'il a tendu le paquet, que je ne pouvais pas refuser. Sa manière de placer sa main en coupe autour de la flamme en allumant ma cigarette, les bouffées de son parfum ou de son eau de toilette, une fragrance puissante.

J'observe la robe d'hier, en boule sur le sol de la salle de bain. Même sale et froissée, elle est plus belle que n'importe quel vêtement que j'ai pu apporter ou que je possède. J'enfile mon bikini, l'élastique est distendu, le tissu encore humide. J'hésite avant de passer la robe de Lou par-dessus.

Dans la cuisine, la petite femme sud-américaine s'affaire à la vaisselle. Elle sursaute en me voyant et se hâte de quitter la pièce. Je tente de l'en dissuader, mais elle a déjà disparu. Je me dis que ça doit faire partie du job. Discrétion totale. Les célébrités en ont besoin pour se détendre, quand elles sont en congé. Se protéger des regards. Sur le plan de travail (en marbre) trône une machine à expresso semblable à celle que nous avions au café où je travaillais l'année de mon cours préparatoire à l'école d'art dramatique Calle Flygare.

Je me dirige vers la piscine, mon americano à la main, et m'installe sur un transat à l'ombre de l'abri. En contrebas, légèrement en biais, j'aperçois le court de tennis. Je ne l'avais pas remarqué hier. À côté s'ouvre une sorte de terrasse surélevée, protégée par une toile d'ombrage (en lin, m'informera-t-on plus tard), où Lou et une femme que je n'ai jamais vue pratiquent une sorte de yoga. Je ne reconnais pas toutes les postures, en même temps je n'ai pas suivi beaucoup de cours de yoga dans ma vie.

Le café apaise mon mal de tête, mais je sais qu'il m'en faudra plus pour me sentir totalement rétablie. L'eau de la piscine scintille en de petits éclairs blancs qui m'agressent la rétine. J'ai la nausée. Je me penche en arrière et somnole.

J'ai dû m'assoupir, car je me réveille au son de voix qui se rapprochent. C'est Lou et la femme qu'elle me présente comme Marie, maître yogi et guide spirituelle. Lou sourit, Marie secoue la tête avec embarras. Je ne sais pas laquelle des épithètes déclenche cette réaction, ou si je suis passée à côté d'une plaisanterie.

« Marie s'occupe de toutes les stars. C'est elle qui a aidé Matt Damon à sculpter son corps pour le rôle de Bourne. »

Elle cite d'autres grands acteurs, Marie éclate d'un rire gêné.

« Et vous vous entraînez pour un nouveau film ? »

Je regrette immédiatement ma question. Lou me sourit, le visage luisant de sueur, le teint éclatant. On dirait presque qu'elle est maquillée mais non, c'est naturel.

« On s'entraîne toujours pour un nouveau film, n'est-ce pas, chérie ? » fait Marie en s'avançant vers Lou pour lui faire la bise.

Marie me salue en repliant plusieurs fois les doigts, la main levée près du visage, puis elle longe la piscine avant de disparaître par la porte-fenêtre.

Lou se laisse tomber sur le transat à côté du mien et entreprend de s'étirer. Elle arbore une microscopique brassière de sport munie de lanières qui s'enchevêtrent dans le dos, dessinant un motif compliqué. Je ne comprends pas comment elle parvient à l'enfiler et placer convenablement toutes les bandelettes de tissu. En bas, elle porte un legging de yoga. La peau de son ventre se plisse quand elle se penche en avant.

« C'est génial d'avoir une coach personnelle, dis-je, pour briser le silence.

— Elle n'est pas très dispo, regrette Lou, le visage au niveau des genoux. Avant, c'était un mec qui me coachait. Il s'occupait aussi de l'entraînement physique de l'équipe de France de foot. Hyper doué dans plein de sports, il me poussait à fond, le genre de programme qui donne de vrais résultats.

— Il ne vient plus ? »

Elle sourit, se lève, se dirige vers la maison et je la suis. Elle ne se retourne même pas tant elle est sûre que je ne vais pas la lâcher.

« Non, Renaud était jaloux. J'ai dû prendre Marie. »

Un rire m'échappe, croyant à de l'humour, mais je me tais aussitôt. Dans la cuisine, le déjeuner de Lou est posé sur la table. Je me demande si la domestique surveillait par la fenêtre son arrivée pour sortir son assiette et disparaître.

« Tu as mangé ? » me demande Lou.

Je secoue la tête.

« Qu'est-ce que tu veux ?

— Je ne sais pas. N'importe quoi. Je peux me servir. »

Mais Lou a déjà appuyé sur le bouton de l'écran installé sur l'îlot central. En moins d'une minute, elle est là, la femme que Lou me présente de nouveau comme Ermelinda, « our own superwoman ». Cette dernière rit nerveusement, puis elles continuent en français.

La conversation terminée, Lou se dirige vers la terrasse de la piscine, son assiette à la main, et je lui emboîte le pas. Dans le bar extérieur, elle attrape une bouteille d'évian pour elle et un Coca Zero pour moi. Je bois goulûment tandis qu'elle me contemple. Son assiette est soigneusement présentée en trois parties distinctes. J'identifie un morceau de poulet, des pousses d'épinards rehaussées d'une vinaigrette luisante et d'autres légumes que je ne reconnais pas. Elle ne touche pas à la nourriture.

« Je lui ai demandé de te préparer un brunch.

— Merci, c'est gentil, mais ce n'était pas nécessaire, j'aurais pu juste grignoter quelque chose. »

Elle se penche en avant, pose une main sur la mienne.

« Elle lui coûte une fortune, autant qu'il en ait pour son argent. »

Je hoche la tête et me tourne vers la mer, là-bas à l'horizon.

Dans ma famille, on a toujours évité les conflits. Typiquement suédois. On ne s'est jamais disputés. Je me dis parfois que c'est ce que Lou apprécie chez moi. Je n'ai jamais fait d'histoires, je ne l'ai jamais contredite. Je me suis toujours montrée aussi conciliante que possible, glissante, coulante, comme de l'eau. Pas une seule prise de bec. C'est assez unique quand on y pense. Une amitié aussi solide. Presque sainte. Irréelle.

La mère de Lou est très française, dans mon souvenir. Elle a un caractère bien trempé, à l'image de toutes les Françaises dans l'histoire du cinéma. Elle me fait penser à la plupart des personnages joués par Bardot, par exemple, ou à ce vieux film culte, *37°2 le matin*, pour ne citer qu'eux. En revanche, la mère de Lou n'avait pas d'homme sur qui passer ses nerfs, et c'est Lou qui a dû supporter ses soudains accès de rage, mais aussi ses bouffées de tendresse et ses excuses.

Un jour, je lui ai demandé s'il n'était pas difficile de vivre avec une mère aussi impulsive. Elle m'a regardée comme si la question lui échappait. Elle a haussé les épaules et répondu qu'elle n'y avait jamais réfléchi, qu'elle avait l'habitude. Elle parvient à garder son sang-froid bien mieux que sa mère. Je ne l'ai jamais vue s'emporter, réellement. À l'écran elle joue l'indignation à merveille, elle est toujours crédible, mais c'est comme si elle avait fait le choix délibéré de ne pas exprimer ces émotions-là dans la vraie vie. Elles ne l'auraient pas aidée à atteindre ses objectifs.

Lou n'entame son repas que lorsque Ermelinda apporte le mien. Elle pose un grand plateau argenté sur pieds à côté de mon transat. S'y pressent d'épais pancakes, des œufs brouillés dorés, du bacon croustillant, des croissants encore chauds et de petits pots de confiture coiffés de charlottes, une verseuse de café fumant et une assiette remplie de fraises, framboises, cerises et quartiers de pamplemousse. Ermelinda s'est déjà volatilisée et Lou me regarde, enthousiaste, guettant ma réaction.

Je m'exclame « Waouh ! », surtout pour dire quelque chose. À vrai dire, je ne sais pas trop où me mettre. Lou opine et se met à découper son blanc de poulet sans peau en infimes morceaux. On dirait qu'elle prépare l'assiette d'un enfant.

Puis j'attaque mon repas et, comme la veille au soir, j'ai l'impression que ce que prépare Ermelinda est bien plus que de la nourriture. C'est sa quintessence. Je sens la graisse du bacon dégouliner le long de mon menton ; Lou la suit du regard, comme hypnotisée, avant de se ressaisir et de me tendre la serviette en lin blanc posée à côté de mon assiette.

Je m'extasie entre chaque bouchée. « C'est divin ! »

Lou semble à présent satisfaite. Elle s'autorise à avaler quelques cerises en dessert alors que je sais qu'elle ne consomme généralement ni fruits ni baies. Elle me l'a expliqué une fois. Elle se préparait pour un rôle dans un long-métrage qu'elle décrivait comme à mi-chemin entre *Seul au monde* et *Les Survivants*, ce film sur le crash d'un avion dans la cordillère des Andes, où les rescapés avaient dû consommer la chair de leurs camarades décédés. Je ne comprenais pas vraiment à quoi allait ressembler ce nouveau film, d'ailleurs je ne crois pas qu'il soit passé au cinéma en Suède. Quoi qu'il en soit, son personnage devait être famélique, et j'ignore si c'était son idée ou celle du réalisateur, il fallait qu'elle perde près de dix kilos alors qu'elle était déjà très mince. Il lui restait quelques rondeurs de l'adolescence, surtout au niveau du visage, et je me rappelle avoir pensé qu'elle en viendrait à regretter ces joues pleines lorsque sa peau commencerait à se relâcher, comme celle de sa mère. Elle avait consulté une diététicienne à Los Angeles « chez qui tout le monde allait », parce que c'était important de perdre du poids de manière saine, pour ne pas se rendre malade ou être faible au point de ne plus pouvoir travailler.

Elle y avait toujours mis un point d'honneur : il ne s'agissait nullement d'un objectif aussi banal que de maigrir pour être la plus mince, la plus belle. Il s'agissait du boulot, et le travail avant tout. Après son rendez-vous chez cette nutritionniste, elle avait cessé de consommer des baies parce qu'elles pouvaient déclencher l'envie de sucre. Un vrai tour de force. S'interdire un aliment sain comme les baies par peur d'engloutir autre chose dans un même élan. « Dans le fond, les humains restent des bêtes. Notre instinct nous dicte de manger autant que possible, parce qu'à l'époque on ne savait pas quand on trouverait de nouveau de la nourriture. À l'âge de pierre, tu vois », m'avait-elle expliqué.

Je n'ai jamais réussi à traiter l'alimentation, ou mon corps, ainsi. Comme une machine. Mais je suppose que c'est ce qui nous distingue, nous, le commun des mortels, des stars de cinéma. L'incroyable discipline qu'elles possèdent. Que Lou possède, en tout cas.

Cette discipline est aussi un véritable numéro d'équilibriste. Chaque acteur ou artiste doit malgré tout garder une part de sauvage et d'indompté, de dangereux, selon les mots de notre prof de théâtre au lycée. Se contrôler à outrance peut vous rigidifier, comme si votre corps était plein de ciment. Peut-être est-ce la raison pour laquelle la carrière de Lou ne s'est pas développée de la manière qu'elle et son entourage espéraient après *Babetta*. Tout le monde imaginait que sa notoriété allait exploser, qu'elle allait devenir une superstar suédoise que les réalisateurs s'arracheraient. Il y en a une par génération : Greta Garbo, Ingrid Bergman, Lena Olin et bien d'autres. Mais ça n'a pas décollé à ce point-là. Elle a travaillé sans relâche, bien sûr, mais cette liste A est si courte, la porte est si étroite, et il y a tant de filles qui s'y pressent.

Vous penserez peut-être que je suis jalouse ou que j'éprouve un soupçon de joie mauvaise, et qui suis-je pour la juger ? Mais je l'admire réellement. Ma propre carrière ratée est une blague en comparaison. On ne peut même pas appeler ça une carrière – je n'ai pas joué un seul rôle rémunéré (ni sur scène ni à l'écran). Les courts-métrages et le théâtre amateur ne comptent pas, ce ne sont que des tremplins vers quelque chose de plus grand. Dans mon cas, ça s'est arrêté là.

« J'ai décroché mon premier rôle de maman », me confie-t-elle plus tard dans l'après-midi, alors que nous sommes étendues sur nos transats pour sécher. Elle ne me regarde pas, et son visage est camouflé derrière de grandes lunettes de soleil noires. Sa voix ne laisse transparaître aucune émotion.

« Qu'est-ce que ça te fait ? »

Elle me dit qu'elle est contente, comme si elle avait atteint un nouveau palier dans sa carrière. Et ajoute qu'elle est lasse d'être toujours castée comme la « femme parfaite ». Avec cette nouvelle phase, elle a plus de chances d'accéder à des projets qui l'intéressent.

« Ça donne une plus grande marge de manœuvre au niveau du jeu, et ça s'inscrit dans une discussion sociétale sur la condition féminine et le féminisme en général. »

Je ne sais pas ce que j'aurais aimé entendre, mais on dirait une réponse apprise par cœur. Lou est quelqu'un qui fait advenir des choses, qui fait tourner les roues dans le sens qu'elle veut, elle a sans doute un plan finement élaboré en tête pour mener sa carrière à bon port. Nous fêtons nos trente-quatre ans cette année, elle en septembre, moi en octobre. Trente-quatre, c'est presque quarante. Quarante, c'est presque la mort.

Après le déjeuner, elle va prendre sa douche. Je monte chercher mon livre, retourne m'allonger dans un transat et essaie de lire, mais mes pensées tourbillonnent, incapables de s'accrocher aux mots. Je me redresse, contemple les montagnes qui s'offrent à moi. De l'endroit où je me trouve, je prends soudain conscience que la piscine est à débordement. Elle semble, dans une certaine perspective, fusionner avec la mer. Elle a quelque chose de si fragile, on dirait que tout pourrait s'écrouler d'un moment à l'autre, que l'eau pourrait s'échapper de tous les côtés.

Plus loin, un jardinier arpente le domaine. Enfin, j'imagine qu'il est jardinier. Il taille les plantes, armé d'un long sécateur. Ici, même la nature est artificielle. Je me sens un peu stupide de ne pas l'avoir remarqué plus tôt. Tout est réfléchi et mis en œuvre pour avoir l'air naturel. L'homme doit sentir que je le fixe. Il esquisse un geste dans ma direction, quelques fleurs fanées à la main. Je souris, détourne le regard. Il a l'air sud-américain, lui aussi. De la même famille qu'Ermelinda, peut-être ?

Je pense à la Suède que j'ai laissée derrière moi, à l'instant où Lou a appelé. « Viens. » Il faisait une chaleur inhabituelle pour la fin juin. J'avais prévu de prendre deux mois de vacances. J'avais un peu d'argent de côté. Mon mémoire rendu, l'été s'étirait devant moi comme un océan de possibles. Je savais que ce serait mon dernier été libre. J'avais passé presque tous les étés de ma vie à travailler. J'ai commencé les petits boulots jeune et j'ai testé la plupart des secteurs. Mais cette année, je comptais enfin prendre du temps pour moi. J'avais étudié et travaillé en parallèle pendant des mois et, pour la première fois, je ne préparais pas le concours d'entrée des écoles d'art dramatique, pas même celle de Luleå, réputée la plus facile.

Dans le meilleur des mondes je décrocherais un poste de doctorante rémunéré à la rentrée, mais il y avait plus de chances que je me mette à bosser à plein temps dans la chaîne de cafés bio où je faisais quelques heures hebdomadaires. Si tout se passait bien et si je m'en donnais les moyens, je pourrais sans doute progresser, devenir responsable de l'établissement. Je savais que je me trouvais face à un changement majeur, mais je ne savais pas en quoi il consisterait. L'an prochain, je serai plus proche de cinquante ans que de vingt, et même si je n'étais pas stressée je remarquais que mon environnement changeait, lentement mais sûrement. Je savais que c'était à cet âge que les gens se mariaient, avaient des enfants, se coupaient les cheveux, décrochaient un CDI, faisaient carrière. Je me demande ce que Lou en pense. Elle donne l'impression d'être adulte depuis tellement plus longtemps, depuis *Babetta*, peut-être même avant ?

Je n'avais pas décidé de quoi mon été serait fait. En un sens, c'était parfait que Lou me contacte. Je n'avais personne à appeler avant de partir, personne qui comptait sur moi, ou m'attendait. J'étais totalement libre. Seule et libre. Seule. Libre.

Je reste longtemps sur mon transat. Jusqu'à ce que ma peau soit si collante que je suis obligée de plonger dans la piscine ou me réfugier dans la maison climatisée. Pas de signe de Lou ni de Renaud.

Je finis par rentrer. Silence total. Je distingue un bruit d'eau venant du dehors, comme si on avait déclenché un système d'arrosage. J'erre d'une pièce à l'autre, me rappelle qu'on m'a dit de faire comme chez moi alors que personne ne m'a fait visiter le reste de la maison.

Au rez-de-chaussée, outre la grande cuisine et la spacieuse entrée que j'ai déjà vues, se trouvent plusieurs pièces tout aussi gigantesques. Celle qui jouxte la cuisine sert de salle à manger, et paraît très formelle malgré le bouquet de fleurs sur la table d'une blancheur éblouissante. La pièce a l'air abandonnée, comme si personne n'y était jamais venu, à part en coup de vent. Le long d'un mur se dresse une grande vitrine qui renferme de la vaisselle, ou peut-être des antiquités, ou les deux. De l'autre côté de la pièce, on aperçoit la mer par les larges baies vitrées. Un immense lustre surplombe la table. Ça me rappelle le job que la mère de Lou m'avait dégoté à l'Académie suédoise. Je devais polir les lustres. Elle était amie avec quelqu'un du secrétariat, mais elle m'avait fait comprendre qu'elle était aussi liée avec une personnalité plus connue de la maison. Je n'ai jamais demandé qui, même si j'avais l'impression qu'elle n'attendait que ça. C'était bien avant que les scandales n'éclatent.

« Lou a toujours refusé de faire ça, mais je trouve que c'est un honneur », avait dit la femme qui m'avait accueillie, en me montrant le vestiaire et le matériel d'entretien.

Je traverse plusieurs des pièces de la maison de Renaud. Il y a quelque chose dans l'organisation de l'espace qui me fait penser à *La Mélodie du bonheur.*

Le bureau de Renaud se trouve tout au bout du couloir. La porte est ouverte, aussi n'ai-je pas réellement l'impression de fouiner lorsque je franchis le seuil, même si je ne peux pas m'empêcher de lancer un « Hello ? » et de regarder autour de moi en entrant. J'ignore pourquoi la pièce paraît si intime. Elle est spacieuse, l'un des murs est tapissé d'affiches de films cultes, des chefs-d'œuvre auxquels Renaud a participé. Sans doute est-ce pour cette raison qu'elle me semble si personnelle. Je pense à toutes les soirées, toutes les nuits où j'ai disséqué ces longs-métrages, et pas seulement moi, mais les cinéphiles de toutes générations. Je connais certaines de ces œuvres presque mieux que ma propre maison d'enfance. À demi dissimulée derrière un arbre aux grandes feuilles sombres (un figuier, peut-être ?), j'entrevois l'affiche familière de *Babetta.*

C'est un film mythique, je l'ai vu plusieurs fois, bien qu'il ne suscite pas chez moi le même vertige qu'un film de Kurosawa ou de Kubrick. Vadász est pourtant considéré comme l'un des plus grands. L'affiche représente le visage de Lou, scindé en deux parties, l'une photographiée de face, l'autre de profil. La composition étonnante renforce la beauté de son visage, soulignant son extrême symétrie. Cela faisait longtemps que je n'avais pas vu cette affiche et je suis étonnée de n'y avoir jamais vraiment réfléchi. J'ai lu quelque part, peut-être dans *Cosmopolitan*, à moins que ce soit dans un manuel de cours, que plus un visage est symétrique, plus il est « objectivement attirant ». Ne me demandez pas ce que cela signifie.

Entre les deux moitiés de visage, on aperçoit un paysage hongrois. Si le film a eu un tel retentissement, c'est aussi parce qu'il dépeint un pan de l'histoire européenne assez peu représenté – les agissements de l'empire d'Autriche, et ce que nombre de Hongrois considèrent comme une véritable agression de leur pays. Sándor Vadász, lui-même hongrois, souhaitait mettre en lumière cette période à travers une perspective féminine, chose qui selon lui faisait défaut dans le monde du cinéma. Il avait choisi Lou pour mettre en œuvre sa vision. Et qu'importe sa réputation sulfureuse, ses méthodes de travail non conventionnelles – d'après certaines rumeurs, il brisait délibérément ses acteurs pour pouvoir mieux les diriger, à la manière d'un gourou, et il entretenait des liaisons avec de très jeunes actrices.

À sa sortie, *Babetta* avait été salué dans le monde entier comme un film qui pour la première fois, avec sérieux, relatait un événement historique du point de vue d'une femme, et personne n'avait osé l'attaquer. Sans doute n'était-ce pas nécessaire.

Sur l'autre mur s'alignent tous ses prix. Je suis surprise par la petite taille de l'Oscar. Et par le petit ours en métal, qui a l'air si vivant. Comme s'il allait se détacher de son socle et se mettre à danser dans la pièce.

« Tu as vu certains de ces vieux films ? demande une voix juste derrière moi qui me fait sursauter. Tu es peut-être trop jeune… » Renaud est entré dans la pièce sans que je m'en aperçoive. Je balbutie des excuses qu'il balaie d'un geste de la main. Il m'invite à m'asseoir dans l'imposant canapé blanc. Je m'exécute, et j'imagine mon corps en train de déteindre sur le tissu clair, d'y laisser une trace.

Renaud porte une chemise en lin bleu clair dont la couleur souligne son teint doré. À la main, il tient un paquet d'enveloppes qu'il jette sur son bureau. Il s'empare d'une clé USB miniature rouge et noir posée dessus et la glisse dans le tiroir supérieur. Il se tourne vers moi, tout sourire, et me propose une bouteille d'évian.

« Alors, tu es une cinéphile avertie, comme Lou ? »

J'acquiesce en me demandant si Lou entre vraiment dans cette catégorie. Elle est studieuse, je le sais, mais je n'ai jamais vu chez elle cet amour des films qui me dévore encore aujourd'hui. Une passion sauvage, presque. Mais après tout, ça ne se voit pas de l'extérieur.

Je lui explique que je me suis inscrite en thèse d'études cinématographiques pour l'an prochain, mais que je ne suis pas sûre d'avoir le poste. Renaud secoue la tête, hausse les épaules, comme pour montrer que ce que je veux faire ne sert à rien.

« Agir a toujours été ma devise. Je suis bien trop agité pour supporter l'école. Et bien trop bête ! »

Il accompagne sa dernière phrase d'un ricanement, et même si je devrais peut-être me sentir insultée, je me mets à rire moi aussi. Je plonge le regard dans sa bouche grande ouverte. Ses dents sont d'une blancheur d'albâtre. Pas une seule trace de plombage, même pas dans les molaires. Cela me surprend, jusqu'à ce que je me souvienne de l'ampleur de sa richesse.

Il est rapide. Si rapide que ça semble habituel, ou planifié. Car il est soudain assis à côté de moi sur le canapé, si près que je distingue les pores de sa peau. Il examine minutieusement mon visage. Comme s'il y cherchait quelque chose. Sa main dégage une mèche de mes cheveux, la place derrière mon oreille, et il en profite pour se pencher vers moi, humer l'odeur de mon cou. Je ne sais pas quoi faire. Je ne sais même pas ce que j'en pense. Sa collection de prix me dévisage depuis l'étagère tandis qu'il m'embrasse le cou. Ce n'est pas totalement désagréable, même s'il n'est pas mon genre. Je m'étonne de la facilité avec laquelle il prend cette liberté. Puis je me demande si Lou est au courant. Ce qu'elle dirait si elle nous voyait. Renaud saisit ma main, la pose sur son membre au-dessus de la toile de lin blanc de son pantalon. Il est dur. Il gémit dans mon oreille en imprimant à ma main un mouvement de va-et-vient.

« Katja, petite coquine », susurre-t-il, et tout à coup sa braguette est ouverte et il a pressé ma tête vers le bas. Je n'ai pas le temps de réagir. Je me retrouve sur l'épais tapis blanc avec sa queue de vieux entre les lèvres et ses mains autour de ma tête qui lui imposent un rythme régulier. Je ne regarde pas l'heure, mais il n'a pas pu s'écouler plus de trois minutes avant qu'il se vide dans ma bouche. C'est salé, aigre, un peu comme des huîtres à la vinaigrette, mais la consistance est plus lisse, sans résistance.

Ensuite, il me tend un Kleenex d'une boîte posée sous la table basse. Il me décoche un clin d'œil, annonce qu'il a des affaires à régler en ville, mais que l'on se voit ce soir pour le dîner. Et il disparaît.

Je reste par terre, le mouchoir à la main, sans comprendre ce qui vient de m'arriver.

IV

Dans la scène de la première rencontre entre Babetta et le jeune comte, elle sert le repas, lors d'un grand dîner. Le genre de réception qui, on le comprend, est donnée quotidiennement au domaine. Des comtes et des barons s'invitent à tour de rôle, ils ne font que se divertir, comme les membres de la classe dominante l'ont toujours fait et le font encore aujourd'hui. Au cours de ces réjouissances, l'étiquette revêt la plus haute importance, en particulier pour que les indésirables soient repérés au premier coup d'œil.

Fébrile, Babetta a le malheur d'éclabousser Vaz, qui ne laisse évidemment pas passer cette maladresse et la saisit par le poignet. Toute la pièce s'immobilise, retient son souffle. Ce n'est pas la première fois que Vaz admoneste un domestique. Au début de la scène, qui s'ouvre dans la cuisine et nous mène ensuite dans la salle de banquet (dans un seul long plan-séquence), une autre servante avertit Babetta : elle a intérêt à ne pas renverser une seule goutte de soupe, car la dernière personne à avoir commis ce genre d'impair a dû passer la nuit dans l'étable avec les animaux. Quand Babetta rit sans être gratifiée d'un rire en retour, elle comprend que la femme est parfaitement sérieuse. On suit ensuite Babetta et les autres domestiques qui gravissent les escaliers du personnel, portant de lourdes marmites et des chaudrons brûlants.

Il est clair que les créateurs de *Downton Abbey* ont vu *Babetta*. Lou m'a raconté que Vadász travaillait avec des plats authentiques de la fin du XIXe siècle et que le chaudron en cuivre qu'elle transportait, contenant un potage (nauséabond) de tête d'agneau, était bouillant, qu'elle ne cessait de se brûler, et que la puanteur qui émanait du plat en train de cuire avait fini par la faire vomir au bout de sept ou huit prises. Mais le réalisateur s'était contenté de hausser les épaules, il semblait même trouver que c'était une bonne chose. Peut-être cela faisait-il partie de sa manière de diriger les acteurs. Il avait l'air d'encourager ce genre de pratiques, une sorte de method directing.

Après avoir attrapé Babetta par le poignet (les autres convives ne le remarquent pas, ou en font peu de cas), Vaz l'humilie et l'intimide jusqu'à ce que le comte prenne soudain conscience de ce qu'il se joue. C'est la première rencontre entre le comte et la jeune femme. « Comment vous appelez-vous ? » lui demande-t-il, elle hésite, l'obligeant à répéter sa question, et lorsqu'elle prononce son prénom, la musique envahit la pièce (« Serkento », également de Márk Rózsavölgyi). Puis, à mesure que la caméra s'éloigne, les couples de danseurs de la séquence d'ouverture apparaissent en tournoyant dans la pièce, suivis d'un orchestre. Les danseurs virevoltent, entraînant dans leur mouvement les invités et le personnel vers la salle adjacente. Ne reste que Babetta, près de la table, qui les regarde s'éloigner et qui voit le jeune comte se faire entraîner par la csárdás de sa cour. Babetta devient spectatrice, et nous sommes spectateurs de la spectatrice. Il faut reconnaître que la mise en abyme de Vadász est réussie. Et j'aime la dualité de cette scène, avec d'une part la promesse d'une aventure formidable, fascinante, et d'autre part une sorte de présage, une mise en garde, un signe annonciateur des temps sombres à venir.

« Alors, quel est ton sujet de recherche ? » s'enquiert Renaud dans la soirée. Nous sommes installés dans le salon de jardin au bord de la piscine, à siroter nos dry martini. Pour la toute première fois, je vois la façade de Lou se craqueler.

« Quoi ? » demande-t-elle avant de comprendre que la question ne lui était pas adressée. Son visage se rabougrit, comme victime d'une soudaine crevaison, puis elle se ressaisit et me sourit comme si je lui avais annoncé qu'elle avait gagné un Oscar.

« Tu ne me l'avais pas dit ! » s'exclame-t-elle d'une façon si excessive que j'en suis gênée. Je me demande si elle est au courant de ce qui s'est passé tout à l'heure. Si c'est le cas, cela ne transparaît nullement. Je hausse les épaules.

« J'ai postulé, mais je n'ai pas encore reçu la réponse. Il y a tellement de candidatures pour ces postes. Mes chances sont minimes. »

Lou secoue la tête en souriant, étire le bras vers le paquet de cigarettes de Renaud.

« Katja est tellement douée, poursuit-elle, s'adressant à présent à Renaud. Quand on était à l'école de théâtre, j'étais persuadée que c'était elle qui allait percer. Je n'étais pas la seule. »

On dirait qu'elle fait référence à la prestigieuse académie d'art dramatique de Stockholm, mais Renaud ne semble pas réagir, ce n'est peut-être qu'une impression. Je secoue de nouveau la tête, je n'ajoute rien. Lou non plus. Nous nous sourions, tous les trois, nos dry martini à la main. Renaud nous contemple toutes les deux, un rictus amusé aux lèvres.

« Alors, le sujet ? » insiste-t-il en me dévisageant.

Je réponds que je ne suis pas sûre, que je m'intéresse aux stéréotypes, aux rôles de femmes, et que j'espère pouvoir faire des recherches sur l'évolution de notre vision des genres et du pouvoir. Sa bouche dessine un sourire conciliant et il lève les mains en l'air. « Ah, bien sûr, votre génération ! Vous êtes obsédées par l'égalité », lance-t-il d'une manière qui aurait dû être provocante, mais qui pour une obscure raison me paraît juste gentillette. Je jette un coup d'œil à Lou, elle sourit également, de manière encourageante, lèvres pincées. Je hausse de nouveau les épaules et ajoute : « Oui, peut-être, on verra ce que ça donne, si ça donne quelque chose. »

C'est Renaud qui évoque en premier *Babetta*. J'ai évité de le mentionner alors qu'il figure dans mon dossier de candidature. Renaud me dit que je devrais m'appuyer sur *Babetta*, puisque j'ai accès à l'actrice principale et au directeur de la photographie.

« Tu pourras nous citer, ça te donnera encore plus de crédit. »

Il sourit, l'eau de la piscine se reflète sur ses dents blanches qui luisent comme des néons. Je lance un regard en biais à Lou. Absorbée par son portable, elle a cessé de nous écouter. Il est clair qu'elle n'a plus envie de participer à cette conversation. Est-ce parce qu'elle ne tourne pas autour d'elle, ou parce qu'elle est lasse de n'être associée qu'à ce film ? Je sais qu'un jour, après avoir reçu des félicitations pour *Babetta* (« le meilleur film de tous les temps »), elle s'était exclamée : « Je n'ai pas fait que *Babetta*, mais tout le monde semble l'avoir oublié. » Elle ne m'en a plus reparlé. Elle devait être un peu fatiguée ce jour-là.

Renaud et moi continuons à discuter de *Babetta*, mais c'est comme si tant d'années s'étaient écoulées depuis le tournage que les souvenirs s'étaient dissipés, tombés dans le bourbier de l'oubli, à moins qu'il n'y ait rien d'autre d'intéressant à raconter, car aucun détail qu'il me livre n'est nouveau.

Ermelinda s'approche, demande discrètement si nous sommes prêts à dîner. « Oui, absolument », répond Renaud, et nous opérons un déplacement jusqu'à la table où nous avons mangé hier soir. Tandis que nous dégustons une viande de couleur sombre sur un lit de salade verte – « Un filet de bœuf ? » je suggère lorsque Renaud me demande de deviner, avant qu'il ne me corrige : « C'est du bison, n'est-ce pas amazing ? » – je remarque du coin de l'œil qu'Ermelinda débarrasse en silence la table du salon de jardin où nous étions installés. Je me demande si elle vit dans la maison, ou peut-être dans le village en contrebas, et dans ce cas comment elle parvient à rentrer chez elle le soir, et à quelle heure.

Comme hier soir, Renaud et Lou semblent être pris de fatigue après le repas. Renaud s'excuse sans indiquer ce qu'il a à faire. Lou précise qu'elle va lire dans son lit. Ses dents sont mauves à cause du vin rouge. Les pigments se fixent peut-être davantage sur les dents blanchies ?

L'apéro et le vin rouge ont fait grimper ma température corporelle. Je tends la main vers elle. Qu'est-ce qui m'arrive ? Cela contrevient à notre accord tacite, je ne peux pas la toucher n'importe comment, de même qu'elle peut venir chez moi ou m'appeler quand ça lui chante ; mais pour une obscure raison (je rejette la faute sur l'alcool), j'approche ma main de son bras et je lui effleure le poignet. Il est froid, un peu sec, j'ai l'impression de toucher la filière d'un voilier – est-ce comme ça que ça s'appelle, ces câbles qui empêchent de tomber ? et je vois qu'elle se fige, presque imperceptiblement.

J'ai réussi à attirer son attention. Mais qu'en faire ?

« Je suis heureuse de te voir », je murmure enfin, mais ce n'est pas ce que je veux dire, ou peut-être que si. Les pensées se bousculent dans ma tête, le lien entre elles m'échappe, et si je tire sur un fil, je redoute de dérouler toute la bobine, et j'ignore ce qui en sortira, alors je me contente de répéter : « Vraiment très heureuse. »

Elle expire longuement, me sourit, pose une main sur la mienne. Elle est fraîche.

« Moi aussi, Katja. »

Peut-être est-ce le vin, peut-être autre chose, mais la question me brûle les lèvres :

« Pourquoi m'as-tu demandé de venir ?

Elle me dévisage, rictus surpris, sourcils haussés.

« Qu'est-ce que tu veux dire ?

— Il y avait une raison particulière, non ? »

Elle éclate de rire, lâche ma main.

« Tu es ma meilleure amie, Katja. Ça fait une éternité que je n'ai pas eu de vacances en été. Tu sais, je n'ai pas arrêté de travailler, et maintenant je peux enfin souffler. »

Elle insiste sur le mot « enfin ».

« Ça permet de se poser. Et…, ajoute-t-elle avec un haussement d'épaules, de comprendre ce qui importe dans la vie. »

Elle me tapote la joue et me dit qu'elle doit aller se coucher, demain est un autre jour. L'image de la queue de Renaud m'apparaît comme un flash, puis s'efface aussitôt.

« Je suis comme une vieille dame », déclare-t-elle, mais rien dans sa manière de s'exprimer ne renvoie à une personne âgée. On dirait plutôt qu'une représentation exclusive va avoir lieu chez elle, à laquelle elle est la seule invitée. Sa propre solitude élevée au rang de VIP.

Après leur départ, je reste là, à écouter la musique du crépuscule et de la nuit qui descend sur les collines du Midi.

Peut-être est-ce aussi simple que ça. Une amie vous manque, vous lui demandez de venir. Mais plutôt que mon absence, n'était-ce pas plutôt un vide, l'absence de tout le reste, qu'elle voulait combler ? Cela a-t-il de l'importance ? Je suis là maintenant. Je suis là.

Je ne peux m'empêcher de m'approcher. La porte entrouverte est comme une invitation. Dès que je distingue les silhouettes, mon cœur se met à battre. La pièce est plongée dans la pénombre, je ne suis pas certaine de ce que je vois, mais le bruit m'aide. Je les vois dans sa chambre à elle. Ils se trouvent devant l'une des portes-fenêtres. Au début, je n'aperçois que Renaud, on dirait qu'il contemple la vue. Lou est agenouillée devant lui. Il fait sombre et pourtant je n'ai pas le moindre doute sur ce qu'ils font. Ce qu'*elle* fait. Sa bouche, là où se trouvait la mienne, il y a quelques heures seulement. Mon cœur palpite, je retiens mon souffle. Mes joues brûlent. Ma culotte se mouille. J'ignore combien de temps je reste plantée là, mais mes yeux s'habituent à l'obscurité, au contre-jour, je suis comme rivée au sol.

Je me rappelle quand je dormais chez elle. Elle vivait encore chez sa mère, on devait être en première. Son mec était dans la classe au-dessus, option musique. Je le vois parfois à la télé, s'il m'arrive de tomber sur une émission de divertissement. On peut l'apercevoir à l'arrière-plan, avec sa veste en velours, ses cheveux bouclés et sa guitare haut de gamme.

Ce soir-là nous avions passé la soirée chez Lou à regarder un film. Sa mère était là et il y avait une tension dans l'air, comme si un non-dit flottait entre elle et Lou, quelque chose que ni le garçon – je crois qu'il s'appelait Henrik, Henke, ou Fredde peut-être – ni moi ne comprenions. Une fois la mère couchée, il avait sorti un joint que nous avions partagé dans la chambre de Lou qui jouissait d'un balcon ornemental. Nous nous passions le joint, assis par terre. Devant la fenêtre s'étirait le parc Vitabergen avec ses collines verdoyantes.

L'herbe, ça n'a jamais été mon truc. Je n'aime pas perdre le contrôle. Quand j'en fume, j'ai l'impression de glisser plus profondément en moi, d'entrer dans des cavités dont j'ignorais l'existence, comme d'imposantes cavernes, à l'intérieur desquelles on devine l'écho de grottes encore plus vastes, et ainsi de suite. Je suis toujours impatiente de sentir l'effet se dissiper. Désormais, je décline le plus souvent les propositions, mais à l'époque j'étais encore moins sûre de moi qu'aujourd'hui. Quoi qu'il en soit, le garçon et moi étions partis d'un de ces fous rires, et je me rappelle que Lou nous trouvait un peu stupides, elle avait l'air gênée, comme si elle avait honte de nous. Je ne comprenais pas si elle avait honte vis-à-vis de lui, de moi, ou d'un spectateur invisible. Elle était allée à la cuisine et on était restés tous les deux, le type et moi. On écoutait Magnetic Fields, leur triple CD de chansons d'amour qui venait tout juste de sortir et que je me passais en boucle. Il s'avéra que le garçon aussi et, assis là, on avait eu la sensation d'entrer en contact à un niveau plus profond, comme s'il se trouvait à mes côtés dans mes tunnels souterrains. Sans que je m'en rende compte, on s'était embrassés. Ça peut passer pour une fausse excuse, mais c'est comme ça que je m'en souviens. Comme si la conversation et le contact étaient si intimes en soi que le baiser n'avait aucune importance. Lou était revenue à ce moment-là, portant un plateau avec du thé et des tartines. Elle était devenue blanche comme un linge, ses yeux s'étaient révulsés et elle s'était écroulée au sol, renversant le plateau.

Ensemble, on l'avait mise au lit et on était restés là, à la serrer tous les deux dans nos bras, en écoutant *Heartbreaker* de Ryan Adams, son disque préféré. L'instant était passé, l'ordre rétabli.

Plus tard cette nuit-là, je m'étais réveillée parce qu'ils faisaient l'amour, à côté de moi dans le lit. J'éprouve la même sensation aujourd'hui qu'à l'époque, l'impression qu'ils voulaient que je les voie, que je sois témoin de leurs ébats, qu'elle le voulait du moins. Mais j'ignore d'où me vient cette impression, si elle est vraie ou si elle émane de moi, comme pour légitimer mes tendances voyeuristes.

Je me tenais là, sur le seuil, à épier Lou et Renaud, à regarder dans leur direction en tout cas, lorsque j'ai pris conscience que Lou m'observait. Son regard a eu l'effet d'une décharge électrique dans mon corps, j'ai claqué la porte et couru jusqu'à ma chambre.

Je me suis glissée dans mon lit. C'était peu après minuit. Je suis restée allongée entre les draps frais à réfléchir à ce que j'avais vu, à me demander pourquoi ils avaient laissé la porte ouverte. S'ils voulaient que je les voie. S'ils laissaient habituellement la porte ouverte pour qu'Ermelinda les surprenne quand elle faisait le tour de la maison pour changer les fleurs, les draps, tout ça. J'étais toujours excitée, mais ces pensées m'ont mise mal à l'aise.

Au bout d'un moment, j'ai commencé à douter. Nos regards s'étaient-ils vraiment croisés ? Était-ce le fruit de mon imagination ? J'ai frissonné, troublée par mon propre manque de fiabilité.

Cela fait près d'une semaine que je suis là. Les jours se suivent et se ressemblent. Mon sommeil est de plomb et dénué de rêve entre les draps frais en coton égyptien (j'ai demandé), dans une chambre plongée dans l'obscurité la plus totale. Chaque matin au réveil, je plane dans l'incertitude, sans savoir où je me trouve. Est-ce cela que l'on ressent au moment de mourir ? La télécommande est placée sur la table de chevet. Il suffit d'une pression pour que les volets roulants se lèvent chaque matin, sans bruit, et le jour se hâte de pénétrer dans la pièce, impitoyable, blanc, éblouissant.

Je me réveille toujours la dernière. Le plus souvent, quand je me lève, Lou est déjà en pleine séance de sport, et Renaud absent. Je crois qu'il fait du vélo, mais je le vois rarement partir ou revenir. Je ne suis jamais entrée dans sa chambre à coucher. Elle se trouve à l'étage, en face de la mienne, à l'autre extrémité du couloir. Il faudra bien que j'y jette un coup d'œil un jour, mais chaque fois que je trouve un prétexte pour passer devant, sa porte est close. J'aurais préféré qu'elle soit ouverte, entrouverte du moins, je n'aurais pas la même impression d'intrusion.

Marie vient deux fois par semaine pour des cours de yoga, de Power Pilates ou je ne sais quel entraînement, mais cela ne suffit pas pour Lou. Chaque fois que je la cherche, ou presque, je la trouve en train de faire de l'exercice. Elle doit avoir une énergie inépuisable. Personnellement, la chaleur me plonge dans une telle léthargie. Je fonctionne au ralenti ; rien que de penser à bouger mon corps, je suis déjà en nage.

« J'ai tellement peu de discipline », se lamente Lou.

Nous sommes assises dans le salon de jardin. Elle boit un jus vert, un smoothie peut-être, je suis au Coca Zero.

« J'ai besoin qu'on m'encourage. Sinon je prends l'entraînement moins au sérieux, j'essaie d'esquiver les exercices. » Elle glousse. « Je me mets à négocier avec moi-même. J'avais vraiment prévu de répéter l'exercice trente fois ? Pas vingt ? J'avais vraiment dit cinq tours, pas trois ? »

Elle secoue la tête, rit d'elle-même. Je l'imite, sans être sûre de comprendre. Lou est la personne la plus disciplinée que je connaisse. Je me demande parfois si elle éprouve des émotions, là, à l'intérieur. Non, c'est méchant, bien sûr qu'elle ressent quelque chose, autrement comment pourrait-elle être comédienne, mais je veux dire qu'elle semble exceller dans la mise à distance de ses sentiments, elle peut les exprimer quand elle en a besoin, les remiser quand ça n'est plus le cas. J'imagine que c'est pour ça qu'elle me donne si rarement des nouvelles. Tout en affirmant que je suis sa meilleure amie. Elle s'est sans doute toujours éloignée de moi, depuis le commencement. Elle est comme ça, toujours en mouvement, à viser plus haut, plus loin, ailleurs. C'est devenu criant l'année après *Babetta*. À cette époque où je la voyais le plus, sur toutes les couvertures de journaux, dans tous les programmes télé, elle était partout, sauf chez moi. Elle n'avait même pas le temps de répondre à mes appels. Je ne dis pas que c'est sa faute, si faute il y a. Parfois la vie est tellement folle. Pas pour moi, mais pour quelqu'un comme Lou. Je ne peux pas imaginer ce que c'est, d'avoir joué dans un film aussi culte. Ça doit tout changer. Qui a le temps de répondre au téléphone après ça ?

Aujourd'hui, Lou doit aller en ville, elle a une réunion puis un rendez-vous pour un soin, explique-t-elle, et elle me propose de l'accompagner. J'accepte volontiers, sans même savoir de quelle ville il s'agit – Nice, Saint-Tropez, peut-être même Cannes ? Pendant les longues journées passées ici, j'ai parfois été saisie d'une sorte de vertige, comme si la villa, le jardin, tout ce qui se trouvait entre les murs, formait une unité propre, séparée du reste du monde, et qu'elle flottait dans l'espace tel un vaisseau spatial, ou une planète. Je suis impatiente de sortir. De retrouver un ancrage dans la réalité.

Dans ma chambre, j'hésite devant ma valise en désordre. Mes quelques vêtements jetés pêle-mêle ont beau être propres, ils semblent exhaler un relent désagréable, presque fétide. J'ai l'impression que je n'ai rien à me mettre. Plus jeunes, on s'échangeait sans cesse nos habits. Je pourrais sans doute aller dans sa chambre lui en emprunter, mais je m'abstiens. Pourquoi ? Je l'ignore. J'ai l'étrange sensation de devoir lui prouver que je peux m'en sortir seule. Le stress de savoir qu'elle est peut-être en train de m'attendre me pousse à jeter mon dévolu sur une jupe en coton noire et un débardeur qui jadis fut blanc. Il doit faire aussi chaud en ville qu'ici, sinon plus.

Je m'observe dans le miroir en me brossant les dents et me surprends à me trouver jolie. J'ai pris des couleurs et mes taches de rousseur affleurent. Dans mon sac en tissu de la Cinémathèque, je glisse un bouquin, un carnet de notes et une bouteille d'évian. Une nouvelle bouteille apparaît chaque jour, quand Ermelinda fait le lit, quel qu'ait été le sort de la précédente. J'ignore avec quelle régularité elle change la literie, j'ai l'impression que je me glisse tous les soirs entre des draps tout juste sortis de la machine à laver. Jamais l'ombre d'une tache sur ce linge en coton égyptien six cents fils, au tissage serré, d'une blancheur éclatante, les mêmes que ceux du Ritz-Carlton ou de l'Eden Roc.

L'entrée est déserte. Je jette un coup d'œil par la porte pour voir si Lou est sortie et me heurte à un mur de chaleur – comme quand on ouvre la porte du four. Je referme aussitôt et m'installe sur le petit canapé dans le hall pour patienter. Après une attente interminable, elle arrive enfin, vêtue d'un caftan. Je reconnais la styliste suédoise, je sais combien coûtent ces robes, j'ai palpé ces étoffes – différents motifs, différentes collections – mais je n'ai jamais eu les moyens de m'en offrir une.

Lou a relevé ses cheveux en un chignon négligé. Un grand panier pend à son bras, un cabas censé être passe-partout, mais je distingue le petit logo du créateur et je devine son prix. Dans l'autre main, clés de voiture, téléphone portable et bouteille d'eau. Elle parle et rit en descendant l'escalier d'un pas indolent.

Je ne le remarque pas tout de suite, mais elle est au téléphone. Elle discute en anglais avec un accent British impeccable. La conversation se poursuit tandis que nous sortons sur le parking devant la maison (sa voiture est avancée), que nous nous installons dans le véhicule, que le portail s'ouvre avec son bip caractéristique, et pendant toute la durée du trajet sur les routes qui descendent vers la ville. Difficile de déterminer la nature de la discussion, si elle est professionnelle ou non. Lou a toujours été ainsi, c'est sans doute l'une de ses plus grandes forces, elle a cette capacité à nouer des relations qui m'a toujours coûté. Pas que je sois autiste, j'ai des relations, et j'en crée, mais j'ai toujours l'impression d'être coincée sous ma propre peau et de regarder le monde depuis l'intérieur. Je ne pourrais jamais rire comme elle le fait avec un patron ou un collègue. Éprouve-t-elle tous ces sentiments ? J'imagine que oui. Cela doit contribuer à son succès. Cette aura lumineuse qui l'entoure, et le désir d'autrui d'être le destinataire de cette lumière.

Nous sommes presque arrivées en ville quand elle raccroche enfin. Elle soupire et extrait ses écouteurs de ses oreilles, ils restent sur ses genoux avec son téléphone.

« Ah, ces actrices, je te jure !

— Pourquoi tu dis ça ?

— Je discutais avec une Australienne a-do-rable, on s'est rencontrées sur un projet qui rappelle un peu *Le Lagon bleu*, tu vois ? »

J'acquiesce d'un hochement de tête, je me souviens du *Lagon bleu*, mais je n'ai jamais entendu parler du film évoqué par Lou. Peut-être le genre de long-métrage qui ne sort pas au cinéma en Suède.

« *Le Lagon bleu*, mais avec un groupe d'écolières qui font naufrage. Peu importe. En tout cas, elle était en couple avec le réalisateur à l'époque. Ils viennent tous les deux de Melbourne. »

Elle prononce « Mellbin ». « Ils se sont rencontrés à l'école de cinéma. Hyper mignons tous les deux. Mais tu vois, il a commencé à bosser à Hollywood, il va faire un remake de *Quand Harry rencontre Sally*, et Audrey pète les plombs parce que l'agence de casting refuse de lui donner le rôle principal. »

Lou regarde la route et moi, alternativement. Le trafic se densifie à mesure que nous approchons de la ville. Un chapelet de voitures de différentes tailles, en différents états. Enfin, la plupart sont spacieuses, noires et luxueuses, comme la sienne, la nôtre, celle de Renaud. Lou paraît indifférente à la circulation, d'un calme olympien.

« Je vois, dis-je.

— Enfin, je comprends qu'elle soit stressée, mais j'ai essayé de lui dire de se calmer. Si le rôle est fait pour elle,

elle l'aura, mais il ne faut pas que Jake en fasse les frais. Jake, son mec. Il est sous une pression de dingue. Tu imagines le fric engagé ? »

Je hoche la tête.

« Tu vois ce que je veux dire, non ? Tu te souviens, quand tu passais des castings. Il ne faut pas le prendre personnellement. Parfois on correspond au rôle, parfois pas. Ceux qui ne supportent pas ça ne sont pas faits pour ce métier. »

Je hoche de nouveau la tête. J'ai gardé en mémoire tous les castings auxquels j'ai participé – il n'y en a pas eu tant que ça. Est-ce moi qui ai cessé de me présenter ou eux qui ont cessé de m'appeler ? Cessé ? Comme s'ils avaient commencé un jour. Des pièces en sous-sol ou des bureaux élégants. Cette angoisse qui semblait toujours imprégner les murs. Peut-être l'angoisse venait-elle de moi. Puisque certains acteurs obtiennent des rôles par le biais de castings. Lou, par exemple, manifestement.

Je me souviens de mon dernier casting, à peu près un an après le lycée. C'était pour un film suédois pour ados. L'histoire d'une bande de filles en road trip à travers la Suède qui rencontrent des personnages un peu barrés et des garçons craquants, et l'une des filles, l'héroïne, doit se confronter à son père. Une sorte de mélange entre *Quatre filles et un jean* et *Very Bad Trip*. On ne m'a pas prise et je suis tombée des nues. On m'avait rappelée plusieurs fois pour des auditions complémentaires, et je sentais que je m'étais approprié les répliques. Je n'avais pas l'impression de jouer, c'est ce que je me suis dit à l'époque, j'avais l'impression que le film parlait de moi. Je n'avais jamais ressenti cela auparavant.

Un an plus tard, Lou a mentionné en passant qu'on lui avait proposé le rôle. Elle ne savait pas que j'avais passé l'audition, je crois. Elle n'habitait plus en Suède. Elle m'a raconté que le réalisateur lui avait fait du rentre-dedans, l'avait appelée, invitée à prendre un verre pour parler du scénario, et qu'elle avait même « contribué à sa rédaction » (ce sont ses propres mots), mais elle avait finalement été obligée de décliner la proposition. C'était incompatible avec le tournage du film qu'elle a fait juste après *Babetta.* Le rôle avait finalement échu à la petite amie de l'époque du réalisateur, qui dirige aujourd'hui sa propre marque de prêt-à-porter.

Je compris instinctivement qu'il me manquait quelque chose, une qualité qui visiblement était inscrite sur la fiche de poste d'une actrice, et que je n'avais jamais apprise au cours de toutes mes années dans la compagnie Vår Teater. Après cet échec, j'ai cessé de penser que les castings étaient faits pour moi, je me suis contentée de rôles dans les courts-métrages de mes amis. J'acceptais si l'on me proposait le rôle d'office, mais dès qu'on me demandait de faire un essai je me débinais, quittais le projet.

À une occasion, j'ai même feint de vouloir seconder le réalisateur plutôt que de jouer, pour ne pas avoir à dire la vérité. J'ai dû trimbaler les lourds classeurs de l'aspirant cinéaste, le calmer lors de ses sautes d'humeur, et voir un acteur bien plus mauvais que moi massacrer le scénario.

À vrai dire, ma passion a toujours été le théâtre. C'est sur scène que j'ai eu mes expériences d'actrice les plus enivrantes, c'est pourquoi il a été (et il est encore) douloureux d'accepter que les sentiments puissants que j'éprouvais sur les planches ne suffisaient pas pour entrer dans les académies d'art dramatique. Jusqu'à l'an dernier, je faisais partie d'une troupe de théâtre amateur que j'avais montée avec des amis du lycée. On jouait sur une petite scène de Blackeberg, on se faisait appeler « les blacklistés », mais ça avait fini par représenter une charge de travail trop importante. Tout le monde avait vieilli, avait un vrai boulot, des enfants, ou les deux, et le temps venait à manquer. Mais je n'oublierai jamais les spectacles que nous avons créés.

Je me demande si Lou a la nostalgie de la scène. J'imagine qu'elle aurait percé dans le théâtre si elle l'avait voulu.

Elle, qui possède à foison cette qualité qui semble me faire défaut, celle qui permet de décrocher des rôles.

Une fois en ville, après avoir tourné un moment à la recherche d'une place, nous nous garons à quelques encablures du front de mer. Je me tourne vers Lou.

« Bon… »

Elle me contemple. Son visage semble irradier malgré l'absence de maquillage.

« C'est à quelle heure, ton rendez-vous ?

— Dans trente minutes.

— Quelque chose d'intéressant ? »

Elle lève les yeux au ciel tout en haussant les épaules, sourire aux lèvres.

« C'est pour un nouveau projet. Mais j'hésite encore. » Elle rit. « À vrai dire, il s'agit du fameux remake de Jake. Il voudrait que je joue Sally, mais je ne suis pas sûre que le scénar tienne la route. Et puis, il y a un conflit de calendrier avec un autre film pour lequel je me suis déjà engagée.

— Ah, je vois… Et que dit Audrey du fait que vous soyez en concurrence ? »

Lou secoue la tête en triturant son téléphone.

« Elle n'est pas au courant. De toute façon, c'est comme ça dans ce secteur. En plus, on n'est pas vraiment en concurrence. Ce n'est pas parce que je décline qu'elle aura le rôle. Jake ne la voit pas jouer Sally. Et les producteurs ne la trouvent pas bankable.

— Bankable ?

— Oui, si on est bankable, notre seule présence au casting assure le succès du film. Les producteurs nous attribuent une sorte de note, un pourcentage. Brad Pitt a 100. Julia Roberts quelque chose comme 80. À l'époque de *Pretty Woman* elle avait 100 aussi, mais ça a baissé avec l'âge. Audrey a 22. » Elle me dévisage, hausse les épaules. « Tu vois ce que je veux dire. »

Je me demande quelle est la note de Lou, mais je n'ose pas poser la question, ce serait comme demander à quelqu'un son salaire. Elle pourrait même prendre ça pour une accusation.

Je la suis jusqu'au lieu de son rendez-vous (dans le quartier des banques, semble-t-il), puis je déambule, sans but, vers la plage. La saison touristique a commencé et en dépit de la chaleur – l'enseigne verte d'une pharmacie affiche trente et un degrés – la ville est bondée. Surtout des couples d'un certain âge, cheveux blancs, tenues casual chic, flottant dans un nuage de parfum. À leurs bras, des sacs en papier aux poignées en tissu aux noms des maisons de haute couture. Mes tongs claquent contre les grands pavés blancs et frais.

Je me demande à combien de meilleures amies elle a demandé de venir avant de me contacter. L'a-t-elle aussi proposé à Audrey ? Soudain, j'aperçois mon visage dans une vitrine et j'ai honte.

J'entre dans la boutique Chanel, effleure quelques tissus fluides. On dirait que les vendeuses retiennent leur souffle le temps de ma visite, alors je sors et me dirige vers la mer où je m'installe en terrasse et commande un americano.

À côté du bar, un magasin vend des jouets de plage, des cygnes gonflables couleur argent, des ensembles seau et pelle dans des filets colorés. Ça sent l'huile de coco, l'Hawaiian Tropic.

Je bois mon café en bouquinant. Au début du lycée, tout était si différent. C'est facile d'oublier, je le fais souvent, mais notre relation n'était pas la même à ses prémices, avant que Lou n'obtienne son premier rôle au cinéma. En cours de théâtre en seconde, nous faisions beaucoup d'improvisation. Et comme j'avais intégré la compagnie Vår Teater (ou Kulturskolan, son nom actuel) au berceau, j'avais été biberonnée à ce genre d'exercices. Je savais penser vite, penser large. Varier, créer des ouvertures, des occasions, à mes partenaires de jeu. Sur les planches, je ne pensais jamais à mon apparence, c'était le seul endroit où j'étais totalement libre.

Notre prof de théâtre m'adorait. Lou manquait de confiance en elle, au début. En cours d'impro, elle finissait toujours par incarner le même genre de personnage. Mêmes mimiques, même langage corporel. C'était comme si elle incarnait une version améliorée d'elle-même. C'est peut-être ce qu'elle fait encore, d'ailleurs. Est-ce vraiment un mal ? Tout le monde n'est pas nécessairement un acteur de genre. C'est la formule typique pour dire que quelqu'un est trop beau pour avoir un vrai talent ; ou trop laid pour qu'on puisse en tomber amoureux.

Lou était venue me voir après un cours, c'était au premier semestre, personne ne se connaissait vraiment dans la classe et tout le monde essayait de trouver sa place. Je me souviens d'un garçon qui passait tout son temps libre à jongler, d'une fille qui faisait constamment le grand écart. Un jour, Lou était venue me dire qu'elle était très impressionnée par mon jeu, ou quelque chose dans le genre. Que j'étais une excellente comédienne. Elle me regardait avec ses grands yeux dénués de maquillage, dans son pull en laine tricoté trop grand pour elle, et je me souviens m'être demandé comment j'avais fait pour ne pas remarquer sa beauté. C'était comme si je la voyais pour la première fois. Au début de notre amitié, elle plaisantait en disant qu'elle avait voulu devenir amie avec moi pour pouvoir se vanter de me connaître, plus tard, quand je serais célèbre.

Dès le deuxième semestre, la dynamique entre nous a changé. Quand elle a eu son premier copain, je crois. Elle était déjà d'une beauté frappante à l'époque, n'en déplaise à ses pulls tricotés main et ses robes en batik. C'était un garçon de terminale, il jouait dans une série télévisée et sa mère était une actrice renommée. Quand ils ont commencé à sortir ensemble, c'est un peu comme s'il l'avait découverte. Ou comme si le reste du monde voyait enfin ce qu'elle était – est – vraiment. Une star. Elle a cessé de me demander des conseils et des retours sur ses performances après les cours, ce rôle était peut-être dévolu à la mère de son petit ami désormais, à moins qu'elle n'ait pris confiance en elle.

Je crois que c'est grâce à ce garçon qu'elle a fait une apparition furtive dans la série télé où il jouait. *De l'autre côté des voies*, ou quelque chose dans ce style. L'histoire d'une banlieue de Stockholm socio-économiquement divisée par les rails du train de banlieue. Elle passait le jeudi à vingt heures. Dans mon souvenir, les épisodes étaient très attendus. La série a eu un succès fou, à une époque où il n'y avait rien d'autre que la télévision traditionnelle. Lou a commencé à accompagner son petit ami aux avant-premières, elle le suivait partout, et c'est probablement dans ces soirées qu'elle a rencontré des producteurs, des réalisateurs, des directeurs de casting. Mais j'y pense parfois, comme maintenant, installée avec mon café à attendre qu'elle finisse ses rendez-vous : avant qu'elle décroche son premier rôle, c'était moi qui étais vue comme la plus « talentueuse » des deux. Puis tout le monde a oublié ce détail. Comme si cela n'avait jamais existé.

Avant ça, je n'avais pas compris que c'était une compétition. L'ai-je jamais compris ? En tout cas, c'est une compétition à laquelle je n'ai pas la force de participer. J'ai commencé le théâtre parce qu'il n'y avait rien de mieux à faire, à moins de jouer au foot ou au hockey, ou d'errer sans but entre différentes banlieues et petits centres-villes sinistres. Au théâtre s'ouvrait un monde magique, on pouvait être n'importe qui et oublier (ou fuir) son petit moi pendant un moment, faire abstraction de ce regard-là, celui qui n'existait jamais à Vår Teater, mais seulement à l'extérieur, ce regard qui vous juge en permanence – êtes-vous assez belle, mince, drôle, baisable, intello –, au théâtre on est synonyme de ses prestations. Il me semble aussi que j'étais plutôt puérile (je planquais encore des poupées Barbie sous mon lit à un âge assez avancé), et sur scène, on avait le droit de s'amuser, l'immaturité était en quelque sorte valorisée.

Aussi l'option théâtre au lycée n'était-elle guère un choix : c'était la seule voie possible. Ce fut en partie un choc de découvrir que le théâtre, la comédie, pouvait également être cette compétition féroce à laquelle je m'étais soustraite lorsque je m'amusais à Vår Teater. Le jeu était désormais terminé.

Une famille s'installe à la table d'à côté. Impossible de lire avec un tel boucan. Les parents passent leur temps debout, s'efforçant de contenir leurs rejetons qui se jettent sur tout ce qu'ils trouvent – salière, poivrière, serviettes en papier. Je remballe mes affaires et me dirige vers la plage. Un vent chaud souffle de la mer. Mes bras se hérissent de chair de poule. Le sable brûlant coule entre mes orteils et je finis par me débarrasser de mes tongs pour laisser mes pieds s'enfoncer.

On essuie souvent des refus en tant qu'actrice. Les rôles sont attribués à d'autres. On est souvent en concurrence avec ses amies. Je n'ai pas passé beaucoup de castings, mais j'ai toujours trouvé ça pénible. Je devais manquer de maturité, j'avais du mal à concevoir qu'il fallait se mettre en avant au détriment des autres.

Je me rappelle qu'une fois, Lou et moi avons passé la même audition. Une histoire d'amour, une sorte de *Roméo et Juliette* de banlieue. Le réalisateur était jeune, tout juste sorti de l'école nationale de cinéma du Danemark. On avait donné à toutes les aspirantes Juliette une scène à préparer. On a passé la semaine sur le lit de Lou à répéter, lisant à tour de rôle les répliques de Juliette. Le scénario était excellent, le genre facile à jouer comme certains scénarios peuvent l'être, comme si les dialogues, les réactions des personnages allaient de soi. Pour moi, il était évident que Juliette devait rire en prononçant ses répliques. Peut-être pas rire aux éclats, mais prendre un air enjoué, ce qui offrirait un parfait contraste avec la gravité de ses propos.

Mais Lou avait choisi une direction radicalement différente. Elle essayait de donner du poids aux mots, restait austère. À un moment, elle a même réussi à verser une larme (chose rare à l'époque, elle peinait à pleurer sur commande pendant nos leçons). Elle était ravie. On s'est rendues au casting ensemble, soigneusement maquillées, sur notre trente et un. Lou a été appelée la première. Elle est restée longtemps. J'ai détaillé les autres filles dans la salle d'attente. Toutes d'une grande beauté. Blondes, naturellement minces, aux membres fins. Elles étaient là, en jean slim et pull Kookaï, chevelure ondoyante et gloss sur les lèvres. Je me rappelle avoir pensé qu'elles n'étaient pas du même genre que moi, que d'une certaine manière je n'avais pas à redouter cette concurrence puisqu'elles jouaient dans une autre catégorie, et que si le réalisateur choisissait une fille comme ça, je n'aurais de toute façon eu aucune chance.

Quand Lou a fini par sortir, elle avait les joues roses et ses yeux luisaient de cette manière si particulière. On aurait dit qu'elle revenait d'un footing, ou d'ébats amoureux peut-être.

« Ça a marché, a-t-elle murmuré. J'ai joué comme tu l'avais suggéré et il a adoré. »

Je n'ai pas saisi tout de suite ce qu'elle voulait dire, mais quand je suis montée sur scène, j'ai compris qu'elle avait joué le rôle exactement comme je l'avais envisagé, comme elle m'avait vu le répéter toute la semaine. Le réalisateur affichait un air las en me voyant rire et balancer mes cheveux, et la responsable du casting m'a demandé si Lou et moi étions amies, si nous avions répété ensemble. Me voyant hocher la tête, elle a répondu que ce n'était pas une bonne idée de préparer un rôle à deux, que les candidates risquaient de présenter des choix d'interprétation trop proches. Ce qu'ils cherchaient à voir, c'était « l'expression unique de chaque actrice et ma propre idée du rôle ». Je me suis demandé comment ils pouvaient être si sûrs que c'était moi qui avais copié l'autre, et non pas elle, mais je n'ai rien dit. Pour la dernière prise, j'ai joué exactement comme Lou avait répété toute la semaine, je n'ai pas eu de mal à chialer sur commande, puis ils m'ont enfin laissée m'en aller. Quand je suis revenue dans la salle d'attente, Lou était partie.

Elle ne savait pas qu'elle devait m'attendre, a-t-elle plaidé le lendemain, au lycée. Elle n'a jamais reparlé du fait qu'elle s'était approprié mon « expression unique et ma propre idée du rôle ». J'ai ravalé ma frustration. Ça paraissait puéril de lui en vouloir pour ça. Évidemment, elle a décroché le rôle. Pouvait-il en être autrement ?

Le tournage s'est étiré sur une grande partie du printemps et au début des vacances estivales. Le jour de l'avant-première, Lou était si angoissée qu'elle s'est éclipsée plusieurs fois pour vomir dans les toilettes du cinéma. Non sans raison, car le film n'était pas une réussite. (Ce n'était pas la faute de Lou, si tant est que l'on veuille pointer quelqu'un du doigt.) Les critiques ont été mitigées, avec des expressions comme « réalisateur prometteur » ou « la prochaine fois sera la bonne ». Cette expérience n'a pas permis à Lou de percer ni d'obtenir de nouveaux rôles, mais elle lui a fait prendre une décision importante : elle a signé avec un agent, lequel lui a fait passer le casting pour *Babetta*. Le film qui allait tout changer.

Il est déjà midi passé quand Lou m'informe par SMS qu'elle a terminé. « On se retrouve devant la boutique Chanel ? » Smiley souriant, petit cœur rouge. C'est une question, mais pas vraiment.

Quand j'entre dans le magasin, elle est déjà là, à papoter avec une vendeuse, une grande femme maigre aux longs cheveux d'un blond éclatant. Elles rient de manière complice. Lou a le dos tourné. Lorsque je m'approche, les traits de la vendeuse se pincent, comme quand je suis venue tout à l'heure, mais elle se détend quand elle comprend que je suis avec Lou. Elle se retranche derrière le comptoir et nous laisse entre nous.

« Qu'est-ce que tu en penses ? »

Lou brandit un tissu fluide bleu et blanc. Je souris, hoche la tête. Tout est beau si c'est assez cher. Tout est beau si l'on est assez mince. Je sais aussi qu'avec une beauté comme celle de Lou, ce qu'on se met sur le dos importe peu. Elle place le vêtement devant son corps, s'observe dans le miroir. J'acquiesce à nouveau. L'étoffe bleu et blanc contre ses bras bronzés. Comment peut-on sentir aussi bon ?

Après la boutique Chanel, nous allons faire un tour au marché couvert. Je n'en comprends pas vraiment l'intérêt, c'est Ermelinda qui s'occupe des courses, non ? Le frigo et les placards sont toujours pleins.

« Tu sens cette délicieuse odeur ? » s'extasie Lou alors que nous passons devant l'étal d'un fromager. Des relents rances se dégagent par bouffées. J'en ai la nausée. « Tu te rappelles quand on traînait à Hötorgshallen ? »

Évidemment. Comment oublier ? L'après-midi, après le lycée, il nous arrivait de monter dans le 57 jusqu'au centre-ville. Calées au fond du bus, on faisait comme chez nous – on se coiffait, on se limait les ongles, sans aucune honte. Un jour, Lou avait même dégainé une brosse à dents. Je me demande ce que j'aurais pensé en tant qu'adulte si je nous avais vues. À l'époque, je ne me posais pas tant de questions.

Au marché Hötorgshallen, Lou achetait toujours du halva, cette confiserie persane au sésame, sucrée, croustillante, sableuse. Elle me tendait des morceaux filandreux, qui collaient aux lèvres et aux doigts. J'acceptais toujours, autrement je savais qu'elle n'en mangerait pas. Aujourd'hui, j'ai horreur du tahini. Tous les aliments à base de sésame me dégoûtent, comme si mon corps les rejetait.

« Ça te dit qu'on achète du halva ? »

Elle esquisse un sourire mutin, comme si on s'apprêtait à faire une bêtise, à braver un interdit, presque. A-t-elle lu dans mes pensées ?

« Si tu veux. »

Elle s'immobilise, me contemple, le regard droit, ouvert. La mauvaise conscience m'assaille. Sa nuque est si mince. J'ai l'impression qu'on pourrait la briser sans effort.

« Non, ce n'est pas grave. »

Elle consulte sa montre. Vite, elle ne veut pas être en retard pour son soin. Je ne parviens pas à me défaire de l'impression que je l'ai déçue.

Son traitement pour la peau, m'explique-t-elle, est réalisé à l'aide d'un petit rouleau hérissé de microaiguilles qu'on lui passe sur le visage.

« Aïe, c'est douloureux ? »

Elle hausse les épaules.

« Ça améliore la qualité de la peau et renforce ses barrières naturelles. »

Elle répond comme si le sens de ma question lui avait échappé. Je m'assieds à l'accueil pour l'attendre. Lou disparaît avec une femme d'un certain âge, au maquillage et à la coiffure impeccables. Elles échangent quelques politesses, souriantes.

De l'institut émane une sensation de lieu stérile. J'ai plus l'impression d'être dans une banque que dans un spa. Je dois manquer d'expérience en la matière, mais j'imaginais un local semi-enterré, un parfum d'encens, un carillon qui chante quand on tire une lourde porte grinçante. Un salon au personnel originaire d'un pays exotique ou du nord de la Suède, où la playlist « sérénité » tourne en boucle – flûte de pan et clapotis aquatiques. Ici, on est plus proche de la visite chez le dentiste que du voyage spirituel.

Dans la salle d'attente, les femmes (pas un seul représentant de la gent masculine, vous vous en doutez) sont aussi riches que ridées. La plupart sont bien plus vieilles que Lou – ce genre de soins ne devaient pas exister quand elles avaient notre âge, c'est peut-être pour ça qu'elles ont cette tête. Ces traitements permettront sans doute à Lou de conserver la jeunesse éternelle.

Depuis qu'elle a joué dans *Babetta*, elle a changé. Pas forcément en mal. Son visage a plus de caractère. Elle a toujours eu ce genre de beauté qui fait qu'on doit regarder à deux fois pour être sûr de l'avoir comprise. Son physique a quelque chose d'unique. Je l'ai vue à l'envers une fois, dans le trombinoscope de l'école. Elle était désagréable à regarder, elle ne se ressemblait pas, elle faisait penser à un batracien, bouche large, grands yeux, j'ai retourné plusieurs fois le catalogue pour m'en assurer. Elle aurait donc un mauvais angle, me suis-je dit. Avais-je trouvé son point faible ? J'ai vite pris conscience de ma bêtise. Qui la regarderait à l'envers ?

Sur la route du retour, je lui lance des coups d'œil à la dérobée. Le trafic est dense et elle a de nouveau allumé la radio, les voix françaises crépitent, interrompues par des éclats de rire et des chansons niaises aux percussions totalement artificielles, de la fausse musique. Lou a le visage cramoisi, ça se voit à travers la poudre minérale.

Ce film, là, « le *Roméo et Juliette* de banlieue », portait un autre titre, mais tout le monde s'est mis à l'appeler comme ça. Je l'ai dit, ce long-métrage n'était pas une réussite, et ce n'était pas la faute de Lou. Un film n'est jamais meilleur que son maillon le plus faible, et des maillons faibles il y en avait pléthore dans celui-ci. Le réalisateur est ensuite passé aux policiers, aux longues séries du style de *Beck*, et il n'a à ma connaissance pas percé à l'international, ni à Hollywood ni avec des films d'art et essai. Mais cette scène où Juliette rit quand elle rompt avec Roméo, je la trouve toujours plutôt réussie.

De retour à la maison, je demande ce qui est prévu pour le dîner, mais Lou hausse les épaules, les yeux rivés à son écran. Elle explique qu'elle fait un régime détox et que Renaud est à Londres pour une réunion.

« Mais demande ce que tu veux à Ermelinda et elle te le prépare.

— Elle travaille jusqu'à quelle heure ? »

Je pose la question pour garder Lou un peu plus longtemps auprès de moi.

« Elle est dispo vingt-quatre heures sur vingt-quatre. »

Lou esquisse un sourire. Elle indique une maisonnette, une sorte de grand cabanon, de l'autre côté du parking, à l'avant. Séparée tout en restant proche.

« Là-bas. » Elle tend le bras par la fenêtre. « C'est là-bas qu'elle habite. Quand on appuie sur le bouton dans la cuisine, ça sonne chez elle. On peut l'appeler quand on veut. »

Elle me sourit avant de gravir l'escalier.

Sa porte reste fermée toute la soirée.

V

Qu'est-ce que la beauté ?

Allongée au bord de la piscine, je regarde Lou nager. Ses mouvements sont précis, synchronisés. Pourquoi cette pensée occupe-t-elle mon esprit ? Ça m'agace. La synchronisation est inhérente à la nage, non ? Pas seulement chez Lou. Elle empêche de couler.

Je me rappelle quand on était plus jeunes, quand on se voyait plus souvent, quand on était sans aucun doute des amies intimes, les meilleures amies. À l'époque je pouvais déjà me figer, frappée de mutisme, et me mettre à tout observer avec distance, même elle, comme si je la voyais dans un film, inaccessible, impénétrable. Maintenant qu'elle m'a demandé de venir, j'ai l'impression qu'elle est déçue de moi, déçue que je sois si silencieuse, trop silencieuse. Comme si j'étais quelqu'un d'autre dans ses souvenirs. Peut-être suis-je quelqu'un d'autre ? Comment est-ce possible ? Ne doit-il pas nous arriver quelque chose pour que nous changions, pour que nous nous développions ? J'ai l'impression qu'il ne m'est jamais rien arrivé.

Lou a nagé longtemps. Je n'ai pas de montre, mais j'ai lu au moins deux ou trois chapitres. C'est une de ces journées où Marie ne vient pas. Une journée où elle n'a aucune discipline.

La beauté, me dis-je, est à la fois un élément éternel, qui semble fixe, une constante absolue qui ne souffre aucun compromis, et quelque chose d'évanescent, comme un gaz, une valeur mouvante qui monte et qui descend. Mais à l'instar des fluctuations de la Bourse, elle n'est pas toujours facile à prévoir, même si certains facteurs comme l'âge, le poids et le statut entrent en ligne de compte. Je ne suis pas de ceux qui pensent que la beauté réside dans l'œil du spectateur. L'attirance peut-être, et certains peuvent arguer qu'ils se lassent d'un visage, mais cela n'a rien à voir avec la valeur de la beauté.

La nuit, j'ai du mal à dormir et j'accuse la chaleur. Pourtant, il fait plutôt frais dans ma chambre. Une température idéale. Mais la conscience de la canicule extérieure, ajoutée aux bruits de la nuit, m'empêche de trouver le sommeil. La réalité confrontée à l'artificiel. Je crois que Renaud n'est pas rentré hier. En tout cas, je ne l'ai pas entendu. J'ignore comment ça se passe habituellement.

Dans une interview, Vadász a qualifié les huit scènes cultes de *Babetta* de « paintings ». Des « tableaux qui, étant des images, valent plus que mille mots et évoluent en permanence selon le point de vue du spectateur ». J'ai beau trouver la comparaison bancale, je comprends ce qu'il veut dire. Ces huit tableaux ont quelque chose de magique, de grandiose dans leur réalisation. Ce sont sans conteste des moments clés du récit.

Dans le troisième tableau, Babetta déambule dans le grand verger du domaine. L'intendante l'y a envoyée cueillir des cerises en vue de la réception du soir. Le père du jeune comte est invité et viendra en compagnie d'un homme avec qui il fait affaire, accompagné de sa fille. L'intention des parents étant, on le déduit, que le comte et la jeune fille se plaisent suffisamment pour accepter le mariage, scellant ainsi une alliance capitale pour les deux familles. Ils ont prévu un véritable banquet, comprenant une ribambelle de plats, des poivrons farcis au goulash en passant par le lièvre sauce abricot, jusqu'à l'incontournable meggyleves, une soupe hongroise traditionnelle à base de cerises aigres, des griottes je crois.

La caméra s'attarde longuement sur la promenade de Babetta entre les cerisiers. Elle déambule, insouciante, heureuse même, l'innocence incarnée. Un symbole d'espoir au cœur d'une époque terriblement sombre et sanglante pour le peuple hongrois, les historiens l'ont montré. La nature est splendide, Babetta s'autorise même à fredonner. Un gros chat fait soudain irruption à l'écran et se roule dans l'herbe. Babetta lui adresse la parole.

C'est quasiment la seule scène spontanée du film, m'a raconté Lou. L'animal s'était malencontreusement glissé devant la caméra, mais le réalisateur avait été si séduit par l'improvisation de son actrice principale qu'il avait décidé de conserver cette prise au montage.

Toujours est-il que le comte apparaît entre les cerisiers (pourquoi, on ne le saura jamais), et Babetta et lui se mettent à discuter alors que le soleil filtre à travers la canopée. Tout est éminemment romantique, et rose, jusqu'à ce qu'un serpent (c'était délibéré et hautement symbolique) rampe vers la jeune femme qui, effrayée, lâche son panier. Le comte vole à son secours. « C'est la deuxième fois que vous me sortez d'un mauvais pas », déclare-t-elle. Il sourit, lui saisit la main, lui dit qu'il l'aiderait volontiers plus souvent. C'est beaucoup moins éprouvant que ses occupations habituelles.

Tandis qu'ils ramassent les cerises éparpillées (ils en profitent pour en porter quelques-unes à leurs lèvres), le comte évoque les attentes qui pèsent sur lui, et présente une version préliminaire des réformes qu'il considère comme nécessaires pour bâtir une Hongrie libre (un spectateur averti saura que ces réformes ont bien été menées, notamment par István Széchenyi, près de trente ans plus tard). Puis il demande à Babetta ce qu'elle attend de la vie. Elle pose sur lui un regard grave et répond, après une longue pause et avec un petit rire enfantin : « Oh ! Être heureuse bien sûr. Que puis-je vouloir d'autre ? » Sa franchise et sa candeur laissent une marque indélébile dans l'esprit du jeune comte.

Avant que quelque chose de plus explicite ne se passe entre les deux jeunes gens, ils sont interrompus par la femme de chambre qui vient voir ce qui retient Babetta. En retournant vers la maison, elle la réprimande, lui dit de faire attention à qui elle parle et de respecter scrupuleusement l'étiquette, sans quoi ça pourrait mal finir. La scène s'achève sur un plan serré du visage de Babetta lorsqu'elle se tourne vers le comte. On devine une inquiétude mêlée d'espoir. Ses lèvres sont tachées de jus de cerise.

Lou est étendue près de moi sur une chaise longue, la peau irisée de gouttelettes d'eau. Une pellicule dorée.

Je me tourne vers elle.

« Tu sais quand Renaud sera de retour ? »

La réponse ne m'intéresse pas spécialement, c'est juste pour dire quelque chose.

Elle hausse les épaules, son regard balaie les collines. L'ombre d'une ride entre les sourcils. Est-ce un signe de vieillissement que je vois là ? Les soins hors de prix ne sont-ils pas censés les effacer ?

« Il avait un rendez-vous professionnel ? »

Elle secoue la tête.

« Il ne travaille plus du tout. Mais il a une fondation avec d'autres types, des anciens du cinéma, des ex-joueurs de foot aussi. Ils attribuent des bourses, organisent des dîners, participent à des galas de charité.

— Waouh. »

Elle laisse échapper un petit rire. De nouvelles rides affleurent autour de ses yeux, en éventail. Mais les pattes-d'oie sont charmantes, n'est-ce pas ? Elles donnent du caractère à un visage.

« C'est ce que je me suis dit la première fois. Je croyais que ça serait comme dans les films. »

Elle secoue la tête. Je me demande si elle s'est fait blanchir les dents. Ont-elles toujours été aussi éclatantes ? Je ne sais plus.

« Cette première soirée était incroyable. Et pourtant, je bosse à Hollywood. Tous les hommes agglutinés, cigare à la bouche, et toutes les femmes au bar à siroter leurs cocktails et à fumer ces longues cigarettes. C'était pire que les galas dans le monde du cinéma. Ou plus direct, disons ça comme ça. »

Je l'imagine parfaitement, Lou. Sa robe bustier, ses cheveux tirés en queue-de-cheval serrée, ses bijoux coûteux. Elle se lance dans une série d'étirements à côté de moi. Ses vertèbres se dessinent sous sa peau brune, comme de petits genoux prêts à crever la barrière de l'épiderme.

« Ce soir, il doit ramener sa fille. C'est un gala de bienfaisance pour sauver l'océan. Elle est biologiste marine, si j'ai bien compris. »

Le soleil est au zénith. Une goutte de sueur glisse entre mes seins. Lou m'observe sous son bras, au milieu d'une sorte d'exercice de yoga. Ses yeux pétillent.

« Et si on sortait ce soir ? »

Mon rythme cardiaque s'emballe quand elle me regarde ainsi. C'est comme si elle venait d'allumer le son, la lumière, ou d'augmenter les contrastes, le monde entier semble si proche, si présent. Quand elle me regarde ainsi, j'accepterais n'importe quoi. Est-elle au courant ? Que je ferais n'importe quoi pour elle ? Moi et combien d'autres ? Je lui rends son sourire.

« Avec plaisir. »

Elle bat des mains. Quand elle esquisse ce large sourire, je me dis qu'elle est courageuse de ne pas avoir fait corriger ses dents du bonheur, malgré toutes les réflexions qu'elle a dû supporter au fil des années. Ils avaient tort. N'est-ce pas ? Je me rends compte que j'ignore si elle est satisfaite de sa carrière, en comparaison. Avec qui ? Ou quoi ? Tout dépend des attentes, j'imagine.

« Super ! Je réserve une table en ville. Je connais un endroit. Tu vas adorer. »

Elle se lève, s'immobilise sur la margelle de la piscine. L'eau est lisse comme un miroir. De là où je me trouve, on dirait que la piscine se prolonge dans la mer, vers l'éternité. Elle se hisse sur la pointe des pieds, prend son élan en silence et fend la surface de l'eau, dessinant un arc parfait.

L'après-midi touche à sa fin et, une fois de plus, je me retrouve à fixer le contenu de ma valise. Qu'est-ce qui m'a pris quand je l'ai préparée ? Je n'ai rien à me mettre. J'essaie de m'imaginer à côté de Lou, elle en robe de chez Chanel et moi en… jean déchiré et T-shirt ? On frappe à la porte, Lou apparaît, deux flûtes de champagne à la main. Elle porte un fin pantalon noir et une chemise blanche, large, bouffante. Je ne peux pas mettre des chemises comme ça, on me prendrait pour une serveuse.

« Ça te dit un petit verre sur le balcon ? » lance-t-elle en souriant.

Ses cheveux pendent dans son dos, c'est la première fois que je les vois détachés depuis mon arrivée, ils sont très longs, un peu ondulés au bout. Il ne reste plus rien de la rougeur qui marquait son visage, sa peau est dorée, lisse, son teint parfait. Ses oreilles sont ornées de petits anneaux en or émaillés de diamants. Un parfum flotte autour d'elle, une odeur de figue, je crois, et en note de fond, un relent capiteux, de tabac, peut-être, de musc ou un concentré de sexe. Elle me voit devant ma valise béante et me tend un verre.

« Viens, tu peux m'emprunter quelque chose. »

Elle m'attrape par le bras et m'attire dans sa chambre. Son corps irradie de chaleur. Mes bras se hérissent de chair de poule.

Nous sommes plantées devant son dressing. Son regard passe de moi à ses vêtements. Elle affiche une moue concentrée, comme s'il s'agissait d'une décision professionnelle de la plus haute importance.

« Le dress code est strict. Je ne pense pas que tu puisses entrer en jean, malheureusement. »

Elle lève les yeux au ciel. « C'est absurde, on pourrait croire que la France est un pays moderne, mais elle est tellement conservatrice ! #MeToo par exemple, c'est arrivé plus tard que dans d'autres pays. »

Elle ne s'étend pas davantage, mais semble trouver ce qu'elle cherchait. Elle décroche une robe à fleurs et me la tend. L'étiquette révèle la marque. Chloé. Hormis ça, elle aurait pu provenir de n'importe quelle chaîne de prêt-à-porter. Fleurs rouges sur fond noir, manches trois quarts. Juste au-dessus du genou. Elle doit coûter plusieurs milliers de couronnes, comme tous les vêtements de Lou.

Elle dit que la robe épouse parfaitement mes formes.

« Elle met en valeur tes mollets galbés. Moi, je ressemble à une gamine là-dedans, avec mes bâtons à la place des jambes. »

Je me regarde avec appréhension, mais je suis agréablement surprise en découvrant mon reflet. Ça me fait de jolies jambes, pas les poteaux que j'arbore habituellement. Heureusement que je me suis épilée.

« Tu vois, j'avais raison ! » lance-t-elle avant de lever son verre dans ma direction.

Installées sur le balcon, nous nous adonnons à une séance de manucure. Elle sort un paquet de cigarettes longues et fines. Nous contemplons le coucher du soleil sur les collines. Il y flotte une brume vaporeuse. Je frissonne. Au loin, les yachts de luxe constellent la mer. D'ici, on dirait de vulgaires jouets.

« Ce paysage ne cessera jamais de me fasciner », déclare-t-elle en pianotant des doigts pour faire sécher le vernis rouge.

Je me tourne vers elle :

« Tu n'aurais pas envie d'acheter ta propre maison ?

Elle éclate de rire.

« C'est ça, oui !

— Pourquoi pas ?

— Tu te rends compte du prix d'une villa pareille ? »

Je hoche la tête. C'est peut-être le champagne, mais je ne peux m'empêcher de demander :

« Mais… tu as de l'argent, non ? »

Elle prend un air chagrin. C'est la première fois que je lui vois cette mine depuis mon arrivée. J'ai l'impression que c'est une évidence que j'aurais dû comprendre. En posant la question, j'ai violé notre contrat tacite. Elle prend son temps avant de répondre.

« Bien sûr que j'ai de l'argent. Mais je ne roule pas sur l'or. Malheureusement. Renaud, lui, a bossé toute une vie, et avec les plus grands. J'aurai beau me tuer à la tâche, jamais je n'accumulerai autant que lui. Surtout si je passe déjà aux rôles de maman. Mon nom ne sera même pas le deuxième au générique. Ça signifie travailler presque gratuitement. »

Son visage se tord dans une grimace. Elle emplit nos verres. La bouteille est fichée dans un seau à glace sur pied surmonté d'une serviette blanche en lin, comme dans les restaurants.

« À l'époque, on pouvait toucher gros avec les films d'art et d'essai. Tu sais combien *Barry Lyndon* a engrangé ? Pour un film chiant comme la pluie en plus. Aujourd'hui, il n'y a que les productions de superhéros et d'aventures spatiales qui rapportent. Si on veut participer à des projets un peu plus confidentiels, les cachets sont dérisoires.

— Je comprends. »

J'examine mes ongles. J'ai opté pour un vernis noir (sur les conseils de Lou) et j'ai débordé. Je n'ai pas la force de lui demander du dissolvant.

« Je ne me suis pas lancée dans cette branche pour l'argent. »

J'éclate de rire. Lou insiste. Elle me dévisage avec le plus grand sérieux, me forçant à quitter mon sourire.

« Je t'assure ! Je ne travaillerais pas bénévolement, mais il y a des valeurs esthétiques fondamentales sur lesquelles je ne transige pas. »

Je songe spontanément à l'un de ses derniers films, sorti en Suède sur une plate-forme de streaming – avant on aurait dit direct to video. C'est sur l'une d'entre elles que j'ai pu visionner ce thriller érotique, *Behind Closed Doors*, dans lequel Lou incarne une danseuse qui se casse la jambe. Elle est prise en charge par un infirmier qui semble très gentil au premier abord, mais qui s'avère être obsédé par la jeune femme depuis qu'il l'a vue dans un spectacle où elle jouait Marie Madeleine. Le soignant est un fondamentaliste chrétien, et cherche à punir la danseuse de son blasphème. Pour être honnête, c'est une histoire assez confuse qui multiplie les plans sur Lou en petite tenue, ou postée à la fenêtre, paniquée.

Je l'ai vu dès sa sortie, je lui dois bien ça. On doit soutenir ses amis. Sans compter qu'elle me manquait, je pense, et que je voulais m'abreuver de son éclat, fût-ce par écran interposé. J'ai souvent regretté que les cassettes de notre voyage en train soient démagnétisées. Même moi je ne peux affirmer que *Behind Closed Doors* était un bon film. Il était totalement dépourvu de valeur esthétique fondamentale. Je ne suis peut-être pas le public cible, après tout. Quand on a vu autant de films que moi, on devient un peu élitiste.

Lou ignore que je l'ai visionné, et je ne veux pas la gêner en le lui révélant. Je me penche pour saisir le paquet de cigarettes. Tandis que je fume, je remarque que mon corps s'est accoutumé à la nicotine. La nausée n'est plus aussi forte. C'est fou ce qu'on s'habitue vite.

La nuit est déjà tombée à notre arrivée au restaurant. On s'installe en terrasse. Une brise tiède me caresse le visage. Chacune de nous commande un homard, « la seule chose que je mange, ici », dit-elle. Je décortique patiemment les pinces. Lou n'a mangé que la queue, mais a bu d'autant plus de vin blanc dans son verre embué. Elle n'a pas touché à la salade ni aux frites.

Les vieux que j'ai vus tout à l'heure ont l'air d'avoir disparu. Comme s'ils s'étaient évaporés. Où que je regarde, je ne vois que des jeunes. De la musique pop s'élève de l'autre côté de la terrasse, là où nous nous déplacerons après le repas. Lou observe le restaurant, manifestement indifférente. Son portable est posé sur la table devant elle, mais personne n'a téléphoné. Je me demande si elle attend un appel de Renaud. Comment c'est d'être en couple avec une personne tellement plus âgée ? J'aimerais le savoir, mais je n'ose pas poser la question. Je réalise alors que je ne connais toujours pas la nature exacte de leur relation. Je me lance sans réfléchir.

« Depuis combien de temps vous êtes ensemble, Renaud et toi ? »

Lou me regarde avec un sourire en coin. Que signifie-t-il ? Elle hausse les épaules.

« On s'est rencontrés pour la première fois sur le tournage de *Babetta*, mais il ne s'est absolument rien passé. » Elle lève les yeux au ciel. « Il y avait même des rumeurs selon lesquelles il avait une liaison avec Ronan. » Elle a un petit rire. « Je ne sais pas si c'est vrai, mais Ronan était mineur à l'époque, c'était interdit. Sans compter que l'homosexualité était illégale en Hongrie. Je crois. Je ne sais pas. » Elle souligne son ignorance d'un haussement d'épaules. « Quoi qu'il en soit, il n'y avait pas cette vibe entre nous. On s'est revus quelques années plus tard, quand il m'a photographiée pour la couverture du *Vogue* portugais. Un shooting en maillot de bain, aux Açores. Tu y es déjà allée ? »

Je fais non de la tête.

« Tu devrais ! Tu adorerais ! C'est tellement beau. C'est un volcan au milieu de l'océan Pacifique, la nature est luxuriante, il y a des fleurs partout. Et la mer ! On se croirait dans *Le Lagon bleu.* Sans déconner. »

Je me demande si les Açores ne se trouvent pas plutôt dans l'Atlantique (les deux régions se ressemblent, peut-être ?), mais c'est elle qui y est allée, pas moi.

« Je devais avoir vingt-deux ans, et il était toujours marié avec la top model, tu sais. »

Je fais mine d'être au courant.

« On peut dire qu'il y avait une sorte de... une sorte de tension. » Elle sourit, semble se délecter du souvenir. « Il se faufilait dans ma chambre et... on passait la nuit à bavarder, et puis... il retournait dans la sienne.

— Il ne s'est rien passé ? »

Je repense à sa rapidité dans son bureau, avec moi. Lou sourit à nouveau.

« Off the record, il m'a bouffée comme un plat de spaghettis. »

Elle éclate de rire, je l'imite, tout en essayant de me représenter la scène.

« D'accord, et après il s'est séparé de sa femme ?

— Plus ou moins. Ou plutôt, à ce moment-là ça s'est arrêté là, mais plus tard, peut-être cinq ans après, on s'est croisés à Cannes, et puis... » Elle se penche en avant, baisse la voix : « Il m'a léchée dans une de ces cabines de toilettes préfabriquées, tu vois ? » (Bien sûr que je ne vois pas.) « Et depuis on ne s'est plus lâchés. » Elle me sourit. « C'est avec lui que j'ai découvert que j'étais une femme fontaine ! Tu te rends compte ? »

Elle écarte les bras, mains ouvertes. Son parfum enivrant flotte jusqu'à moi en petites bouffées.

Je m'excuse pour aller aux toilettes et je me dis que je n'ai toujours pas compris la nature de leur relation.

À mon retour, Lou a déserté notre table. Toute cette partie de la terrasse est fermée. Je cherche mon amie du regard, tente de trouver quelqu'un à qui m'adresser, mais il n'y a personne. J'ai l'impression d'être dans un film de science-fiction où tous les humains ont soudain disparu de la surface du globe. Cette sensation ne dure qu'un instant.

Elle vient sans doute de tout ce vin qu'on a absorbé. Lou a commandé deux bouteilles – il me semble qu'elle en a bu la majorité.

Je finis par la trouver au bar, en conversation avec un homme en costume noir, cheveux plaqués vers l'arrière. Il a l'air friqué. Elle me sourit et me fait la bise lorsque j'arrive à sa hauteur.

« Je suis désolée, mais je dois rester avec ma sœur maintenant, explique-t-elle à son interlocuteur qui s'éloigne aussitôt.

— Je lui ai dit que tu étais ma sœur, que tu venais me rendre visite, et qu'on ne s'était pas vues depuis des années. »

Son haleine est chaude contre mon oreille et l'odeur de son parfum est mêlée à celle de fruit de mer, de chatte peut-être.

« C'est presque vrai. »

Elle n'entend pas ma réponse, agite la main en direction du barman qui vient vers nous immédiatement et se met à astiquer le bar avec un petit chiffon. L'effet Lou. Dans un bar bondé, par son charisme, elle parvient en un clin d'œil à entrer en contact avec le barman. Ils bavardent, elle glousse, lui aussi, je n'entends pas leurs mots, mais il est jeune, cheveux bruns, petit chignon au sommet du crâne. Les muscles de ses bras se découpent sous ses manches de chemise relevées.

Il commence à préparer des cocktails avec son shaker, écrase des plantes aromatiques et je ne sais quoi d'autre dans des verres. Il me fait penser à un paon, à leur manière de faire la roue pour impressionner les femelles. Lou lui prête juste assez d'attention. Comment y parvient-elle ?

Elle doit avoir l'habitude que les gens, les hommes surtout, soient aux petits soins, se plient en quatre pour la servir. Je ne m'imagine même pas ce que ça fait de ne jamais pouvoir passer inaperçu.

Les heures passent et Winnie (je crois que c'est son nom, en tout cas c'est ce que j'ai compris quand on s'est présentés tout à l'heure) continue à nous servir des verres. On discute, mais je ne sais plus de quoi. Les enceintes crachent une musique tonitruante et les clients du bar se pressent autour de nous. Leurs dents blanches brillent dans le noir. Je sirote mon cocktail blanc, laiteux, en attendant que Lou revienne des toilettes. Ça fait longtemps qu'elle est partie, mais la file d'attente est toujours longue chez les femmes. Au moins, je suis tranquille, j'ai l'impression d'être enveloppée par une bulle de verre invisible, personne ne peut m'atteindre, qu'ils le veuillent ou non, que je le veuille ou non.

J'essaie de faire passer le temps, mais je commence à m'inquiéter. Je quitte ma place et je vois que nos tabourets sont pris d'assaut immédiatement. Winnie a maintenant d'autres clientes à reluquer.

Les toilettes des femmes sont situées au sous-sol, après deux volées de marches. Une pièce spacieuse aux murs et sol en mosaïque de nacre, au centre de laquelle trône un petit canapé. Personne ne l'occupe. Les cabines sont alignées le long d'un mur. Lou doit être dans la dernière, c'est la seule fermée à clé. Je frappe.

Pas de réponse. Je jette un coup d'œil sous la porte, par l'interstice d'une dizaine de centimètres, et je distingue son corps.

J'entreprends de crocheter la serrure à l'aide de ma carte de bibliothèque. Quand la porte s'ouvre enfin, Lou gît là, sans connaissance, sur le carrelage aux reflets irisés. Son pantalon et sa culotte baissés. Je la retourne. J'aperçois sa toison pubienne, épilation ticket de métro. Son maquillage est étalé, son rouge à lèvres, surtout. L'odeur de vomi me pique les narines. Je trouvais ça étrange qu'elle puisse picoler autant sans rien manger – visiblement elle ne le pouvait pas.

Ça fait longtemps que je n'ai pas eu à gérer un coma éthylique dans les toilettes d'un bar. Je me sens maladroite, au ralenti. J'accuse l'alcool et la sidération.

Comment vais-je la ramener à la maison ? Comment un tel poids plume peut-il sembler aussi difficile à déplacer ?

Je parviens à la lever, à peu près. Je lui remonte sa culotte, son pantalon, la déchausse, la guide jusqu'à la rue. Ses cheveux pendent devant son visage. Elle est mutique. Elle a recouvré ses esprits, pourtant c'est comme si elle était absente, comme si elle avait déserté son corps. Sa respiration est lourde. Elle n'émet aucun autre bruit. Les rues sont vides et empestent les ordures. La voiture est garée à deux pas du bar, heureusement. Je réfléchis un coup à la fois, incapable de voir plus loin. J'agis pas à pas, chaque chose en son temps. Ce n'est qu'en arrivant au véhicule que je prends conscience qu'on ne peut pas rentrer avec. Je n'ai pas le permis. De toute façon, je serais incapable de retrouver la maison, et Lou est loin d'être en état de conduire. Lorsque je la lâche, elle tangue, puis se laisse glisser le long du mur. Le plâtre gris macule sa chemise. Une porte discrète s'ouvre le long du restaurant, et un jeune homme typé nord-africain en sort, balance un sac de sport Nike sur son épaule, marche dans notre direction. Peut-être qu'il fait la plonge ou le ménage dans l'établissement où nous avons passé la soirée.

« Excuse me », lui dis-je alors qu'il vient de nous dépasser.

Il me dévisage, l'air effrayé, je vois qu'il est jeune, plus jeune que moi, peut-être même qu'il est mineur. Il ralentit mais ne s'arrête pas.

« Excusez-moi ! »

Cette fois, il s'immobilise. Je tente fébrilement de me remémorer les quelques mots de français que je connais ou que j'ai connus.

J'essaie de lui faire comprendre que je n'ai pas le permis.

« Je voudrais… Please help us. »

Il regarde Lou, puis moi, puis son téléphone portable. Il soupire, tend une main ouverte.

« Car keys. »

Je fouille dans le sac de Lou. Dans une poche latérale, je trouve la clé, une petite carte noire avec différents boutons et la marque de la voiture. Son portable s'allume au milieu de l'agitation. Cédant à la curiosité, je regarde l'écran. Renaud a téléphoné. Quatorze appels en absence.

Amar (il me donnera son nom en route) m'aide à allonger Lou sur la banquette arrière, tant bien que mal. Elle pousse un gémissement quand nous replions ses longues jambes. Je m'installe à l'avant, mais je réalise tout à coup que je n'ai aucune idée de la direction à prendre. Je n'ai pas d'adresse, rien.

L'écran du téléphone de Lou s'allume de nouveau, le nom de Renaud s'affiche. Je réponds et lui explique que nous ne pouvons pas rentrer, que nous avons trouvé quelqu'un pour nous conduire mais que mon français n'est pas assez bon. Les lampadaires éclairent la nuit, créant cette lumière dorée qu'on ne voit que dans les villes d'Europe du Sud.

« Passe-le-moi », dit Renaud.

Je tends le téléphone à Amar. J'entends Renaud débiter des instructions (je suppose). Le garçon opine du chef, puis démarre la voiture.

Tandis qu'il conduit, nous discutons tant bien que mal. Il raconte qu'il vient d'Algérie, j'arrive à comprendre qu'il est de la famille de Zinédine Zidane, ou peut-être qu'ils viennent de la même ville, et qu'il a dix-neuf ans. Il fait vraiment plus jeune.

Les lumières de la ville s'estompent à mesure que nous nous éloignons vers les hauteurs. Je les vois, minuscules, en contrebas.

« She OK ? » demande-t-il en indiquant Lou d'un signe du menton. Elle a la tête appuyée contre la vitre et la heurte à intervalles réguliers. Ce doit être douloureux.

« Yes », dis-je, mais je n'en suis pas sûre.

Depuis que nous nous connaissons, Lou n'a jamais été celle qui perdait le contrôle ainsi. À choisir, c'était plutôt moi, même si cela arrivait rarement et que c'était il y a longtemps. Au cours de notre voyage, je me souviens avoir trop bu, peut-être à Budapest, à moins que ce ne soit Bratislava. C'était une semaine caniculaire. Nous logions dans une auberge de jeunesse, et ce soir-là, nous jouions à un jeu à boire avec des types de Birmingham, assis en tailleur sur le trottoir. Tout à coup, en me levant, je me suis rendu compte que j'étais ivre morte. Cette fois, c'est elle qui m'a aidée à marcher jusqu'aux toilettes, m'a attaché les cheveux. Je me rappelle seulement qu'il s'agissait d'une de ces cuvettes fréquentes en Europe de l'Est, avec un petit plateau sur lequel tout tombait, comme une scène, avions-nous plaisanté la première fois que nous avions vu ça, et que j'ai vomi un mélange de vin de cerise sucré et de biscuits apéro synthétiques qui avaient l'air jaune fluo contre la porcelaine blanche.

Plusieurs scénarios me traversent l'esprit au cours du trajet. Qu'arriverait-il si Amar décidait d'arrêter la voiture et de nous planter sur le bord de la route ?

En approchant de la villa, je vois que le portail est ouvert. Renaud est là, accompagné du jardinier. Renaud est en pantalon de costume et chemise, nœud papillon ouvert autour du cou. J'ai la sensation qu'il est revenu ici à la hâte, qu'il a quitté son événement caritatif et sa fille, sauté dans un taxi-hélico (je ne sais pourquoi, je crois que ça existe) et son inquiétude est à la fois touchante et légèrement alarmante, mais c'est peut-être parce que je ne sais toujours pas quelle est la nature exacte de leur relation. Et loin de me trouver compétente et de me considérer comme une bonne amie, ce que je pensais tout à l'heure, je me demande maintenant si je n'aurais pas dû l'appeler directement, ou si j'aurais dû monter dans un taxi et prendre une chambre d'hôtel.

Renaud parle avec Amar. Il a l'air en colère, mais c'est peut-être juste que je ne comprends pas bien la langue. Je le vois sortir quelques billets de son portefeuille et les fourrer dans la main du jeune homme avant d'appuyer sur un bouton. Le portail se referme lentement. Nous sommes à l'intérieur et Amar, avec son sac Nike, dehors. Quand le jardinier porte Lou hors de la voiture, ses longs cheveux pendent vers le sol, et je pense tout à coup à Raiponce. Au même moment, Renaud lance par-dessus son épaule « You did good, Katja », et tandis qu'ils emportent Lou dans sa chambre, je me demande si c'est pour ça qu'elle m'a enjoint de venir. Pour que je la libère de sa prison.

VI

Je me dis parfois que la réussite de Lou et mon échec s'expliquent par notre origine sociale. C'est un privilège de la classe supérieure de croire qu'on peut faire ce qu'on veut dans la vie. Classe supérieure, ou moyenne supérieure. Possédant un certain capital culturel, à tout le moins. Ce n'est qu'une question d'attitude, de confiance en soi. Mes parents, eux, font partie d'une sorte de classe moyenne (même si « anti-intellectuels » serait le qualificatif le plus approprié). Je n'ai jamais manqué de rien, mais je n'ai jamais eu l'impression que quelque chose m'était dû. Je ne me suis jamais sentie légitime. Ou peut-être n'est-ce pas une question de classe. Peut-être n'avais-je pas les dents assez longues, tout simplement. Ou pas le type particulier d'intelligence ou d'ambition (ou les deux) nécessaire pour percer. Celles que Lou paraissait avoir à l'excès. Que devient-on si l'on ne fait jamais confiance à son propre ressenti, s'il est toujours contrôlé par les attentes du monde extérieur, calculé dans le but de réussir ? L'inverse, j'en connais les conséquences. C'est perdu d'avance. Je n'ai toujours pas eu de nouvelles de l'université. Je crois que la réponse devait me parvenir au début de l'été. Nous sommes mi-juillet, il ne sert à rien de se mettre des œillères.

Je suis étendue sur une chaise longue. La table à côté de moi est jonchée de tasses de café, de bouteilles de Coca Zero vides, d'emballages de Snickers et de Twix – j'ai découvert la cachette, dans un tiroir de la cuisine. Je n'ai vu ni Lou ni Renaud. J'imagine qu'ils s'octroient une grasse matinée après les événements d'hier soir. Personnellement, c'est ce que je ferais si j'avais bu autant. Ermelinda m'a proposé, dans un anglais hésitant, de me préparer un repas, mais j'ai décliné. Combien de temps faut-il pour être suffisamment à l'aise pour lui demander quelque chose ? Combien de temps a-t-il fallu à Lou ?

Il est midi passé, la chaleur est à son comble. J'ai emprunté des lunettes de soleil parées du logo YSL, elles traînaient là, je crois qu'elles appartiennent à Lou. Elles sont grandes, en forme d'œil de chat. Malgré tout, j'ai l'impression que les reflets du soleil sur tout le blanc environnant créent un écho qui me grille le cerveau. Je n'y tiens plus, je suis obligée de me baigner. Je n'ai pas mon maillot, tant pis. Je me débarrasse de mon T-shirt sale et me glisse dans l'eau en culotte.

Dans les profondeurs, le blanc cesse de pulser dans ma tête, et je ressens quelque chose qui ressemble au bonheur. Peut-être est-ce simplement le calme. Ou la gueule de bois qui se dissipe. Un silence qui n'est ni effrayant ni oppressant s'installe, et j'ai la sensation de sourire quand je remonte à la surface. L'image d'un plafond de verre me traverse l'esprit, puis j'aperçois Lou et Renaud à côté du bar, en train de commander quelque chose à Ermelinda, tous deux en short noir en tissu synthétique et baskets fluo. Fitness chic.

Lou me sourit. Ses joues sont roses. Il ne reste aucune trace des excès de la veille. Renaud me hèle, me demande si l'eau est bonne. Je prends conscience que je ne porte rien d'autre qu'une culotte défraîchie. Ils approchent, se laissent tomber chacun sur une chaise longue. J'ai l'impression qu'ils guettent ma sortie de l'eau. Qu'ils ont prévu ça, d'une certaine manière, mais bien sûr que non. Mes seins ne les intéressent pas.

Quand Ermelinda apporte leurs smoothies verts, elle débarrasse prestement la table, supprime les restes de mon invasion, balaie toute trace de mon passage. Si je n'étais pas consciente de ma présence là, dans l'eau, ce serait comme si je n'existais pas.

Je demande : « Comment tu te sens ? » mais Lou se contente de lever les yeux au ciel en riant.

« Mon Dieu, je vais bien. Et *toi* ? » Elle met l'accent sur le dernier mot. « Super que tu aies pu faire la grasse mat' », ajoute-t-elle.

Si j'avais été moins bien renseignée, j'aurais cru que c'était moi qui avais été transportée dans ma chambre hier soir, à l'instar d'un gamin tombé dans les bras de Morphée pendant le trajet en voiture, nimbée d'une odeur de vomi, comme une auréole invisible autour de la tête.

« Où étiez-vous passés ? »

Je pose la question, histoire d'avoir quelque chose à dire, suspendue à la margelle de la piscine pour tenter de cacher ma poitrine.

« On s'est fait une petite rando », lâche Renaud. Il vide son smoothie. Le verre reste souillé de traces vertes, d'épinards ou je ne sais quelle algue aux mille bienfaits. « But now, duty calls. »

Il s'éclipse après avoir embrassé Lou sur la tête. Je vois que ça l'agace. Son visage n'a aucun secret pour moi, c'est une carte dont je connais le moindre relief. Une légère contraction de la mâchoire, très légère, mais je la remarque.

Renaud parti, je me hisse sur la margelle. Mon corps est lourd, mes bras tremblent. Je sens le regard de Lou me scruter, comme à travers une loupe. Telle une biologiste contemplant une nouvelle catégorie d'insecte, une espèce de mouche qu'elle voit pour la première fois. Je frissonne involontairement, et j'enfile mon T-shirt sans me sécher. Il colle à mes seins qui laissent des traces sombres. Puis cette impression disparaît.

Je repense à l'été entre la première et la terminale, celui qu'elle a passé à Londres, dans une école de cinéma. Elle était restée en Angleterre du premier jour des vacances à la veille de la rentrée. Quant à moi, j'avais travaillé tout le mois de juillet chez un glacier, debout du matin jusqu'au soir, à transpirer dans un petit cube en plastique que je pouvais à peine quitter pour aller faire pipi. Tous les soirs, je retrouvais mon corps couvert de minuscules cloques emplies de liquide. Elles disparaissaient quand on les touchait, mais le lendemain elles étaient de retour. Lou m'avait envoyé une carte postale, une vue générique d'une attraction touristique quelconque, Big Ben ou Trafalgar Square, je ne me souviens plus, et avait terminé son petit texte par un « Tally-ho lads ». Je me rappelle avoir pensé que cette expression désuète semblait mal utilisée, mais après tout elle devait savoir, elle y avait passé tout l'été.

À la rentrée, Lou n'était plus la même. Pas seulement parce que nous ne nous étions pas vues pendant deux mois. Quelque chose avait changé chez elle, mais quoi ? Difficile de mettre le doigt dessus. Un peu comme lorsqu'on rêve, ou comme si on faisait pivoter l'objectif de l'appareil photo, floutant très légèrement l'image. Sa voix était différente, mais le contenu de ses paroles restait identique. Son rire était le même, mais semblait plus aigu et se prolongeait en cascade. Je me demande si elle avait appris ça à l'école de cinéma ou si c'est quelque chose qu'elle avait adopté avec l'âge, comme si cela avait toujours existé sous la surface sans que je m'en aperçoive.

À la pause déjeuner, on était allées s'acheter des sandwiches au 7-Eleven de Medborgarplatsen, comme avant. Alors qu'on partageait un wrap, j'ai été saisie par l'attitude des gens à son égard, que ce soit le vendeur, les ivrognes sur les bancs publics ou nos camarades de classe. Leur comportement avait changé. Comme si un noyau central était tout à coup apparu, autour duquel gravitait le monde entier. Son expérience londonienne était réussie, m'avait-elle dit, même si elle avait eu un peu honte en apprenant que le cours était ouvert au commun des mortels.

« Je croyais que les candidats étaient triés sur le volet, qu'ils avaient aimé ma lettre de motivation et ma bande démo, mais j'ai découvert qu'il suffisait de mettre la main au portefeuille. Mon père s'est bien gardé de me le dire », avait-elle déploré en extirpant quelque chose de son wrap.

Son père avait financé tout son séjour, ses parents avaient dû conclure un accord, ou bien il était très riche, je ne sais pas, je n'ai jamais posé la question. Il était enveloppé de cette aura d'infinies possibilités, d'ambition sans prise de tête, de réussite. Sa mère aussi, d'ailleurs. Pas comme mes parents, qui avaient toujours l'air de s'excuser d'exister.

« Donc, au bout d'un moment, j'ai commencé à sécher certains cours. Je trouvais ça plus utile de profiter de Londres, de m'imprégner de l'ambiance de la ville et de rencontrer des gens. »

Sur ce, elle avait décrété qu'elle n'avait plus faim et m'avait tendu le reste de son sandwich. Je n'avais pas fait de commentaire, mais j'avais pensé au prix du cours (je m'étais renseignée, j'aurais bien voulu l'accompagner mais ce n'était même pas la peine d'espérer, mes parents n'en avaient pas les moyens) et au fait qu'elle l'avait dédaigné parce qu'il n'était pas assez select. Mais c'est peut-être justement grâce à cette lucidité qu'elle a manqué tant de jours d'école en terminale pour participer à des castings, callbacks, tournages de pubs, et je ne sais quels jobs qu'on lui proposait. Je crois qu'elle n'a pas refusé une seule proposition. Elle n'a pas décroché son bac – même si elle était présente à la cérémonie de fin d'année – mais elle a fait le bon choix. Elle n'a jamais eu besoin de diplômes.

Quand Lou a quitté Stockholm pour tourner *Babetta*, après notre voyage en train, j'ai eu l'impression que la réalité avait effectué un atterrissage d'urgence sur mes épaules. Soudain, la vie d'adulte était là, celle qui depuis longtemps était restée tapie dans l'ombre, aussi effrayante qu'attirante tant elle semblait hors de portée ; soudain, l'avenir était un grand présent vide et douloureux auquel je devais faire face. Nous étions en septembre et je n'ai compris qu'à ce moment-là que j'aurais dû candidater dès le printemps à des formations universitaires. En approfondissant mes recherches, j'ai aussi compris que je ne serais de toute façon pas prise, vu mes notes au lycée.

J'avais choisi la filière artistique et j'avais abandonné plusieurs matières, comme les maths et l'histoire, lesquelles comptaient visiblement pour intégrer l'université, même si on voulait étudier le cinéma et le théâtre.

Pendant le tournage, Lou m'a envoyé des SMS sporadiques et il lui est arrivé de m'appeler, mais je pouvais rarement répondre. J'étudiais jour et nuit pour rattraper mes notes médiocres tout en bossant dans un café. Pendant mes rares moments de liberté, je dormais ou fréquentais la salle obscure d'un cinéma, presque toujours seule.

Parfois, quand elle m'avait appelée au moment propice et que nous avions pu parler (elle, plutôt), je fondais en larmes. Je pleurais parce que j'étais si fière d'elle, et heureuse pour elle, mais une autre partie de moi sanglotait parce que j'avais l'esprit étriqué au point d'être jalouse. Pauvre petite idiote, comment pouvais-je être aussi stupide ?

« Quelle chaleur ! Je n'arrive pas à réfléchir », soupire Lou en se levant. « Je rentre. Tu viens ? On peut regarder un film. Tu as vu notre cinéma ? »

Je lui réponds que non d'un signe de la tête et lui emboîte le pas.

La pièce fait la taille d'une petite salle d'un cinéma ordinaire, comme le Victoria ou le Sture à Stockholm, mais elle est incomparablement plus luxueuse. Les fauteuils peuvent pivoter et sont couverts d'un velours dont émane une impression de propreté lorsqu'on les caresse du bout des doigts. Le long d'un des murs s'étire un petit bar avec machine à expresso et frigo rempli de bières, champagne et bouteilles d'eau. Des saladiers de M&M's

et de chips Lays sont disposés sur le comptoir. L'arrangement floral fait écho à celui des autres pièces.

Nous regardons *Boulevard de la mort*, l'un des longs-métrages les moins connus de Tarantino. C'est la première fois que je le vois. Lou raconte qu'elle a passé le casting pour faire partie de la distribution.

« Tu as rencontré Tarantino ? »

Elle secoue la tête en roulant un joint. Je n'ai jamais vu quelqu'un faire ça avec une telle précision, ou peut-être n'y ai-je jamais vraiment prêté attention.

« Non, je ne suis pas arrivée assez loin dans la sélection. Ils ont choisi une autre actrice, mais je ne sais pas, ça fait si longtemps… »

Elle triture une cuticule, et je me rappelle soudain qu'elle saignait souvent des pouces, au début du lycée. Elle inspire brusquement en arrachant un lambeau de peau plus grand que prévu, et poursuit :

« À l'époque j'étais dévastée, mais plus tard j'ai entendu dire que le tournage était très éprouvant. Tarantino est assez… enfin… disons qu'il prend beaucoup de place. J'aurais sans doute eu du mal à fermer les yeux sur ses commentaires machos. »

Je ne dis rien. C'est vrai que Tarantino a sans doute un ego surdimensionné, mais d'un point de vue féministe je pense qu'il n'a pas grand-chose à se reprocher. J'ai l'impression que tous ses acteurs sont logés à la même enseigne. Mais elle l'a peut-être rencontré, après tout. Elle doit être plus au courant que moi.

« Mon agente m'a dit que je faisais trop suédoise. » Elle rit. « Je crois qu'il cherchait des filles un peu plus esquintées. En tout cas, c'est ce que je me dis quand on voit celles qu'il a choisies. »

J'essaie de me représenter Lou dans un film de Tarantino. Je me rappelle sa lèvre inférieure frémissante, ses yeux emplis de larmes dans *Babetta*.

« C'est l'année où j'ai tourné *Madame Danger*, qui a fait un carton. Alors ça n'a plus d'importance maintenant. »

J'ai vu *Madame Danger*. Il n'est resté à l'affiche en Suède que deux semaines avant d'être déprogrammé. C'était un film d'action historique à gros budget relatant la traque de Jack l'Éventreur par une détective privée. Un film dans la veine de Tarantino, en quelque sorte, mais sans les dialogues pêchus, remplacés par du verbiage sans intérêt. Dans la scène finale, Lou se dresse, chapeau haut de forme de l'assassin vissé sur la tête, blessée et ensanglantée, et sourit tandis que la musique tonitrue et que la caméra effectue un zoom arrière révélant le décor londonien. La presse ne lui a attribué que deux étoiles, si je ne m'abuse.

Rien à voir avec *Pulp Fiction.* Tous les gens de ma génération se rappellent où et avec qui ils l'ont vu. Comme l'assassinat d'Olof Palme pour la génération de nos parents.

Nous partageons le joint, Lou et moi. Je n'avale pas la fumée, mais avec le peu que j'absorbe, à moins que ça soit la gueule de bois, je suis engloutie par le film. Quand la musique du générique de fin retentit après le passage à tabac du personnage joué par Kurt Russell, mon cœur bat tellement fort qu'il fait vibrer mon T-shirt. J'éprouve à nouveau ce sentiment qui ressemble au bonheur, et que j'arrive désormais à identifier.

Il s'agit de courage.

Ce sentiment d'être capable de réussir, de dire ou de faire n'importe quoi. C'est merveilleux. Quand quelqu'un parvient à réaliser un film qui emplit le spectateur de ce sentiment, qu'importe si c'est un cauchemar de travailler avec lui, non ? La fin justifie les moyens, n'est-ce pas ? Je me tourne vers Lou, affalée dans le fauteuil à côté du mien, et je me dis que ce moment va ouvrir une nouvelle porte dans notre relation, que quelque chose va s'approfondir. C'est inéluctable, avec certaines expériences cinématographiques. Les partager, ça vous transforme, ça change tout. C'est alors que je vois qu'elle dort. Elle ronfle. Un filet de salive dégouline sur sa joue. Pourtant, je la trouve magnifique.

Quand je gravis les marches vers l'étage, les palpitations de mon cœur ont migré dans ma chatte. La porte de la chambre de Renaud est ouverte, c'est la première fois. Au lieu de prendre à droite vers mes appartements, je m'approche de la porte ouverte. « Hello ? » Ma voix n'est qu'un murmure. Portée par ce nouveau courage et les pulsations entre mes jambes, je me glisse dans la pièce. Elle me rappelle la chambre de Lou. Même papier peint clair, discret, même grand lit en bois sombre qui fait face aux fenêtres. Mais les draps de Renaud sont rouge foncé, couleur sang de bœuf, sans doute en satin, brillants, glissants, comme l'intérieur d'un corps, un utérus. C'est cette image qui m'apparaît, mais je ne suis pas sûre qu'elle corresponde vraiment. Au-dessus du lit est fixé un gigantesque miroir sur mesure d'au moins deux mètres sur trois. J'espère qu'il est bien accroché. Hormis le lit défait, la chambre semble inhabitée.

Peut-être est-ce encore l'effet du joint, mais je ne peux m'empêcher de m'approcher du lit. À l'instant où j'effleure l'étoffe scintillante, j'entends quelqu'un entrer. Ermelinda. Chargée d'un immense bouquet de fleurs. Elle me demande si elle peut m'aider. Je secoue la tête, recule vers la porte, et me précipite jusqu'à ma chambre.

Dans la douche, alors que l'eau tombe en pluie sur mes cheveux et enveloppe mon corps, je repense aux draps du lit de Renaud et la couleur rouge sombre se mêle à l'image de Lou dans *Madame Danger*. Je me demande si c'est ainsi qu'il aime la prendre, lui étendu sur le lit, la regardant le chevaucher, et cette image se démultiplie, gagne en profondeur par le jeu de ce grand miroir. Je me demande ce que ça fait d'être l'objet dans cet acte.

« On t'a dit qu'on allait organiser un dîner ? » me demande Lou le matin suivant.

Je sirote mon café dans un fauteuil de jardin. Elle est en sueur, habillée tout en blanc, en débardeur, jupe, bandeau et poignets éponges. Aujourd'hui, elle a joué au tennis avec un coach américain qui possède une résidence secondaire dans le coin. Un ancien joueur professionnel, mais je n'avais jamais entendu parler de lui.

Je secoue la tête.

« Ah oui ? Génial, c'est quand ?

— Samedi. »

Elle s'étire, une jambe relevée, le pied posé sur le bord de la table. Un vague parfum sucré me chatouille les narines.

Pendant le repas – omelette et salade verte –, Lou me raconte qu'on lui a proposé le rôle de Maria Sharapova dans un biopic – « Les biopics, c'est la dernière mode » –, ce qui explique sa pratique du tennis.

« Mais je n'ai pas encore accepté. On bosse sur le scénario, pour l'instant il n'est pas assez bon, mais on croise les doigts. » Elle joint le geste à la parole.

« Quel âge elle a, Maria Sharapova ?

— Notre âge, réplique Lou du tac au tac. Une partie du rôle sera joué par une gamine. Le film la suivra de son enfance jusqu'à sa suspension après le scandale de dopage, tu sais. »

Je hoche la tête, ça me rappelle vaguement quelque chose, j'ai dû lire un article là-dessus, mais je ne savais pas que c'était si grave. Le sport, ça ne m'intéresse pas.

« C'est formidable ! »

Ça n'a pas l'air d'être un rôle de maman. Son inquiétude n'est peut-être pas fondée. Peut-être qu'elle ne s'inquiète pas réellement, d'ailleurs.

« Tu vois, le problème principal du scénario d'après moi, c'est son déséquilibre. La majorité de l'intrigue se déroule avant le quatorzième anniversaire de Sharapova, l'année où elle est devenue pro. On essaie de négocier pour voir à quel moment doit se faire le changement de rôle. »

Elle contemple les collines en avalant son évian. Sa lèvre supérieure se plisse, comme une minuscule draperie à fronces.

« Je ne sais pas ce qui sonnerait le plus faux, une actrice de douze ans qui joue une fille de quatorze ou une trentenaire qui incarne une ado. Mais la gosse est inconnue au bataillon, et s'ils veulent que je participe, je veux avoir mon mot à dire. Pas me contenter d'être une vache à lait. »

Je ne suis pas sûre de comprendre son raisonnement, je ne sais pas ce qui lui importe, l'aspect artistique ou politique, mais je m'abstiens de tout commentaire, je ne veux pas la mettre mal à l'aise. Je préfère lui demander quel jour on est. Elle éclate de rire et me regarde, consternée.

« On est mercredi, ma chérie. »

Les journées s'écoulent lentement. À part la soirée dont Lou ne m'a toujours pas reparlé, rien d'autre n'est prévu. Ma joie d'être ici commence doucement à se teinter d'ennui. Cela fait près de deux semaines que je suis là et je dois dire que je suis surprise de la vie qu'ils semblent mener. J'ignore à quoi je m'attendais. Je la vois glousser, minauder. C'est si intime que je suis obligée de détourner le regard. J'ai l'impression de regarder dans les coulisses et de découvrir des choses qui auraient dû rester cachées.

Renaud est souvent absent et Lou partage son temps entre le sport, la bronzette et les interminables conversations téléphoniques au bord de la piscine. Renaud n'a fait aucune référence aux événements de son bureau, ni par un mot ni par un regard. Je commence à douter de mes souvenirs. J'étais épuisée après le voyage.

J'attends avec impatience la fête qui viendra rompre la monotonie de mon séjour. J'ai l'impression que les murs ici nous enferment plus qu'ils ne nous protègent. Et ce n'est pas non plus comme si on avait des discussions passionnantes. Ça doit être ma faute, peut-être parce que je suis sur mes gardes, je me rappelle qu'au lycée on était toujours en train de discuter. Soit en tête à tête, quand on était ensemble, soit par SMS ou tchat quand on était séparées.

Là, rien ne se dit. J'ai constamment la boule au ventre, l'impression de la décevoir. C'est sûr, ça doit être ma faute.

Je regarde mon portable plusieurs fois par jour bien que j'aie décidé de le laisser dans ma chambre. Je me demande quand je recevrai la réponse pour mon poste. Est-ce que je pleurerai ? Est-ce que Lou me consolera alors qu'elle n'en a au fond rien à foutre, qu'elle éprouve peut-être même une joie secrète à me voir échouer ? Comme je suis mauvaise ! Qui pense cela de sa meilleure amie ? Je repose mon téléphone, avale deux antalgiques pour soigner mon mal de tête avant de redescendre à la piscine.

Après le déjeuner, Lou a rendez-vous pour l'un de ses soins. « Il vaut mieux faire ça quelques jours avant, pour que la rougeur ait le temps de s'estomper et que les effets soient bien visibles », explique-t-elle, et il me faut quelques secondes pour comprendre qu'elle parle de la fête de samedi. C'est pour cet événement qu'elle veut être parfaite. Plus encore que maintenant. Je repense à la salle d'attente froide et stérile et je lui dis que je préfère rester ici. Portable serré dans le poing, elle me dépose un baiser sur la joue et se dirige vers la voiture. Deux bips discrets du portail et la voilà partie.

Aujourd'hui l'air est plus frais, et je respire mieux quand elle n'est pas là. Après son départ, le ciel s'assombrit. Pourtant, aucun nuage en vue. Comme si elle avait emporté le soleil. Pour la première fois, je déambule dans le jardin. Le domaine, plutôt. Je songe que toute cette grande propriété est ceinte d'un mur si long que je ne parviens même pas à en voir la fin.

La Grande Muraille de Chine, un film dans lequel Lou a joué, me vient à l'esprit. Réalisé à la suite du succès de *Tigre et Dragon*, il présente une narration et une esthétique similaires, mais raconte le destin d'une orpheline occidentale, Nei, placée comme apprentie chez un célèbre riziculteur. Je n'ai aucun souvenir du lien entre le riziculteur et le kung-fu, je me souviens seulement du titre et du fait que la teinture noire de Lou n'était pas seyante. Elle donnait à son visage un aspect flou, dénué de relief. Pas comme dans *Babetta* où l'on s'était efforcé de rehausser ses pommettes. Les ombres et la lumière, ce qui crée le mouvement, la vie.

En contrebas du terrain de tennis s'étend une oliveraie, puis une orangerie presque entièrement tapissée de lierre. J'y pénètre.

Le jardinier, l'homme qui a aidé à porter Lou le soir de notre sortie en ville, se tient dos à moi. Il fredonne, accompagne la musique qui emplit l'espace. Je reste un instant à l'observer, à contempler les plantes, les bourdons et les papillons qui entrent et sortent par les fenêtres ouvertes. La honte d'être postée là me submerge soudain. Je m'apprête à m'éclipser quand le jardinier me demande si je me plais ici. Sa voix est douce, mélodieuse, son anglais parfait. À peine une pointe d'accent. Je me demande d'où il vient. « Yes », je me surprends à balbutier, « Yes, it's beautiful », puis il se tourne vers moi, les mains terreuses, et me sourit. Une cicatrice que je n'avais pas remarquée part de son nez et s'étire sur toute sa lèvre supérieure. Sans doute un bec-de-lièvre corrigé, comme Joaquin Phoenix. L'opération est moins réussie que celle de l'acteur, la cicatrice est une sorte d'aimant sur son visage, qui sans elle pourrait être beau. Un point où le regard se fixe, inexorablement.

Il s'appelle Roméo, « oui, c'est fleur bleue, ma mère est une romantique », et travaille comme jardinier dans le domaine. Mais seulement trois jours par semaine, le reste du temps il suit des études de dentiste.

Il est tellement naturel, pas du tout sur ses gardes. Il bavarde et me fait visiter tout en vaquant à ses occupations. Nous traversons l'oliveraie, vieille de plusieurs siècles, explique-t-il en vérifiant les troncs à la recherche de nuisibles. Je n'ai pas compris s'il s'agissait de fourmis volantes ou d'un autre type d'insecte. J'ai soudain envie de lui poser des questions sur la fameuse nuit, mais je m'abstiens, par peur de le gêner. Pourtant, juste avant de remonter vers la maison, il dit qu'il est heureux que miss Lou reçoive la visite d'une amie, « Ce n'est pas bien d'être aussi souvent seule », je souris, hoche la tête. Lorsque je regagne la terrasse de la piscine, le soleil brille de nouveau, j'entends le vrombissement sourd du portail et je comprends que Lou est de retour.

VII

Les jours qui précèdent la fête, la maison est en pleine effervescence. Je m'étais accoutumée au silence qui y règne d'ordinaire, au point que je suis presque effrayée par tous ces gens, tout ce bruit. Il y a le traiteur, le concepteur lumière, le fleuriste, et je ne sais qui d'autre. Je finis par ne plus les saluer, passe mon chemin sans leur prêter attention.

Lou considère tout cela avec le plus grand sérieux. On dirait qu'elle répète un rôle de wedding planner dans une comédie romantique, elle court dans tous les sens, en veste de tailleur, short blanc et sandales compensées, micro-casque sur les oreilles. Les cheveux en chignon parfaitement négligé, sans doute maquillée, mais de manière si discrète que ça ne se voit pas. Je ne le vois pas en tout cas. Renaud n'est presque jamais à la maison, et quand il est là, il passe le plus clair de son temps dans son bureau, mais fait quand même l'effort de dire bonjour à tout le monde. Quand Lou veut lui demander son avis, il retrousse ses manches, affiche un large sourire, écoute ses questions et s'investit. J'imagine que cela revêt pour eux une grande importance. Tout doit être parfait.

Ermelinda ne semble pas particulièrement affectée par tout ce charivari, elle ne change pas ses habitudes. J'ai parfois l'impression qu'elle est malentendante, qu'elle porte un appareil auditif dont la batterie est à plat, car même quand le vacarme atteint des sommets, elle ne semble rien remarquer, continue à rincer ses légumes, sortir la poubelle, couper les tiges des fleurs. Business as usual. Cela semble faire partie de ses tâches – ne pas réagir, ou feindre de ne pas voir ou entendre ce qui se passe autour d'elle. Je me demande si elle a signé un contrat.

Le vendredi soir, Lou se plaint de migraine et n'a pas la force de dîner avec Renaud et moi. Je ne me souviens pas d'elle comme migraineuse, mais enfin, combien d'ados sont touchés par ce problème ? Ça se développe plus tard, non ? Quand la vie vous rattrape. J'ai la chance d'y échapper. J'ai parfois l'impression d'être toujours une enfant. Une enfant sans migraine ni problème, comme si rien de vraiment dangereux ou de sérieux ne m'était arrivé. Rien qui forge le caractère. Je songe que je devrais lui demander, plus tard, depuis quand elle souffre de ces maux de tête.

Qu'elle soit là ou non n'a finalement pas d'importance. Ce que je veux dire, c'est qu'avec le régime détox qu'elle suit en prévision de la fête, elle n'aurait de toute façon pas mangé la même chose que Renaud et moi. Le soir, elle s'assied devant son smoothie qui a la même couleur que son smoothie du déjeuner, et elle le déguste à la petite cuillère, sans doute par politesse envers nous. Pour nourrir une illusion de normalité.

Peut-être est-ce parce que Lou n'est pas là, peut-être est-ce à cause de ce qui s'est passé dans le bureau, mais je n'ai pas la force de me faire belle pour le dîner. Le reste du temps, j'ai adopté ce qui semble être la coutume ici, à savoir se changer pour le repas du soir. On prend une douche et on se pomponne pour l'autre. Je peux le comprendre quand on est en couple, mais pour moi ça n'a aucun sens, surtout quand Lou n'est pas là. Aussi suis-je surprise lorsque Renaud me retrouve dans le salon de jardin, dry martini à la main et chemise immaculée parfaitement repassée. L'idée que ce qui s'est passé cette fois-là ait été une sorte de préliminaire me traverse. Une fellation, n'est-ce pas déjà du sexe ?

« Oh, I'm sorry », fais-je en gesticulant vers mon short en jean et mon T-shirt fripé à l'imprimé Star Wars, mais il se contente de rire, me dit de ne pas m'inquiéter. « Pas de problème, on n'a pas besoin de se mettre sur son trente et un tous les soirs. » Son rire achève de me convaincre, l'alcool frais me détend et au bout de plusieurs heures je me rends compte que nous passons un bon moment, nous n'avons pas mentionné Lou une seule fois, et je n'ai même pas pensé à elle.

Renaud a été marié trois fois et il n'y aura pas de quatrième.

« Heureusement que Lou est si moderne », s'amuse-t-il.

Il a deux enfants, une fille et un fils qui ont deux et cinq ans de plus que moi. « Ils restent mes bébés, tu comprendras quand tu auras des enfants. » Sa fille est biologiste marine et son fils directeur de la photographie, « tel père tel fils », dit-il, mais quand je lui demande si j'ai déjà vu ses œuvres, il secoue la tête et explique qu'il travaille surtout sur de petits projets confidentiels d'art et d'essai, « des courts-métrages et ce genre de conneries », chez lui au Canada d'où sa mère est originaire.

Nous dégustons un pavé de thon snacké au goût poivré, rosé à cœur. Je n'ai jamais mangé un thon aussi délicieux, préparé à la perfection. En réalité, je n'ai pas souvent mangé du thon qui ne sorte pas d'une boîte de conserve. Quand Ermelinda vient débarrasser, je loue la qualité du repas et le visage de Renaud s'éclaire comme s'il l'avait préparé lui-même.

« Elle est merveilleuse, n'est-ce pas ? » Il utilise les mots « truly amazing ». « J'ai une chance inouïe de l'avoir trouvée. Elle aurait pu être recrutée par n'importe quel étoilé, mais elle voulait vivre près de son fils, c'est pour ça qu'elle travaille ici. »

Ermelinda ne répond pas, mais sourit – je me demande si elle comprend, voire si elle entend ce que nous disons.

Elle débarrasse et s'éclipse. Renaud remplit nos verres de vin tandis que le ciel rose s'obscurcit. Comme tous les autres soirs, l'éclairage s'allume automatiquement à un horaire précis et la lueur turquoise acidulée de la piscine éclaire le visage de Renaud, affûtant ses traits. J'arrive à l'imaginer lorsqu'il était jeune.

L'air me semble plus respirable ce soir-là, peut-être est-ce parce que nous nous connaissons mieux. Je sens désormais que je peux me détendre aux côtés de Renaud, malgré ce qui s'est passé dans son bureau. Ni lui ni Lou n'en ont parlé. Je me demande toujours si c'est vraiment arrivé, ou si j'ai eu une insolation. C'était l'un des premiers jours caniculaires, mon corps n'avait pas eu le temps de s'acclimater. Et ce soir, je n'ai pas envie que la conversation se termine et qu'il aille se coucher à côté de Lou, si tant est qu'ils dorment ensemble.

Renaud n'est pas du tout mon genre, même si au fond je n'ai pas vraiment de genre de mec. J'aime les personnes qui m'écoutent, tout simplement. D'habitude, les vieux ne m'attirent pas, mais là, à partager cette soirée, à discuter de films... je me demande ce que ça ferait de l'embrasser. Je suis sûre qu'il a un goût de vieillard et j'imagine parfaitement la sensation de sa peau fripée sous mes doigts. Mais aucune de ces pensées ne me dégoûte, et bien qu'il monologue depuis tout à l'heure, ça ne me dérange pas plus que ça. Il campe des portraits si vivants des légendes avec qui il a travaillé que j'ai l'impression qu'il me confie ça, rien qu'à moi. Le charme est rompu quand Ermelinda vient prendre congé pour le soir. Non qu'elle fasse ou dise quelque chose, mais c'est ce que j'imagine. Lou surgit tout à coup dans mon esprit. Il faut vraiment que j'aille me coucher. Renaud semble déçu, mais n'insiste pas pour que je reste, il garde le silence, peut-être à cause de la présence d'Ermelinda qui n'a pas bougé. Quand il me fait la bise pour me souhaiter bonne nuit, il entoure ma taille de ses bras, et ses grandes mains m'étreignent comme s'il serrait un magnum de champagne, avec une familiarité confiante.

De son corps émane le même parfum de luxe que le premier jour.

Étendue dans mon lit à chercher le sommeil, je repense à ce qu'il a répondu quand je lui ai demandé quelle était sa plus grande fierté dans la vie. « Je suis le fils d'une mère célibataire illettrée. Tout ce que j'ai fait, je l'ai fait seul, avec ces deux mains. » Son regard quand il m'a raconté son histoire. On aurait dit qu'il y croyait vraiment, au point que ça devenait réalité. Enfin, c'est sans doute la vérité, mais je ne peux m'empêcher de me demander quelle aurait été son existence s'il avait été une femme. À ce que ses mains auraient fait pour l'amener quelque part. N'est-ce pas mesquin de réfléchir ainsi ? Puéril, en quelque sorte. On ne peut pas toujours faire passer le genre avant la classe sociale, n'est-ce pas ? Son visage me revient, promptement remplacé par l'image habituelle. Lou.

C'est à la fois regrettable et merveilleux que si peu de personnes puissent profiter de Lou telle qu'elle est en live, off camera. Quand la lumière de ses projecteurs est braquée sur vous, vous ne voudriez pas être ailleurs. Il n'y a qu'une vingtaine de personnes à cette fête, ce dîner, et je me demande si elles ont conscience de vivre une expérience hors du commun.

Ce n'est pas juste ses vêtements, même si son apparence y participe évidemment. Elle porte un haut noir – une sorte de corset sans manches confectionné sur mesure –, un pantalon noir et des escarpins noirs (à semelle rouge). Tout est si simple, non, si classique. Ses boucles d'oreilles lui ont été prêtées par un joaillier – elle m'a montré du doigt les gardes de sécurité en costume sombre, équipés d'une oreillette, postés devant le portail : « Ils sont là pour garder un œil sur ces petits coquins. » Personnellement, je ne vois pas souvent des diamants, pour ce que j'en sais ça pourrait très bien être du toc. Elle est sublime, avec ses cheveux tirés, sa queue-de-cheval qui longe sa colonne vertébrale tel un fouet doré, dissimulant élégamment ses vertèbres, cette chaîne de montagnes qui se découpe sur son dos amaigri.

Un brouhaha étouffé nous parvient des portes-fenêtres ouvertes du balcon, il s'élève depuis la terrasse de la piscine où le traiteur a dressé les tables et où tous les invités ont été conduits après leur arrivée en voiture de luxe aux vitres teintées. Il est dix-huit heures passées, mais Lou ne semble pas pressée. Installée devant sa coiffeuse, elle fait glisser un épais pinceau sur ses pommettes et ses clavicules, appliquant une poudre irisée.

Elle m'a prêté une robe beige d'un grand couturier français dont je n'ai jamais entendu parler – elle est superbe, à la fois près du corps et drapée. Dans le miroir, je me suis à peine reconnue, et j'ai entrevu ce qu'aurait pu être mon existence, eût-elle bifurqué en cours de route. Sur un tapis rouge. Même mes cheveux resplendissent, bien que je ne les aie pas coiffés de manière particulière. Ils tombent naturellement sur mes épaules. Mon rouge à lèvres carmin ne fait pas clownesque, je n'ai pas l'air d'être déguisée. Et qu'importe si je suis chaussée de tongs. Qu'importe si je transpire déjà dans la robe à manches longues.

Lou semble satisfaite de mon look. Elle sourit, paraît fière de moi.

« Retire ta culotte, m'intime-t-elle. Ça évitera qu'on voie les marques. »

Je m'exécute, bien que la robe s'arrête à mi-cuisse. Sans doute peut-on voir à l'intérieur de moi quand je suis assise.

Ma robe a été dessinée par le même styliste que son ensemble, il a beaucoup travaillé pour Jean-Paul Gaultier, paraît-il. C'est une étoile montante de la haute couture. Quoi qu'il en soit, il lui a fait parvenir des tenues spécialement pour cet événement.

« Événement ? »

Elle rit aux éclats.

« Oui, enfin, dîner. »

Les vêtements ont été livrés par l'une des nombreuses personnes qui sont entrées et sorties de la villa ces derniers jours, dans de vastes sacs en papier d'un noir pailleté au nom du grand couturier, rehaussés de rubans de soie rouges. Ils sont posés au sol près de la coiffeuse, vomissant des tissus étincelants. Je me demande si l'on s'habitue à cette attention. Si moi, je m'y habituerais et trouverais que je l'ai méritée.

Nous descendons l'escalier côte à côte, sortons à l'arrière de la maison. Tout est somptueux, les bouquets de fleurs, des lys peut-être, tendus vers le ciel rose pâle, tout est blanc, blanc, blanc, j'exulte de joie et de fierté de faire mon entrée avec elle, tous les regards se tournent vers nous, enfin, vers elle, mais je suis si proche. Renaud se détache du groupe, lui tend une coupe de champagne, la prend par la main, puis elle est happée par les convives, il la conduit d'une main légère au bas du dos pour qu'elle puisse faire la bise, glousser et converser avec tous les invités. Ils parlent un mélange de français et d'anglais. J'ai l'impression qu'ils attendaient tous que la fête commence, et maintenant que Lou est là, lumière, ça tourne, et action.

Je me poste au bar, trempe les lèvres dans le champagne, sens les gouttelettes de sueur glisser sur mon visage, se mêler aux bulles sur ma langue, et le sel apporte une dimension supplémentaire à l'acidité du vin. La transpiration entre mes omoplates dégoulinera bientôt sur la chute de mes reins, sur mes fesses nues. Je contemple les invités. Quand j'ai demandé à Lou qui serait présent, elle ne m'a gratifiée que de réponses évasives. Audrey serait-elle là ? Elle a eu l'air étonnée, comme si elle ne voyait pas bien de qui je voulais parler, puis elle a ri. « Oh, bien sûr que non, ce n'est pas du tout son truc, et elle est à Londres. » Au bout d'un moment, elle m'a dit qu'il y aurait surtout d'autres genres de personnes, « pas vraiment issues du monde de la culture ». Ça doit vouloir dire qu'il n'y aura pas d'autres acteurs.

La plupart des invités sont plus âgés que nous, et sont surtout des hommes. De l'âge de Renaud, je pense. Je distingue un type en smoking, le voisin tennisman si je ne m'abuse, la cinquantaine, calvitie, peau tannée, accompagné d'une femme noire, mince, élancée, crâne rasé et robe fourreau couleur cerise aux reflets irisés. Elle doit être mannequin, elle a l'air irréelle, elle fait une tête de plus que le joueur de tennis. Plusieurs des hommes ici possèdent cette aura, découlant de cette richesse spéciale, qui va audelà de la richesse matérielle, quand l'argent va de soi au point d'être décorrélé de la réussite de son propriétaire. Il ne les rend pas heureux, même s'il est bien sûr une condition *sine qua non* de l'existence de leur personnage, de leur persona. La plupart, mais pas tous, sont flanqués d'une femme bien plus jeune et maigre, même si elles ne sont pas toutes d'une maigreur ni d'une jeunesse écœurantes. Plusieurs femmes me rappellent celles que j'ai vues dans la salle d'attente du salon de beauté. Minces, magnifiques, toilette et bijoux onéreux. Liftées ou ridées. Aucune n'arrive à la cheville de Lou. Je garde un œil sur elle. Impossible de m'en empêcher. Elle irradie.

Je me remémore la fois où je l'ai accompagnée à une avant-première, à Stockholm, pour l'un des rares films suédois qu'elle a eu le temps de tourner avant d'être entraînée dans le tourbillon international. Toute l'attention dont elle était l'objet me terrifiait, comme si elle était entourée de prédateurs. Tous ces gens, des hommes surtout, qui la touchaient, la tiraient subrepticement, essayaient de gagner son attention, voulaient qu'elle les accompagne, qu'elle leur parle, voulaient quelque chose d'elle.

Le foyer du cinéma était bondé, les spectateurs formaient un océan qui, vague après vague, corps après corps, me séparait d'elle jusqu'à ce qu'elle devienne au loin un point doré, une bouée qui surnage, tandis que j'essayais de me maintenir à flot avec mon verre de vin comme seul gilet de sauvetage. On était serrés comme des sardines, je me suis fait bousculer, et j'ai renversé mon verre – du vin blanc, heureusement – sur mon débardeur à strass bas de gamme. Dans la salle, j'étais au moins assise à côté d'elle, au premier rang. J'essayais de me recroqueviller, de me faire aussi petite que possible tandis que tout le monde cherchait à lui adresser la parole, à l'atteindre, par-dessus ma tête, à travers mon corps. Ça n'avait pas l'air de l'intimider. Telle une surfeuse, elle glissait sur leurs dos en attendant la déferlante qui l'emporterait loin de la Suède, jusqu'à Hollywood. Aussi peut-on dire que je suis habituée à me tenir à l'écart, à la contempler, à l'attendre.

Pendant l'after, organisé dans un bar près de Stureplan, on s'est retrouvées à la même table, mais il était impossible de lui parler. À une occasion, elle s'est tournée vers moi, a levé les yeux au ciel comme pour dire « N'est-ce pas stupide, tout ça ? » mais j'ai vu la lueur dans ses yeux, ils pétillaient. Elle exultait. L'instant suivant, quelqu'un lui a tapoté l'épaule et elle a disparu. Je suis restée seule avec son manteau et son sac à main.

Plus tard dans la soirée, quelqu'un de sa cour m'a demandé si je ne m'ennuyais pas. Lou a répondu à ma place : « Sa vie intérieure est palpitante », et a éclaté de rire. Une vague de chaleur s'est diffusée en moi, j'ai pensé à ce lien qui nous unit à jamais, elle et moi. Une telle amitié est rare, et si l'on a la chance de l'avoir, il faut tout faire pour la protéger.

Renaud fait tinter son verre et le brouhaha cesse, on baisse la musique, j'ignore qui s'en occupe, mais la bossanova « Girl from Ipanema » n'est plus qu'un fond sonore pour que personne ne manque l'allocution du maître de maison.

« Où es-tu, ma princesse ? » lance-t-il à la cantonade. Au même instant, elle se matérialise à ses côtés, joyeuse, avec juste ce qu'il faut de gêne, et lui décoche un coup de pied factice. « Ah, be careful, she is an action princess ! » s'exclame un invité, provoquant l'hilarité générale.

Ribcage, le film où elle incarne une version féminine de Wolverine, a fait exploser le box-office en France. C'est sans doute comme ça que les gens d'ici se la représentent. Une fois que les rires se sont tus, Renaud reprend la parole. Il s'exprime librement, on dirait que ça vient du cœur. Elle se tient près de lui, intervient à point nommé, tout semble si spontané, mais je sais à quel point Lou a préparé cette soirée – j'ai du mal à croire à une improvisation.

Au lycée, j'avais toujours plus de facilité à apprendre mon texte qu'elle. Mon cerveau était une éponge, il était vide, avide, assoiffé de mots, de phrases pour le remplir. Mais elle a travaillé tellement dur pendant toutes ces années. Je me dis que la mémoire s'entraîne, que ce n'est pas ça qui détermine le succès, surtout pas au cinéma. Au théâtre, c'est peut-être différent, sans doute est-ce utile de savoir ses répliques par cœur, mais devant la caméra, ce qui importe c'est la présence, le talent.

Je l'ai déjà dit, j'ai cessé de passer les concours d'entrée des académies d'art dramatique. Je me suis acharnée pendant treize années d'affilée, je me suis présentée aux auditions des quatre institutions, Stockholm, Göteborg, Malmö et Luleå. Ce n'est pas que je sois mauvaise, j'en suis presque sûre. J'ai toujours validé le premier tour, le deuxième, le troisième, j'ai même parfois la dernière étape de la sélection, mais c'est comme s'il me manquait toujours quelque chose. La confiance en soi, peut-être. Ou la niaque. Lou n'a postulé qu'une seule fois. Pas vraiment comme si elle en avait eu besoin.

Renaud dit à quel point il est heureux de voir tout le monde réuni, des amis de longue date, de nouvelles connaissances, et qu'il n'y a plus qu'à se détendre, manger, boire, passer « a fabulous time ». Les invités lèvent leur verre en direction du couple d'hôtes et trinquent, je les imite, plantée là-bas, près du bar. Je suis frappée par l'impression que je sais déjà tout ce qui va advenir, comme si nous nous trouvions au milieu d'un film où tout s'est déjà passé, mais je ne me rappelle plus de quel film il s'agit.

L'image se déforme ; si tout s'était déjà passé, je ne devrais pas être angoissée ni avoir peur. Et puis, ce film, il ne parle pas de moi, si ?

C'est un dîner placé, évidemment. On se croirait dans un restaurant, ou à un mariage, avec des arrangements floraux et lumineux identiques d'une table ronde à l'autre et de la porcelaine de luxe. Les tables sont disposées entre la piscine et la maison, les nappes blanches sans un pli tombent jusqu'au sol. Je compte six marque-places à ma table. J'ai soudain envie de fuir, monter dans ma chambre, me cacher dans l'orangerie, grimper par-dessus le mur, mais je m'abstiens. Je reste figée près de ma chaise à regarder les invités trouver leur place.

« You must be sisters ! » s'exclame mon voisin de table, émerveillé, en apprenant que je passe un bout de l'été chez Lou. C'est un ancien trader à la retraite, « full time adventurer », s'esclaffe-t-il, sourire pub pour dentifrice. Il ressemble à une photo de Giorgio Armani que j'ai vue dans le journal il y a longtemps. Ses cheveux blancs frisent à la nuque. À côté de lui, son épouse, une femme d'âge moyen – moyen, comme entre jeune et vieille. La norme c'est de rencontrer une femme si jeune qu'elle pourrait être sa fille, non ? Giorgio ne s'y soumet pas. À moins qu'ils soient ensemble depuis longtemps. Bref. Il est plutôt sympathique, comme toute la tablée. Rien à voir avec la vendeuse condescendante de chez Chanel. Ces gens n'ont rien à prouver et ils ont l'habitude de faire la conversation. Ils sont maîtres dans l'art de passer du bon temps.

Le personnel de service remplit nos verres de vin blanc puis nous présente, dans de grands bols en argent couverts de buée, du caviar de Kalix importé spécialement de Suède – comme Lou me l'a expliqué : « J'ai choisi l'entrée, Renaud le reste » – mais les invités ne laissent échapper aucun commentaire sur cette denrée d'exception. Ils dégustent le mets sans se presser et, comptant les couverts, je prends conscience qu'il nous reste encore au moins quatre plats.

Je ne suis pas habituée. Ni à de tels virtuoses de la conversation, ni à ce qu'on remplisse mon verre au fur et à mesure, ni à la chaleur. Je bois trop vite, l'envie d'uriner me gagne et en me levant je réalise que j'ai la tête qui tourne.

Les toilettes des invités sont occupées et je me laisse glisser au sol devant la porte. Lorsque celle-ci finit par s'ouvrir, je vois Renaud et la top model noire en sortir, ensemble. Nullement embarrassés, semble-t-il. Ils m'aident à me relever, et la femme se présente comme « Boom, an explosion », elle me suit dans les toilettes et me propose de la cocaïne cachée dans un pendentif suspendu à une chaîne en argent. Je ne suis pas du style à prendre de la coke, même si j'ai déjà essayé, mais sans Lou je me retrouve rarement dans ce genre de cercle. Mes soirées finissent plutôt en jeux de société-cubi de vin. Je secoue la tête.

« OK, attends-moi ici chérie, je vais t'aider », dit-elle en sortant.

La pièce tourne autour de moi, j'ai mal au cœur. On frappe doucement à la porte et Boom est de retour avec un verre d'eau.

« Bois. »

Je m'exécute. Elle m'aide à arranger mon maquillage étalé autour des yeux. On dirait que j'ai pleuré. Au bout d'un petit moment, les vertiges cessent, la nausée se calme. Lorsque nous regagnons la table, je me sens sobre.

Je ne dirais pas que je suis étonnée de me retrouver à une fête où il y a de la coke, plutôt de la discrétion avec laquelle elle est consommée. Ça doit être lié à la nature double de la soirée. À la fois relax, casual chic entre amis, et superficialité, placement de produits, sacs à goodies, image de marque.

Au lycée, on fumait pas mal de joints, Lou et moi. C'était toujours elle qui fournissait, toujours elle qui proposait. Je ne disais jamais non, mais en réalité ce n'était pas mon truc.

C'est quand Lou planait qu'elle semblait la plus heureuse. Elle congelait du sirop sans sucre dans des bacs à glaçons et en suçait un quand elle avait la foncedalle. Elle disait que ça avait exactement le même goût que la crème glacée.

Je crois qu'elle a un vrai besoin de décompresser, beaucoup plus que moi, à raison et depuis toujours. Elle n'a jamais perdu cette motivation, cette discipline. Sa vie est si trépidante, elle ne se met jamais en veille, ce n'est pas étonnant qu'elle ait besoin d'un petit coup de pouce artificiel pour souffler un peu. Dans ma vie, il s'agit de réunir les différentes parties de moi-même pour former un tout, plutôt que d'essayer de me détendre et de me laisser aller. Sans contrôle, sans stabilité, mes contours semblent se dissoudre, s'estomper, comme si je n'étais plus vraiment un être humain.

J'ignore si c'est le verre d'eau, ou s'il y avait quelque chose dans le champagne, mais de retour à table je me sens presque normale. Le second plat a été servi, des pâtes aux moules, assez similaires aux pasta alle vongole du premier soir. Giorgio se lève, tire ma chaise, et j'arrive à sourire, à le remercier, comme si j'étais assise à côté de moi-même, comme si quelque chose avait pris possession de mon corps, et que je me contentais de l'observer. Au lieu de me comporter comme une empotée, j'agis de façon tout à fait ordinaire, comme une femme charmante et naturelle, capable de poser des questions et d'y répondre, de manger et de plaisanter, tout cela en même temps. Voilà comment sont les autres, me dis-je. Pourrais-je aussi devenir ce genre de personne ? Ou est-ce impossible sans l'aide de substances ?

Installée à la table contiguë à la mienne, Boom lève son verre dans ma direction, je l'imite en souriant. À l'une des autres tables, Lou est plongée dans une conversation avec son voisin, un homme plutôt jeune – comparativement aux autres – et au look très gay. Je me demande s'il n'est pas le créateur de nos tenues. Elle a posé une main sur son bras, approché ses lèvres de son oreille. Je m'imagine la chaleur de sa bouche contre son lobe, sa joue, son épaule.

Après le dessert, le chef cuisinier vient se présenter et Renaud se lance dans un long discours de remerciement, il raconte une histoire de son enfance (la même qu'hier soir, mot pour mot), sa mère qui l'élevait seule et qui travaillait comme cuisinière, qui parfois apportait des restes de son travail, « C'est là que j'ai découvert que la nourriture pouvait être magique », moi je n'ai pas l'effet de surprise, mais les invités poussent des Oh ! et des Ah ! et le chef est gratifié par des applaudissements assourdissants bien que les assiettes soient loin d'être vides.

La fête se poursuit. Tandis que le personnel de service débarrasse, les convives se déplacent librement, certains se retrouvent au bar, d'autres dans le salon de jardin, d'autres encore entrent dans la villa au prétexte d'admirer une œuvre d'art dont Renaud a fait l'acquisition. Boom m'attrape au passage, « Come on, party with the cool kids », chuchote-t-elle à mon oreille en m'attirant vers l'intérieur. Nous sommes six à pénétrer dans le bureau de Renaud où se trouve en effet une toile, un Gauguin, assez typique de l'artiste, pas l'un de ses meilleurs ni de ses plus connus, mais de toute façon ce n'est pas mon peintre préféré. Des femmes nues exotiques vues à travers le regard d'un mâle blanc, c'est pour moi le genre d'art avec une date limite de péremption, mais je comprends que ça plaise à Renaud. Du fait de son métier, je veux dire.

Il enfile des gants de coton blanc pour manipuler le tableau. L'œuvre n'est pas très grande et quand quelqu'un s'enquiert du prix, il répond, sur la défensive : « A gentleman never tells. » Il explique ensuite que Gauguin venait d'un milieu défavorisé, qu'il est parti de rien, je me demande si c'est vrai, j'imagine que oui. Si Renaud l'apprécie tant, c'est peut-être qu'il s'identifie à lui.

« Tu sais que ma première femme était tahitienne ? » demande-t-il à Boom, qui éclate de rire et s'écrie : « Oh really, that's amazing ! » Il se tourne vers moi : « Tu savais que la femme de Paul Gauguin était danoise ? »

Je comprends qu'il s'attend à une réaction de ma part, alors je souris et risque un « Waouh, non, tu m'apprends quelque chose » ; il affiche un air satisfait comme un bambin au comble du bonheur.

Si j'avais des moyens illimités pour acheter une œuvre d'art, je m'offrirais *Carré blanc sur fond blanc* de Kazimir Malevitch. Je l'ai vue dans un musée à Amsterdam pendant notre tour d'Europe en train. Un carré blanc sur un fond blanc, comme son nom l'indique.

L'un des hommes a préparé quatre rails de coke sur un petit plateau en miroir posé sur la table basse en verre. Boom s'agenouille pour sniffer. De dos, on dirait qu'elle prie. Après Boom, l'homme m'invite à me servir, « ladies first ». Je décline la proposition. Boom lui tend un billet de cent euros, puis saisit mes deux mains. Nos doigts s'entremêlent, je suis étonnée de la fraîcheur de sa peau alors qu'il doit toujours faire près de trente degrés dehors.

Dans le tableau de Malevitch, la sécurité que procure la forme géométrique me parle. Un carré présente des limites, des angles, des cadres, des règles. Comme un film. Je pense que c'est pour ça que je me suis toujours sentie aussi libre devant une œuvre cinématographique. L'artiste n'est libre que dans la contrainte. Ce n'est que dans la contrainte que le regard, la pensée peuvent s'évader, rêver. Être libres.

Tout à coup, j'ai l'impression qu'on a allumé le son. Une lourde basse emplit la maison. Boom me regarde, les yeux pétillants : « Allez, viens danser ! » La piscine brille d'une lumière hypnotique. Nous nous déhanchons en rythme, je ne connais pas le morceau et ça n'a aucune importance, je ne sens que la basse qui pulse contre mon sexe, une brise fraîche m'enveloppe et pour la première fois de la soirée je ne transpire pas, je suis dans la musique, tout simplement, dans le présent.

Je me rends compte que je n'ai pas pensé à Lou une seule fois. Je regarde autour de moi, presque comme quand on se réveille d'un rêve. J'avale plusieurs verres d'eau tout en la cherchant des yeux. Sur le comptoir du bar se trouve un étui contenant les cigarettes longues et fines que fume Renaud. Je me représente un domestique en train d'extraire les clopes de leur paquet pour les disposer soigneusement l'une à côté de l'autre sur le velours bleu marine. Au moment où j'en saisis une, le barman étire le bras pour me l'allumer. Je souris. Je ne suis pas le genre de personne à qui on allume une cigarette, et cela me fait plaisir, qu'il me voie, que je sois là et que j'existe, en toute indépendance, pour ainsi dire.

J'aperçois Lou qui se dirige vers le parking, puis vers la porte d'entrée. Je tente de lire son expression. Impossible. Elle affiche un sourire de Joconde, un rictus qui n'est pas vraiment un sourire, le regard comme entré en lui-même. Un autre invité la suit, un homme d'un certain âge en smoking. Il n'était pas à ma table, mais la femme de Giorgio m'a murmuré qu'il est un « hotshot in the movie business ». Lou entre dans la maison, il lui emboîte le pas.

C'est alors que je remarque Roméo. Il se dirige droit vers moi, sourire aux lèvres. Il détonne, en jean et T-shirt. Il ressemble à un homme que je pourrais croiser dans la vraie vie.

« Je ne savais pas que vous étiez invité », dis-je, ma joue contre la sienne pour me faire entendre malgré la musique. Il sent la lessive et autre chose. Le corps.

« Je vous sers un verre ? » propose-t-il.

Nous restons au bar, à bavarder à voix basse, nos visages si près l'un de l'autre, et peut-être qu'on m'a droguée, mais je le trouve si charmant, si gentil. Il me pose des questions, s'intéresse à moi et tout à coup, c'est comme si le côté irréel de ces dernières semaines se dressait contre le monde ordinaire, celui dont je suis originaire, auquel j'appartiens, et j'éprouve à nouveau le désir de fuir, de quitter tout cela. Le luxe, la chaleur, Lou. Je me vois rentrer en Suède en emmenant Roméo avec moi (le sauvant, par là même ?) et je nous imagine vivre heureux dans mon petit studio jusqu'à la fin de nos jours.

Téméraire, je l'embrasse au beau milieu d'une phrase. Sa langue est froide, ses lèvres chaudes. Je ne sens pas sa cicatrice. Il m'embrasse en retour et quand le baiser prend fin je remarque que quelque chose a changé. Ou bien c'est juste moi. Dans le fourmillement derrière moi, j'aperçois Amar, le jeune homme qui nous a raccompagnées ce fameux soir. Mais il porte un smoking, aussi ne suis-je pas tout à fait sûre que c'est bien lui. Peut-être est-ce un grand footballeur que je devrais connaître. Il disparaît aussi vite qu'il est apparu. Sur ma langue, le goût de Roméo. De la bière mêlée à quelque chose de salé qui vient de l'intérieur de lui.

Voilà que Renaud se matérialise devant moi, ses narines semblent écarquillées, la peau de son visage brillante. « Come on, chérie, it's time for another round ! » lance-t-il en m'attirant vers la villa, loin de Roméo.

La fête bat son plein sur la terrasse, mais l'intérieur est étrangement désert. C'est curieux de traverser les pièces plongées dans la pénombre avec la musique qui déferle depuis l'extérieur. J'ai l'impression de me glisser derrière le décor.

Le bureau de Renaud est vide, hormis Renaud, moi et les filles de Gauguin qui me dévisagent de leurs regards insondables, figées dans le temps, à tout jamais incapables de partager leur vision de monde.

« Où est Boom ? »

Renaud ne répond pas, n'entend pas, prépare deux rails de coke sur le plateau posé sur son bureau. Il se met à danser devant moi, une petite paille en verre fichée au coin des lèvres. Je ris, ça sonne faux, mais la musique est si forte que je pense qu'il ne s'en rend pas compte.

Je prends la paille. Quand je me penche en avant pour sniffer, je sens que Renaud introduit ses doigts en moi par-derrière. Je suis humide, de transpiration peut-être. Ils glissent facilement. Ma robe est si courte que ma chatte doit quasiment dépasser. Je me demande s'il a vu que je n'avais pas de culotte, si Lou le lui a dit ou s'il a simplement tenté sa chance. Il me saisit fermement la poitrine. Il s'avère que le drapé de la robe permet d'en extraire facilement un sein qu'il se met à masser.

Je sens la cocaïne se diffuser dans mon corps. Les doigts de Renaud entrent et sortent de moi. J'essaie de m'écouter, de comprendre ce que je ressens, mais j'en suis incapable, la substance virevolte en moi. Je suis en apesanteur. Je ne sais plus ce qui est en haut, ce qui est en bas, ai-je envie de ça, en ai-je envie depuis le début, ou suis-je en état de choc, devrais-je crier, mais dans ce cas j'aurais dû dire non dès la première fois. Ça tourne si vite, celle que je suis semble comprimée jusqu'à devenir un petit noyau au plus profond de mon être, incapable d'éprouver une quelconque émotion. Dès lors, je demeure immobile. Je n'essaie pas de me libérer de son étreinte, je ne bouge pas les hanches. Au bout d'un moment, il cesse, sort ses doigts. Je me déplace latéralement. Il s'empare de la paille qui avait glissé de ma main sur le bureau et inspire le second rail. Se tournant vers moi, il me sourit.

Boom arrive, accompagnée de l'homme superbement habillé avec qui Lou discutait pendant le dîner. « Saved by Boom », glisse Renaud avec un clin d'œil. À court de mots, je reste plantée là à sourire, et la pièce est soudain remplie d'amateurs d'art désireux d'admirer un vrai Gauguin en s'enfilant un rail de coke, je flotte dans la masse, je ne sens que la musique qui s'emballe, à moins que ça ne soit mon cœur.

Les nuits sont tellement noires ici, sur le continent, pas du tout comme en Suède. La piscine éclaire la fête comme un gigantesque feu de camp artificiel. Le DJ passe Avicii. Boom et quelques autres mannequins plongent.

Je suis au bar à me servir un verre d'eau quand Renaud passe à côté de moi. « J'ai ton odeur sur mes doigts », susurre-t-il. Son haleine pue l'essence et son regard est perdu dans le lointain. Toujours pas de Lou, mais je distingue l'homme au smoking un peu plus loin, il discute avec Giorgio, ils rejettent leur tête en arrière en même temps et rient, on dirait une chorégraphie.

Je ne sais pas quelle heure il est, mais les invités ont commencé à partir. Dans l'entrée trône une table pleine de sacs à goodies. Jetant un coup d'œil dans un tote bag, j'entrevois le logo du joaillier. Je n'ai pas le temps de le voir arriver qu'un garde de sécurité se matérialise à côté de moi. J'agite les mains dans un mouvement défensif, indiquant que je m'en vais. On a baissé la musique. Quand je monte les marches vers l'étage, je ne l'entends presque plus. La porte de la chambre de Lou est entrouverte. Elle est allongée sur le lit. Je crois qu'elle dort, jusqu'au moment où je vois le blanc d'un de ses yeux briller dans la pénombre.

« Entre, murmure-t-elle en m'apercevant dans l'embrasure.

— Je ne veux pas te déranger. »

Je passe le seuil. Ma voix est rauque. Elle tend le bras vers moi sans bouger le reste du corps.

« Viens. »

Je traverse la pièce et prends sa main.

« Comment ça va ? »

Elle ne répond pas. J'ai l'impression qu'elle est prise d'un petit rire, mais ça ressemble davantage à un soupir.

« S'il te plaît, Katja, allonge-toi à côté de moi. »

J'obéis. Je remarque que son pantalon est descendu aux genoux et que son corset est dégrafé, il est simplement posé sur elle comme un couvercle, comme si elle s'était arrêtée en cours de route. Son maquillage parfait s'est un peu étalé, ses cheveux sont lâchés. Elle a dû restituer les diamants, elle ne les porte plus.

Elle se tourne vers moi. Nous sommes allongées tout près l'une de l'autre, nous n'avons pas été aussi proches physiquement depuis au moins dix ans. Je sens son souffle, de petites bouffées chaudes et prudentes qui me font penser aux lapins que nous gardions pendant les vacances estivales quand j'étais enfant. Elle me regarde droit dans les yeux et, malgré l'obscurité de la pièce, je distingue chaque détail de son visage avec une précision extrême.

Nous reposons là, comme les deux faces d'un miroir de poche, main dans la main, je ne sais pas combien de temps. Puis elle s'approche de moi et m'embrasse. Je crois d'abord à une erreur ou une plaisanterie, je ris, gênée, puis je comprends qu'elle est sérieuse et je l'embrasse en retour. Prudemment, d'abord, puis avec une avidité croissante. Ses lèvres ont un goût sucré et sa langue danse autour de la mienne, lente, accommodante. Je retiens ma respiration, mon cœur bat à tout rompre et chaque partie de mon corps réagit à ses baisers.

D'une certaine manière, j'ai sans doute toujours su que j'avais envie d'elle, mais ça n'avait jamais été une option. Au moment précis où je succombe entièrement à la sensation, j'ouvre les yeux et découvre que Lou aussi.

Le charme est rompu.

Elle s'immobilise, à moins que ce soit moi, nous nous sourions, d'abord prudemment, puis nos sourires s'élargissent et l'une d'entre nous se met à glousser, puis le rire déborde, nous rions à gorge déployée et tous les mots sont superflus.

Nous discutons de tout et de rien, elle raconte que le lit sur lequel nous sommes allongées vient de Zanzibar, nous parlons de tout à part de ce qui flotte entre nous, qui rend l'air épais et irrespirable. Si je ferme les yeux, j'éprouve le sentiment de pouvoir voyager dans le temps, de pouvoir revenir dans sa chambre à Stockholm, comme si les années ne s'étaient pas écoulées ou, plus exactement, comme si tout se passait simultanément. Elle ferme les yeux, reste immobile si longtemps que j'ai l'impression qu'elle s'est endormie. Lorsqu'elle reprend la parole, ses paupières sont toujours closes.

« Parfois, je me demande si toutes les bonnes choses de ma vie ne sont pas déjà derrière moi.

— Vraiment ?

— Parfois, quand j'ouvre les yeux le matin, je crois… une seconde seulement… que je *suis* Babetta. Ou plutôt, que tout n'est qu'un tournage, que je ne suis encore qu'une enfant, et que tout ce qui va arriver à Babetta, à moi donc, est terrible, mais au moins c'est réel. C'est une vie réelle. »

Je hoche la tête dans le noir. Elle ne dit rien d'autre et je me demande si elle parle dans son sommeil. Je reste allongée à côté d'elle, puis je me glisse hors de sa chambre, dans la mienne, je verrouille la porte, ôte ma robe, la suspends à un cintre. Je prends une longue douche et je finis par m'endormir, la musique n'est plus qu'une pulsation sourde depuis l'extérieur, une sorte d'écho.

Après la scène du verger s'ouvre celle de la grande fête au château, et cette fois le faste ne connaît aucune limite. La réception est préparée avec minutie, Babetta gagne en aisance et se voit confier de plus en plus de tâches. Elle se déplace avec une assurance discrète dans les salons tout en esquivant le cruel Vaz qui continue de la tourmenter (et pas seulement elle). Il n'hésite pas à l'attaquer physiquement, quand il ne la menace pas de diverses représailles.

« C'est un sadique, lui confie l'une des domestiques.

— C'est-à-dire ?

— Quelqu'un qui jouit de faire souffrir les filles comme nous. »

Quelques heures avant le banquet, le comte Széchenyi père arrive au château. Il ressemble exactement à l'image qu'on pouvait se faire de lui : bottes d'équitation, petite moustache en guidon et barbiche. Babetta est témoin d'une dispute entre père et fils dans la bibliothèque, au sujet des exigences du père que le fils répugne à satisfaire, que ce soit la manière de diriger le pays, ses frontières mêmes (le jeune comte plaide pour une Hongrie indépendante, contrairement à son géniteur) et même le choix de son épouse. « Je veux prendre en main mon destin ! » s'égosille le jeune homme à son père qui éructe « Ton destin est plus grand que toi, tes caprices et tes pulsions sexuelles », et tout cela est filmé du point de vue de Babetta, plantée sur le seuil sans oser se montrer.

Le père sort de la pièce telle une furie et manque de percuter Babetta qui finit par se faufiler dans la bibliothèque. Elle se retrouve nez à nez avec le jeune comte, et ose lui glisser : « Cette fois, c'est vous qui avez besoin d'être sauvé. » Il lui prend la main. Leurs visages sont si proches, ils s'apprêtent à s'embrasser (l'alchimie entre Lou et son partenaire de jeu fonctionne à merveille dans cette scène, l'air semble frémir entre leurs visages), mais un groupe de domestiques en livrée fait irruption dans la pièce, chargé de bouquets de fleurs et de chandeliers en argent, et Babetta s'éloigne en rougissant. Le plan final de la scène la montre appuyée contre la porte de la bibliothèque, les joues empourprées et un petit sourire aux lèvres.

Babetta présentait une autre particularité : l'histoire s'étendait sur une année, un laps de temps relativement court pour un drame historique ou en costumes. La plupart des films de ce genre couvrent une période plus longue et dépeignent des événements plus complexes. Je crois que c'est une des raisons qui expliquent l'immense succès de ce long-métrage, il semblait si moderne, si contemporain même, quand il est sorti. Dans ce type de récit, le réalisateur est souvent trop fidèle aux déroulements réels des événements, ce qui donne des films lents et vagues.

L'intrigue de *Babetta*, elle, était avant-gardiste, visionnaire, et c'est ce renouvellement qui lui permet de ne pas être aussi soporifique qu'un *Barry Lyndon* – le monde entier s'accorde sur son côté mortifère – ni aussi expérimental et artistique (donc incompréhensible) que *Dune* de David Lynch.

Le réalisateur a aussi eu l'idée de génie de faire appel à deux jeunes acteurs novices avec un énorme sex-appeal pour incarner les rôles principaux. Ronan Arsley, l'Irlandais brun qui joue le comte Ivan, a eu une carrière similaire à celle de Lou, version masculine. Il a décroché l'Oscar du meilleur acteur l'an dernier pour son interprétation de Pierre Curie dans un biopic intitulé *Young Genius*, si je ne m'abuse, sur l'époux de Marie Curie. Les deux chercheurs ont reçu ensemble le prix Nobel pour la découverte de la radioactivité. Dans certains cercles, le film a été fustigé, accusé de « manwashing », de réécrire l'histoire pour donner plus d'importance à Pierre Curie dans les découvertes de Marie, ce qui n'a, semble-t-il, pas dérangé le jury des Oscars, pas vraiment connu pour son progressisme.

Lou n'a jamais été nommée pour un Oscar, mais d'après moi ce n'est pas parce qu'elle serait une mauvaise actrice. Je pense que c'est plus difficile quand on est une femme. Les rôles intéressants sont plus rares, et son apparence lui a porté préjudice. Il y a des préjugés selon lesquels les belles femmes ne se mettent pas suffisamment au service d'un rôle, la preuve étant qu'il faut souvent des métamorphoses physiques extrêmes pour que des actrices jolies gagnent un prix. L'exemple le plus connu est sans doute Charlize Theron dans *Monster*. Lou ne s'est pas investie à ce point-là, c'est vrai (perdre du poids jusqu'à devenir famélique ne compte pas, à moins que l'on incarne une victime de la guerre), et je ne sais pas si elle court après ce type de reconnaissance.

Je me rappelle mes cours de théâtre au lycée. Rien ne me plaisait davantage que d'entrer dans un rôle, d'échapper à moi-même pour un moment. Mais nombre des élèves, parmi lesquels Lou, semblaient envisager leur personnage simplement comme une partie inexplorée d'eux-mêmes. Ça me paraît en théorie être une attitude plus « authentique », qui devrait permettre des interprétations crédibles, même s'il y a le risque d'être un peu limité dans son jeu. Mais c'est sans doute la raison pour laquelle ça a si bien marché pour Lou et si mal pour moi.

Dans mes souvenirs, Ronan était un garçon très gentil, qui manquait de confiance en lui. Lou et lui se sont liés d'amitié pendant le tournage et je pense même qu'ils ont eu une sorte de relation intermittente (c'était vraiment son genre, pour le coup), mais son insécurité était trop forte et il était sans doute plus intéressé par elle que l'inverse.

Je ne l'ai rencontré qu'une seule fois, quand il est venu en Suède pour la remise du prix Guldbaggen. Je me souviens m'être dit qu'il était tellement plus petit dans la réalité et qu'il avait une vilaine peau. Il se plaignait qu'il n'y ait pas de KFC en Suède, se promenait constamment avec un paquet de friandises dans lequel il plongeait allègrement la main avant de se toucher le visage et les cheveux. Il était loin d'être le sex-symbol torturé de *Babetta*.

Le lendemain matin, Lou et Renaud sont d'humeur radieuse. Nulle trace de la fête. Je me demande comment les organisateurs ont pu tout ranger sans que je me réveille, mais j'ai dormi d'un sommeil lourd et sans rêves, peut-être qu'ils ont fait un bruit d'enfer.

Lou et Renaud lisent le journal à la table du petit déjeuner. Renaud *Le Monde* et Lou *The New Yorker*. On dirait qu'ils viennent de faire un footing, du yoga ou du vélo, pas qu'ils ont sniffé de la coke jusqu'au petit matin.

« Merci pour la soirée », dis-je, sans savoir qui je remercie. Ils lèvent les yeux vers moi à l'unisson, hochent la tête et sourient la bouche fermée.

Ermelinda arrive, met le couvert pour moi devant la chaise la plus proche de Lou. Sans la regarder, Lou prononce quelques mots en français, puis m'informe qu'elle m'a commandé un petit déjeuner.

« Tu dois être affamée, Katja. »

C'est une constatation. Je m'assieds à côté d'elle, contemple la piscine. J'ai envie de vomir.

Je coule un regard vers Renaud, absorbé par son journal. Sa main gauche fermée sur sa tasse de café. Les mêmes doigts que ceux qui se sont insinués en moi. Je me demande s'il s'est lavé les mains. S'il s'en souvient. Je me demande encore ce que je dois ressentir vis-à-vis de cela. Ses cheveux argentés ont l'air doux, tout juste lavés. Il est rasé de près, a l'air très propre.

Je répète « Merci », sans bien savoir pourquoi. Ils sourient, ma présence les ravit. Renaud confie que Lou n'a jamais été aussi heureuse que depuis que je suis là, que c'est important d'avoir des « true friends », qu'ils ne poussent pas dans les arbres. Aucune réponse ne me vient, je ne pense qu'à ces doigts qui serrent maintenant la main de Lou, lui caressent la joue.

« Je suis vraiment contente que tu aies pu venir », renchérit Lou.

Comme si j'avais eu d'autres plans, comme si je m'étais libérée pour elle. Elle devrait savoir que je n'ai jamais de plans, qu'en un sens je suis toujours en train de l'attendre, d'attendre qu'elle m'appelle.

« C'est bien pour moi de t'avoir ici, ça m'oblige à prendre des vacances. »

Je pense à tous ses entraînements, ses réunions, ses soins, mais cela n'a pas l'air de faire partie de son travail. Même si c'est le cas, indirectement.

Renaud se lève, annonce qu'il va faire du vélo, « get the poison out of the body », il nous embrasse toutes les deux sur la joue avant de disparaître dans la maison. Je retiens mon souffle jusqu'à ce qu'il soit parti. Je parviens ensuite à avaler un peu de mon petit déjeuner, le même brunch de luxe que d'habitude, et Ermelinda sait que je veux un Coca Zero avec des glaçons, du citron et une paille pour éviter le contact de la glace contre mes dents.

Lou est à présent plongée dans *Le Monde*, elle pense que les Bleus vont gagner ce soir, elle souhaite à Deschamps de rentrer dans l'histoire, « Il est sexy tant qu'il n'ouvre pas la bouche, tu as vu ses chicots ? », elle boit de l'eau à la bouteille, retire sa tunique, dévoilant un bikini Gucci, marron à carreaux, plonge dans la piscine et se met à nager. Je suis en sueur. Si seulement j'avais des lunettes de soleil pour me protéger de la lumière et de l'environnement. Je me demande si Lou est au courant.

Quand on a commis une faute impardonnable, la culpabilité que l'on porte pèse toujours trop lourd, prend trop de place. J'ignore si elle le voit, mais je ne pense qu'à ça – à ce qu'elle dirait si elle était au courant. La fois où j'ai par malheur roulé des pelles à Henrik ou Fredde, ou je ne sais plus son nom, nous n'en avons jamais parlé. Elle a feint de l'ignorer d'une façon qui m'obligeait à faire de même. Ils ne sont pas restés ensemble longtemps après cette incartade, c'était un vrai tombeur. Des gars comme ça, ça ne manquait pas au lycée. Qu'est-ce qui leur est arrivé par la suite ? Ont-ils disparu, savent-ils dissimuler leur caractère ou ont-ils mûri ? Ces garçons qui se plaçaient constamment au centre de l'attention, qui ne s'intéressaient pas aux autres, qui gardaient le silence jusqu'à ce qu'on leur pose une question, alors leur visage s'éclairait et ils devenaient intarissables. Évidemment que Lou ne pouvait pas sortir avec un mec pareil. Et un mec pareil ne voulait évidemment pas de quelqu'un comme moi. Des filles stupides, belles et taciturnes, voilà ce que recherchent les types comme Fredde.

VIII

Un matin, une semaine environ après le dîner, la villa est étonnamment calme à mon réveil. Ermelinda est absente – je le sais, parce qu'il suffit habituellement de déambuler dans la maison pour se retrouver nez à nez avec elle. La porte du bureau de Renaud est fermée. J'hésite quelques instants avant de frapper. Pas de réponse. J'abaisse la poignée. Ce n'est pas verrouillé. Je tends l'oreille. Pas un bruit, hormis le vrombissement sourd d'un appareil électronique, ça peut être n'importe quoi, la clim, le frigo ou encore la pompe de la piscine. Quand Ermelinda travaille, la radio est allumée à faible volume dans la cuisine, mais aujourd'hui règne le silence.

Les portes donnant sur la piscine sont fermées. Quand je les ouvre, la chaleur me heurte en pleine face, mais je me suis habituée, ou plutôt, je ne panique plus. Je plisse les yeux jusqu'à ce qu'ils s'accoutument à la blancheur du dehors. Pas de tasse de café sur la table, pas de cendrier, pas de Lou sur le court de tennis ou l'aire de yoga (c'est moi qui l'ai baptisée ainsi), pas de Roméo dans le jardin. La piscine scintille. En passant sur la margelle, je plie les genoux et trempe un orteil dans l'eau tiède.

Je me faufile à l'étage, jusqu'à la porte de Lou. Fermée, comme toujours. Je frappe même si je sais qu'elle n'est pas là. Pas de réponse. J'entre.

Tout est propre et bien rangé, le lit fait, les draps de bain pliés et étendus, l'extrémité du rouleau de papier-toilette replié pour former une petite flèche. La chambre semble inhabitée, comme si elle allait accueillir son prochain invité du jour au lendemain J'aperçois malgré tout ses produits sur le bord du lavabo. Surtout des pots blancs et des tubes portant le logo Chanel, et quelques pots bleus avec un couvercle argenté de la marque La Prairie. Ce sont toujours les produits les plus chers de la boutique duty free. Dans son dressing, les vêtements sont soigneusement rangés par couleurs. Je m'assieds sur un pouf, reste immobile quelques instants. Où sont-ils tous passés ?

Plus jeune, il m'arrivait souvent de rêvasser des heures durant. Je pouvais rentrer de l'école avant le reste de la famille et, dans le silence de l'appartement, je m'imaginais vivre dans le monde d'*après*, après quelque chose de grand, de dramatique, après la catastrophe, l'attaque des Aliens, la guerre nucléaire, et que j'étais l'unique survivante, que je devais me débrouiller seule. Cette sensation pouvait se produire n'importe quand pourvu que je sois seule, en cours de sport quand on devait courir autour du lac Söderbysjön ou dans le métro si j'étais l'unique passagère d'une voiture. C'était palpitant et apaisant à la fois de se représenter un monde sans personne d'autre. Un monde où l'on n'aurait plus besoin de se comparer, de se positionner par rapport à autrui, mais aussi un monde où l'on ne serait jamais choisi ou aimé. Voilà le sentiment qui m'envahit tandis que je me trouve dans la chambre de Lou. Comme si j'étais la seule à rester. C'est peut-être ça qui me pousse à fouiller dans ses affaires. D'où me vient cette indiscrétion ? Dans la coiffeuse, je ne découvre rien d'inattendu, seulement une quantité astronomique de maquillage et des médicaments, du paracétamol au laxatif en passant par ces boîtes de comprimés américains orange translucides. Je ne sais même pas ce que je cherche, et si je cherche quelque chose.

Des shorts en jean sont empilés sur une étagère, je m'empare du premier, un Levi's, rien de spécial, mais je suis prise d'une irrésistible envie de l'essayer. Je l'enfile, mais il reste coincé à mi-cuisse. Je ne pourrais jamais rentrer dedans, quand bien même je remplacerais tous mes repas par un smoothie vert pendant un mois entier. J'ai l'impression que mon squelette est trop large.

À la vue de mon reflet dans le miroir, je suis obligée de détourner les yeux tellement je me répugne. Mes cuisses ressemblent à deux miches de pain qui ont trop levé. Je replie soigneusement le short sur l'étagère pour dissimuler les traces de mon furetage. Elle me le prêterait si je voulais, elle est généreuse à ce niveau-là, depuis toujours. Une véritable amie.

La table de chevet renferme toute une panoplie de sex toys, j'imagine que ce n'est pas particulièrement choquant, si j'avais beaucoup d'argent je ferais sans doute aussi des folies. Je sors les godemichés, roses, noirs, beiges, et d'autres petits appareils de forme fuselée qui appartiennent vraisemblablement à la même catégorie, ainsi que des préservatifs et du lubrifiant. Plus inspirée que gênée, je saisis deux boules noires et lisses et les glisse dans ma chatte, avant de replacer le reste des objets dans le tiroir. Froides au début, les boules atteignent rapidement la température corporelle. Je me demande si elle les utilise pour renforcer son périnée ou si Renaud les extrait de son vagin, lentement, très lentement, l'une après l'autre. Dans une petite boîte argentée, je trouve des joints déjà roulés, j'en porte un à la bouche, craque une allumette. La boîte porte le nom d'un hôtel.

De retour dans ma chambre, je découvre un SMS qu'elle m'a envoyé plus tôt ce matin.

« En réunion toute la journée. R est en voyage, Ermelinda en congé. Je reviens ce soir ou demain. Fais comme chez toi. Marie passera si tu veux faire du sport… Emprunte ce que tu veux. XO »

Un peu désœuvrée, je me dirige vers la cuisine et ouvre le frigo. Ça me rappelle les après-midi à la maison, quand je fouillais dans les placards avec indifférence à la recherche de quelque chose à me mettre sous la dent, n'importe quoi. Ça finissait le plus souvent par une pomme ou une boîte de maïs. Ou de la pâte chocolat noix de coco que j'engloutissais à la petite cuillère en regardant *The Crocodile Hunter* ou, pour la énième fois, l'un de mes films préférés. *Pretty Woman. Sexe Intentions. Thelma et Louise. Persona.*

Dans le frigo de Renaud, le choix est pléthorique. On se croirait dans une pub pour de l'électroménager. Tout est si bien rangé, tout semble délicieux. L'un des compartiments regorge de fruits et de baies – cerises, fraises, fruits de la passion – qui semblent presque artificiels. Tout un éventail de bouteilles s'offre à moi, je jette mon dévolu sur de l'eau de coco et me dirige vers la piscine.

La boisson est aussi froide qu'écœurante. Les yeux fermés, je m'imagine les électrolytes se presser dans mes veines, chasser les électrons libres, je sens mes cellules qui commencent à se réparer, et ça aide, car j'arrive à avaler toute la bouteille sans le moindre haut-le-cœur. Je me déshabille et plonge nue dans l'eau turquoise. Sans y penser, je me contracte pour éviter que les boules de geisha ne tombent dans la piscine.

Je ne sais pas combien de temps je reste là, à faire la planche dans l'eau tiède, à fixer le ciel sans nuages. J'atteins un état méditatif où ma tête est vide, mon passé disparaît, mon avenir aussi, même le présent absolu ne me touche pas. Je me demande si c'est cela le nirvana, une sorte de présence totale où je n'évalue rien, je suis, tout simplement. Mes respirations sont le seul mouvement perceptible.

Plus tard, étendue sur un drap de bain pour sécher au soleil, la sensation ne me quitte pas et, l'espace d'un instant, j'imagine que c'est moi qui vis ici à la place de Lou. Je prends conscience que la grande différence entre Lou et moi, la principale raison qui explique qu'elle est qui elle est et que je suis qui que je suis doit être que, dans ma vie, je ne me suis jamais hâtée. C'est de plus en plus clair maintenant que nous sommes plus âgées. Car je sais (et je suis esclave de cette pensée) que la vie n'est qu'une course insensée jusqu'à la mort, aussi n'ai-je jamais eu la sensation de devoir me dépêcher, tandis que Lou a toujours essayé de fuir la mort, ou peut-être la duper. Je le lui expliquerai quand elle reviendra, me dis-je, avant de me raviser – ce n'est sans doute pas le genre de conversation qui l'intéresse. J'ai toujours été celle qui cherchais des points communs et des différences entre nous. C'est pour ça que j'ai davantage besoin d'elle. Ou besoin d'elle tout court.

J'embrasse le paysage du regard, les collines desséchées en contrebas, différentes nuances d'aridité, du blanc sale au brun foncé. Ce n'est peut-être pas aussi simple, après tout ? Elle m'a ordonné de venir. Je me plierais à tous ses désirs, elle le sait, mais cela faisait si longtemps qu'elle ne m'avait rien demandé, ça doit signifier quelque chose, non ?

Être nue ne me laisse pas indifférente, je le sens bien. En plus de me promettre un bronzage uniforme. Être étendue au soleil, sentir la chaleur pénétrer à l'intérieur de moi, cela me touche. Je me sens agréablement détendue, plongée dans un état originel, l'inconscience heureuse de l'enfance, à l'époque où tout est simple, où les sentiments sont rares et évidents, tout comme les besoins et leur satisfaction.

Je ne prends pas la peine de me rhabiller. Est-ce maintenant que ça arrive ? Vais-je devenir nudiste ? Ou peut-être qu'on dit naturiste. Je m'imagine, vieille femme excentrique, enfermée dans un fort perché sur une falaise, entièrement nue. Des rumeurs courent à mon propos dans le village. Mais quand je suis postée devant le frigo ouvert, à manger un pilon de poulet en buvant du Coca Zero, j'aperçois mon reflet, et le froid m'enveloppe. Il est temps de m'habiller.

Dans la douche, je retire les boules noires. Peut-être est-ce l'eau sur mon corps qui me fait redescendre, mais un malaise intense m'envahit, au point que je dois me retenir de les foutre à la poubelle. Aussi tranquillement que possible, je retourne dans la chambre de Lou et les range dans la table de chevet.

En sortant, je me dirige vers la chambre de Renaud. J'entre sans hésiter. La pénombre y règne, les volets sont à demi baissés, et j'éprouve le même désir compulsif de fouiller à la recherche de quelque chose, une preuve peut-être, même si je ne sais pas vraiment de quoi je l'accuse, ou *si* je l'accuse. Ce n'est pas comme si j'avais dit « non ». Ou « arrête ».

Je sais que je devrais laisser tomber. Au fond, je n'ai aucun objectif, mais visiblement je ne suis pas totalement satisfaite. Je sors de la chambre et continue la prospection, descends l'escalier tel un robot explorateur. Un détecteur de bassesse humaine.

Les sextapes ne sont pas difficiles à trouver. Les films se trouvent sur la clé USB restée dans le tiroir du bureau. Je ne pense pas qu'il ait tenté de la cacher. Pourquoi le ferait-il, d'ailleurs ? Dissimuler des objets dans sa propre maison. On y voit Lou et lui, et ce sont les seuls à habiter ici. Ermelinda se contrefout de leurs pratiques, sans compter qu'elle a signé des clauses de confidentialité. J'imagine que Renaud la paie suffisamment pour qu'elle n'ait pas besoin de revenus complémentaires.

Je ne peux pas m'empêcher de regarder. Je glisse la clé USB dans le téléviseur et je visionne tous les films, à la suite. Il y en a vingt-deux. Les plus anciens ont été enregistrés il y a cinq ans, à en croire la date du fichier, et le plus récent il y a trois mois seulement. Je jouis instantanément. J'ai à peine commencé le premier. Je n'ai même pas besoin de me toucher. C'est comme une immense vague qui déferle sur moi, d'excitation d'abord, puis d'autre chose. De peine, je crois.

Le premier film met en scène Lou qui « dort » quand Renaud arrive et la réveille. Elle porte deux couettes, de grandes chaussettes blanches aux genoux et un top blanc, court, moulant à l'effigie des Muppets. Pas de culotte. Il la doigte et elle « se réveille », effrayée, tente de se refuser à lui, mais il insiste jusqu'à ce qu'elle cède. Elle le suce et il éjacule sur son T-shirt, éclaboussant Kermit, Miss Piggy et Gonzo.

Les films sont assez différents les uns des autres, tant par leur durée que par leur contenu. Certains montrent des relations sexuelles, d'autres sont voyeuristes, elle est filmée à travers une fenêtre tandis qu'elle s'habille, ignorant visiblement qu'elle est observée. Lou joue souvent une fille plus jeune qu'elle n'est, et elle affiche souvent une crainte et un refus au début.

Elle sait que ces vidéos existent, j'en suis sûre. Elle sait qu'il les a enregistrées. Sait-elle où elles sont cachées ? C'est certain aussi. Elles ne sont pas difficiles à trouver, si l'on sait ce que l'on cherche. Je me demande s'il les conserve comme une sorte de garantie. Pour qu'elle reste. C'est impossible. Pourquoi ne voudrait-elle pas rester et vivre ce rêve de princesse tout en haut de la falaise, dans la plus belle des tours ?

Une fois que j'ai visionné les vingt-deux films, je replace la clé USB dans le tiroir. Je ferme la porte du bureau de Renaud, monte dans la chambre, m'allonge sur le lit, et fixe le plafond blanc. Je songe au fait que tout peut changer radicalement, en un clin d'œil.

Ma vie va-t-elle me paraître évidente, rétrospectivement ? Comme la vie des autres ? Comme la vie de Lou ? Celle de Babetta ? Avec le recul, c'est si simple de comprendre quels choix infimes, quelles petites bifurcations nous ont menés là. Une chose en conduit à une autre, et cetera, jusqu'à la mort et même au-delà. J'imagine que c'est l'herbe qui me plonge dans ces réflexions existentielles, à moins que ce soit la France, mais je ne parviens pas à me défaire de la sensation d'être en train de m'épier, à la recherche des détails apparemment insignifiants qui finiront par changer le récit, mon récit, radicalement. Était-ce les boules de geisha ? Le joint ? Renaud ? Lou ? Quand vais-je prendre conscience des conséquences de mes actes ? J'ai l'impression d'être quelqu'un de totalement différent. Comme si j'avais dépassé une frontière invisible sans savoir de quoi elle était constituée.

Le sentiment perdure jusqu'à ce que j'entende le portail s'ouvrir et Marie entrer dans la cour gravillonnée au volant de sa petite Audi.

Marie ne semble pas avoir remarqué de changement. Je l'attends, assise sur une chaise longue. J'ai enfilé des vêtements de sport de Lou, legging et brassière assortie. Marie gazouille un « bonjour » souriant, me fait la bise et nous nous dirigeons vers l'aire de yoga. Si elle trouve que quelque chose est bizarre, elle n'en laisse rien paraître. Elle me fait faire une séance de fitness et ne me questionne pas une seule fois sur l'absence de Lou. Je me demande si elle croit que c'est moi.

IX

La grande scène d'amour de *Babetta* est le plan-séquence le plus long du film. J'ai vu *Babetta* une vingtaine de fois depuis sa sortie (dont quatre au cinéma). La dernière fois, c'était il y a au moins trois ans, mais je serais curieuse de retenter l'expérience, pour voir comment le film a vieilli. C'est comme rendre visite à un vieil ami. La représentation du sexe sur le grand écran a pas mal changé en dix ou quinze ans. Le « plaisir féminin », le désir, la sexualité en général n'ont pas vraiment été des sujets prioritaires dans le septième art. Pas dans la réalité non plus, bien sûr, mais dans le cinéma, on voit bien à quel point il est difficile de se libérer du regard masculin. Il imprègne tout. Vadász, le réalisateur de *Babetta*, avait beau dire dans toutes les interviews qu'il voulait raconter un événement historique oublié à travers les yeux du sexe oublié (je ne suis pas sûre de la formulation, mais c'est ainsi que je l'interprète), il était loin de s'être libéré de son point de vue masculin.

L'œuvre est à bien des égards le rêve érotique d'un voyeur. Nous y observons la jeune nymphe (pour reprendre les mots de Nabokov) totalement mise à nue. Lou porte, mettons, soixante-dix pour cent du film sur ses épaules, ou sur ses pommettes plus précisément. C'est elle qui est au cœur du récit, et c'est évidemment sur elle et sur son corps (pas seulement sur son plaisir, bien que cette impression puisse s'en dégager) que se focalise la caméra dans la grande scène d'amour.

Vadász a affirmé dans une interview au *New Yorker* qu'il souhaitait montrer le plaisir de Babetta, car, eu égard à sa faible extraction, elle est affranchie de certaines des contraintes imposées aux personnes de plus haut rang. Il sous-entend qu'elle est une enfant sauvage, une sorte de Mowgli (mon interprétation) et que sa sexualité serait donc intrinsèquement libre. Ce n'est hélas pas si simple, même si son idée de base est peut-être recevable (vraiment ?). Babetta est libre dans la mesure où elle ne rêve que de cette folie : être heureuse. Ce n'est pas parce qu'elle est libérée des conventions sociales. Au contraire, elle est très consciente des frontières, comme le sont toujours les exclus, lucides sur leur marginalisation. Babetta sait qu'elle ne peut rêver de devenir comtesse, ou de fréquenter l'école. Elle rêve donc de ce qui est décorrélé de la classe sociale, à savoir le bonheur, et c'est peut-être pour cela qu'elle semble plus libre. Or, quand elle couche avec le comte, c'est elle qui s'inquiète qu'ils puissent être surpris, conséquence directe de l'existence des classes sociales et du patriarcat.

Ils font l'amour dans la sublime chambre du comte, à l'aube, à l'heure où le ciel rosit à l'horizon. La grande fête s'est terminée pendant la nuit et Babetta est chargée d'allumer les âtres pour que les sols soient chauds lorsque les maîtres se réveilleront. « La chambre de monsieur le comte est au dernier étage, c'est pourquoi j'ai décidé d'y monter en dernier », annonce-t-elle. Elle a terminé le reste de ses besognes, elle ne fait pas attention à l'heure quand elle se dirige vers la chambre. Il s'avère que le comte est éveillé. Il regarde par la fenêtre, en grand désarroi, semble-t-il, mais beau et légèrement vêtu, en chemise blanche et pantalon clair, ses cheveux noirs lui tombent sur un œil (Ronan est hyper sexy dans cette scène) et il n'a pas besoin d'un long discours pour convaincre Babetta de se dévêtir. Ils s'approchent l'un de l'autre dans une sorte de danse,

Vadász voulait qu'ils imitent la parade nuptiale des oiseaux, à la manière d'une csárdás. Quand ils finissent par s'atteindre, et que leurs lèvres se touchent, la salle de cinéma pousse un soupir collectif (c'est arrivé quelquefois, tout du moins).

Je me souviens de cette scène comme étant assez touchante. Il y a une incroyable alchimie entre Lou et Ronan, ils badinent d'une manière qui peut paraître anachronique, et qui pourtant fonctionne. Peut-être est-ce le ton qu'ils emploient, légèrement arrogant, qui nous trompe, nous encourage à croire à un message féministe. Parce que, au fond, la scène est un cliché du genre. Babetta est une jeune vierge torride, qui frémit au moindre contact, et le comte n'a pas besoin de se montrer attentif ou compétent, il lui suffit de l'embrasser dans le cou et sur les seins pour qu'elle soit à deux doigts de grimper aux rideaux. Lorsqu'elle atteint l'orgasme (grâce à la seule pénétration), elle éclate d'un rire surpris. Cette scène n'est autre qu'un désir et un fantasme masculins : comme ce serait bon que la vie soit aussi simple, que l'on puisse coucher avec sa servante et que le consentement soit mutuel.

C'est la seule de ces longues séquences à être totalement dénuée de musique. Dans les autres scènes, Vadász l'utilise volontiers pour enfoncer le clou. Mais la scène d'amour est étendue, silencieuse, et malgré tout charmante, en dépit des caractéristiques susmentionnées. Si tant est que ce soit conciliable.

Après tout, il y a de la place pour différents types de récits au sujet de différents types de personnes. De ce point de vue-là, il est tout à fait acceptable que la sexualité telle que la vit Babetta puisse exister et être montrée. Cela devient problématique quand cette représentation est presque toujours l'image entretenue et perpétuée par un créateur masculin. Ce qui en fait une vérité. Une vérité dans laquelle nous (spectatrices) nous reflétons et face à laquelle nous pouvons ressentir de la honte si nous ne possédons pas la même sexualité confiante que les femmes et les filles à l'écran.

Je me demande si Lou est du genre à atteindre facilement le septième ciel. On pourrait le croire, en voyant *Babetta* et ses derniers films. Elle a toujours l'air crédible, mais ça ne veut rien dire.

Ce qui est fait est fait, impossible de revenir en arrière. On peut regretter, bien sûr, mais on ne peut pas changer le passé. On ne peut effacer ni les actes ni les paroles. C'est pourquoi il faut faire attention à ce qu'on dit quand on se dispute. Je l'ai toujours pensé. Qu'en est-il des films qu'on a vus ? J'ai maté ces vingt-deux films et ils m'ont transformée. Lou aussi, d'ailleurs, même si elle ne sait pas que je suis au courant. Désormais, quand je la regarde, je vois beaucoup plus que ce que j'ai devant les yeux. Ça me plaît autant que ça me peine. De connaître son visage quand elle jouit, ou quand elle simule, du moins. Peut-être mes exigences de vérité sont-elles aussi irréalistes que puériles ? C'est peut-être pour ça que je n'ai jamais percé en tant que comédienne ? Car le métier suppose, dans sa nature même, une forme de malhonnêteté qu'ensemble nous tolérons, subventionnons et encourageons.

Qu'est-ce que l'authenticité ? Peut-on exiger cela de son entourage ? Et peut-on être authentique avec les autres ? Est-ce à cette fin que nous disposons du langage ? Ou bien notre langue est-elle en réalité une entrave à notre capacité de communication, en nous limitant, à travers notre alphabet et les mots que notre idiome renferme ?

Cela fait maintenant trois semaines que je suis ici. J'ai regardé le calendrier de mon portable. Toujours pas de mail de la fac. J'imagine que je passerai l'automne à préparer des smoothies et des salades fraîcheur. Depuis la fête, Renaud voyage de plus en plus, Lou fait de plus en plus de sport. Marie se pointe désormais tous les deux jours, mais aujourd'hui elle est en congé. Je me réveille tard, arrive près de la piscine vers midi. Je vois immédiatement qu'il y a un problème. Lou est recroquevillée, jambes croisées, elle paraît minuscule, assise là, à mille lieues de la femme élégante et forte qu'elle incarne habituellement. M'approchant, je remarque qu'elle est voûtée sur son téléphone, elle semble si absorbée qu'elle ne me remarque que lorsque je m'installe sur le transat à côté d'elle.

« Coucou ! »

Elle lève la tête. J'ai l'impression qu'elle est étonnée de me voir, comme si elle avait oublié ma présence.

« Il se passe un truc de fou. »

Elle me raconte qu'elle a appris dans la presse que Sándor Vadász a été accusé d'agression sexuelle par au moins dix femmes, dont la fille d'une de ses ex. Les victimes présumées ne semblent pas se connaître, précise Lou, et seront représentées par l'une des plus célèbres avocates spécialisées dans la défense des victimes de violences sexuelles lors du procès qui se tiendra en France. Elle me donne son nom, mais ça ne me dit rien.

« Il est inculpé en France, mais pourquoi ? Il n'est pas hongrois ? »

Lou explique qu'il vit ici depuis vingt ans, et que la plupart des femmes qui le mettent en cause sont françaises. J'ai le sentiment qu'en France les agressions sexuelles n'apparaissent pas trop dans les médias. Liberté, égalité, fraternité, une devise qui exclut clairement la moitié de la population. Lou hausse les épaules.

« Mais qui sait ? Avant, il vivait aux États-Unis, peut-être que des victimes américaines se manifesteront aussi. »

J'ai du mal à savoir ce qu'elle ressent. Elle a l'air stressée. Une petite ride se dessine entre ses sourcils, qui semble à la fois à sa place et incongrue, éternellement repoussée. Je lui demande prudemment si elle était au courant. Elle hausse les épaules.

« Je ne peux pas dire que je suis surprise, même si personnellement je n'ai pas grand-chose à lui reprocher. » Elle triture son téléphone. « Mais je ne sais pas, c'était il y a si longtemps. *Babetta*... c'était une autre époque. »

Je n'ai jamais participé à un tournage de film, mais d'après ce qu'elle m'a raconté ce n'était pas une promenade de santé. Un exemple éloquent : Vadász était exaspéré par l'emplacement des tétons de Lou. Il n'aimait pas la forme que prenaient ses seins quand elle était assise, et avait dû changer la chorégraphie des scènes d'amour afin qu'ils aient l'air plus pointus, plus effrontés. Selon lui, ils ressemblaient à des chiots dépressifs, pas aux tétons joyeux d'une adolescente.

Mais je n'étais pas là, ce n'est que ce qu'elle m'a rapporté. Peut-être n'était-ce pas si grave. Peut-être est-ce le genre de chose qu'on doit supporter quand on travaille dans le milieu.

Lou allume une cigarette, les ridules perpendiculaires à sa lèvre supérieure se détachent clairement dans la lumière crue.

« Et maintenant mon boulot va pâtir de ses conneries ! C'est d'une injustice ! Ça ne suffit pas d'en avoir chié pendant le tournage ? C'est la double peine.

— Tu vas dire quelque chose ? »

Elle hausse les épaules.

« Je ne crois pas. Quel est l'intérêt ? Qu'est-ce que ça m'apporte, à moi ? »

J'essaie de parler de solidarité, mais son téléphone émet un son strident. C'est son agent, elle fixe l'oreillette et s'éloigne. Je reste sur le transat. Sur la serviette qui y est posée se dessine l'empreinte de son corps.

Je me demande ce que ça fait d'avoir tant de succès et d'être convoitée au point que toutes ses actions soient guidées par un calcul de rentabilité. Tout le monde ne réfléchit pas comme ça. Moi, par exemple. J'ai balancé un #MeToo au moment clé, et ce n'était pas un mensonge, car je crois que toutes les femmes sont des esclaves du patriarcat et, partant, qu'elles sont victimes de violences, qu'elles s'en rendent compte ou pas. Celles qui affirment jouer le jeu sur la base des règles des hommes fabulent, n'ont rien compris, ou se bercent d'illusions. C'est tout simplement faux. De même, toutes les femmes souffrent dans une certaine mesure d'un trouble du comportement alimentaire. Celles qui affirment le contraire mentent. À l'exception peut-être de celles qui ont reçu de l'aide et qui s'en sont sorties, même si dire qu'on est guéri d'un TCA c'est comme dire qu'on a tourné la page après une agression. D'une certaine manière, c'est impossible. Puisque cela a existé. Cela s'est produit. Le souvenir reste à jamais ancré, puisque nous portons en nous tous les âges de notre vie. Personnellement, je n'ai jamais utilisé mon corps, mon apparence, comme objet de transaction. Non pas que je vaille mieux que ça. C'est juste que je n'ai jamais assumé qu'il pouvait avoir suffisamment de valeur.

Je me rappelle une de ces soirées dans la chambre d'hôtel de Lou, à l'époque où elle continuait à venir en

Suède, quand elle me prévenait chaque fois. Elle avait essayé de m'aider, je crois.

D'une certaine manière, on peut dire que tout est lié. C'est l'effet papillon – toutes les décisions, tous les événements, aussi infimes soient-ils, ont une conséquence. La direction que prend votre vie peut être transformée par des décisions insignifiantes. Par exemple l'ordre de passage lors d'un casting, ou que l'on rate ou non un métro. J'éprouve parfois l'impression que Lou sent qu'elle m'est redevable, comme si c'était grâce à moi que sa carrière avait décollé. Ça peut paraître égocentrique, et ce n'est pas une idée qui me hante, mais il lui arrive de me regarder avec une sorte de tendresse et une envie de me porter secours, comme pour se libérer d'une culpabilité silencieuse. M'assaillent alors ces pensées. Tout aurait pu être différent. Si seulement…

Cette soirée regroupait le gratin de la sphère culturelle, une faune différente de la plupart de ses fêtes. Il me semble qu'elle venait de tourner avec un réalisateur danois, de ceux qui misent davantage sur les films d'art et d'essai que sur les productions commerciales. Quoi qu'il en soit, Lou a eu l'idée de me présenter à un auteur célèbre. Surtout connu pour se pisser dessus chaque fois qu'il avait trop picolé, d'ailleurs. Enfin, à en croire les rumeurs. Lou n'en avait peut-être pas eu vent, à moins qu'elle soit simplement plus pragmatique que moi. Elle trouvait que lui et moi devions apprendre à nous connaître : « Tu devrais lui montrer ce que tu écris, Katja, sinon il ne se passera jamais rien. »

Je n'avais aucune envie de me lancer dans un argumentaire, de lui dire que mes textes ne devaient pas intéresser le moins du monde cet écrivain à succès (je n'ai jamais pensé que ma plume pourrait me conduire quelque part), mais lorsqu'on ne se trouve pas assez bon ou doué, les autres pensent souvent qu'il s'agit de fausse modestie. Donc très peu pour moi. Je craignais que Lou se lance dans une tirade qui m'était adressée autant qu'à tous ceux qui voulaient l'entendre, « un vrai génie, vous allez voir », m'obligeant à déclamer un texte à brûle-pourpoint, avec trop d'alcool dans le sang et trop peu de talent. Je me suis donc abstenue de tout commentaire et j'ai suivi l'écrivain sur le balcon, crapoté les cigarettes qu'il me tendait avec insistance en écoutant son monologue au sujet des prix littéraires qu'il avait gagnés et de ceux qui lui avaient été refusés, et de ce que les critiques avaient dit, écrit, ou pensé de tel ou tel roman.

J'ignore pourquoi je l'ai suivi chez lui, je ne le trouvais même pas attirant, il était maigre avec une calvitie naissante, la peau autour de ses yeux était cireuse, jaune, comme celle d'une poupée à qui on aurait par mégarde insufflé la vie. J'avais lu deux de ses livres, le premier plutôt bon, le second terriblement snob. Mais sans doute voulais-je qu'il me remarque, ou peut-être qu'il s'agissait d'un comportement autodestructeur (je ne le crois pas, c'est souvent une construction a posteriori, lorsqu'on veut feindre d'avoir pu se contrôler – or j'en étais incapable). Quoi qu'il en soit, j'ai accepté de l'accompagner chez lui pour voir un exemplaire dédicacé de la première édition de *Sexus* de Henry Miller, agrémentée d'un dessin de pénis et de quelques vers de l'auteur. C'était pour moi une raison suffisante. Je me foutais bien de Henry Miller, mais l'excuse paraissait valable. C'était aussi parce que Lou trouvait qu'on irait bien ensemble, et à l'époque je m'efforçais de lui faire plaisir.

Une fois en tête à tête avec lui dans le taxi, avec des classiques pop-rock en fond sonore, sorte de baromètre ou alcootest, je pris conscience qu'il était ivre mort. Ballotté dans tous les sens sur la banquette en cuir, il peinait à fixer son regard, essayant tant bien que mal de poursuivre son monologue, de plus en plus fragmenté et décousu.

Il vivait dans un deux-pièces sale et enfumé au bout de Vasastan, presque au-dessus du chemin de fer. À peine avions-nous passé la porte qu'il s'est jeté sur moi, a enfoncé sa langue spongieuse au goût de cendrier dans ma bouche.

Il tutoyait la quarantaine, j'avais vingt-deux, vingt-trois ans. Je me suis extirpée de son étreinte, me suis glissée dans les toilettes, et quand j'en suis sortie, il était nu. Il m'attendait, bandant à moitié, installé dans son fauteuil en velours côtelé marron. Devant lui, sur la table basse, trônait *Sexus*. Je me suis demandé si c'était une technique de drague éprouvée, si ses reliques avaient impressionné d'autres filles de mon âge. J'ai senti que je n'avais pas le choix et, alors que je n'en avais aucune envie, je me suis laissée tomber à côté de lui et nous avons commencé à nous peloter. Il n'était ni tendre ni à l'écoute ; il m'a arraché mon collant et ma culotte et m'a prise là, dans le canapé qui puait le tabac froid. En dépit de son âge et de son taux d'alcoolémie, il avait l'endurance d'un adolescent de quatorze ans, et tout fut terminé en moins de temps qu'il n'en faut pour le dire. Il s'est allongé derrière moi sur le canapé et s'est endormi.

Je suis restée chez lui un bon bout de temps, je me disais que l'humiliation serait moins cuisante si je passais la nuit là. Je ne me sentirais pas aussi pitoyable.

J'avais accepté de coucher avec lui, mais ce n'était pas une décision concertée. Il ne m'avait pas menacée, il avait juste pris les commandes. Peut-être que certaines aiment ça, être attrapées par les cheveux et secouées comme des poupées gonflables, mais moi non.

J'ai passé en revue sa bibliothèque, j'ai pris mon temps. Elle était pleine de vieux mâles, mais c'est sans doute ainsi chez beaucoup de gens, si l'on n'essaie pas délibérément de lire plus d'autrices. Derrière moi, sur le canapé, ronflait le grand auteur qui, cinq ans plus tôt, était en tête des ventes en Suède. Ses livres connaissaient encore un succès relatif, mais bien loin des best-sellers qu'il avait pondus quelques années auparavant. Ni les critiques ni les lecteurs ne semblaient impressionnés, sans doute parce qu'il n'était pas particulièrement impressionnant. Après deux ou trois bonnes idées, il avait été incapable de se renouveler.

Au bout d'un moment, j'ai vu une tache sombre se former sur le canapé. La rumeur était donc vraie. Énurétique à quarante ans, sacré destin.

Je suis restée longuement avec l'édition originale dédicacée du Miller à la main. Je trouvais que je méritais une rétribution. Mais la lâcheté l'a emporté et je suis partie sans le livre.

Le lendemain, j'ai passé un coup de fil à Lou pour tout lui raconter. Elle n'a pas réagi, ni à la manière dont il m'a forcé la main ni à son incontinence nocturne. La seule chose qu'elle semblait entendre, c'est qu'il vivait dans un deux-pièces, dont il était locataire qui plus est. Elle s'est fendue d'une remarque laconique. « Moi qui croyais qu'il était pété de thunes. »

Ce soir-là, quand nous nous retrouvons pour l'apéritif de rigueur à côté de la piscine, Lou et Renaud s'engueulent. Enfin, s'engueuler, c'est un peu fort peut-être, mais je sens tout de suite qu'il y a de l'électricité dans l'air. Lou pianote sur son téléphone, elle ne l'a pas posé de toute la journée. C'est compréhensible, bien sûr. Elle doit gérer les conversations avec plusieurs agents, car apparemment elle en a deux, mais je n'ai pas compris s'ils bossent pour la même agence. Chaque fois que je me suis approchée d'elle, elle a très vite levé les yeux au ciel en s'exclamant « C'est mon autre agent qui m'appelle » ou « C'est mon conseiller en com' » et ce n'était pas le bon moment pour lui poser la question.

Je lui demande si elle en a parlé avec quelqu'un d'autre. Lou lève les yeux vers moi, la ride entre les deux sourcils est restée là toute la journée, il lui faudra multiplier les soins pour l'effacer si elle ne se détend pas bientôt.

« Quelqu'un d'autre ? C'est-à-dire ?

— Je pensais… à un ami par exemple ?

— Un ami ?

— Oui, ou quelqu'un de proche… Tu en as parlé à Ronan ? »

Elle me dévisage comme si elle comprenait à peine ce que je disais.

« Ronan ? Non, pourquoi ? Qu'est-ce qu'il a à voir là-dedans ? »

Renaud intervient.

« Lou, ma chérie, Katja essaie juste de t'aider, behave like a lady please. »

Elle pivote sur elle-même et le foudroie du regard comme s'il l'avait giflée. La fine bretelle de sa robe vaporeuse (rouge : j'ai toujours trouvé que cette couleur ne lui allait pas au teint) glisse, dévoilant un téton, et elle la remonte d'un air agacé. Elle semble examiner ses options et conclure que le moins humiliant est de suivre son conseil et de bien se comporter, au lieu de se lever et de débarrasser le plancher comme une adolescente en pleine crise. Quand elle reprend la parole, après avoir avalé une lampée de dry martini, sa voix est calme et posée, semblable à celle qui, dans le métro, vous rappelle de faire attention à l'espace entre le quai et le marchepied.

« Non, je n'ai pas parlé à Ronan et je crois honnêtement que toute l'affaire lui est passée au-dessus. Il est en Nouvelle-Zélande en train de tourner un film d'aventures avec Peter Jackson. D'ailleurs, cette histoire ne le concerne pas du tout. Parce qu'il n'est pas une femme. »

Elle prononce la dernière phrase avec une pause théâtrale entre chaque mot. Mes joues s'embrasent. Suis-je bête ? Je commence à présenter des excuses, mais Renaud intervient.

« Bien sûr que ça concerne tout le monde, #MeToo n'est pas qu'une question de femmes. »

Lou lui répond sur un ton glacial.

« Tout le monde dit ça, mais c'est vrai seulement en théorie. » Ses traits s'adoucissent, la ride se lisse un peu et elle force un sourire. « S'il vous plaît… Je veux juste passer un bon moment. On peut parler d'autre chose pendant le dîner ? »

Nous hochons tous les deux la tête.

Lou m'a un jour confié qu'elle devenait méfiante dès qu'un homme n'avait pas envie d'elle, mais qu'ensuite elle ne l'en respectait que davantage.

« Et s'il critique mon interprétation d'un rôle, je ne le prends pas personnellement...

— Tu veux dire, si c'est le réalisateur ?

— Oui, il y a différentes manières de critiquer. Vadász a toujours été très dur, mais je n'ai jamais pris la mouche. Il n'essayait pas de me punir parce que je ne voulais pas coucher avec lui. »

Cette conversation est restée gravée dans ma mémoire, car j'ignore ce que ça fait d'avoir un champ magnétique aussi puissant que celui de Lou. Non que je ne me sois jamais fait draguer, mais il serait absurde de se comparer à l'une des plus belles femmes du monde.

Le reste de la soirée, nous parlons foot (surtout Renaud et Lou). La France est en finale « comme en 1998, c'est écrit dans les étoiles ». Ils évoquent quelques-uns de leurs voisins. J'ai la tête ailleurs, et je vais me coucher la première, à leur grand étonnement.

« Mais enfin, les agresseurs courent les rues en France ! Surtout dans le cinéma, c'est la règle plutôt que l'exception », s'agace Lou en s'étirant après sa séance de Power Pilates matinale avec Marie. « C'est encore pire qu'aux États-Unis, là-bas on sait que la situation est grave, et à quel point c'est hiérarchique. »

Je hoche la tête en fixant les taches de transpiration sur sa tenue de yoga, sur la poitrine et dans le dos, elles sont si parfaitement symétriques, comme un test de Rorschach. Ça me fait penser à des ailes d'ange.

Lou estime que si Vadász a été jeté en pâture, c'est entre autres parce que ce n'est pas un « vrai » Français. En France, on fait habituellement peu de cas de l'origine des gens, explique-t-elle – à la différence de la Suède – mais Vadász est le genre de type agaçant qui ne cherche pas à s'assimiler. Dans ses interviews, il insiste toujours sur le fait qu'il est hongrois, et c'est sans doute pour ça qu'on a décidé de le sacrifier. Je ne sais pas qui sont ces « on », elle ne le dit pas et je ne pose pas la question.

Je repense à ce casting, quand elle en est sortie, à son sourire, « j'ai joué comme tu l'avais suggéré », comme si c'était ma mission. L'aider. La coacher pour qu'elle décroche ce rôle.

Plus tard ce soir-là, quand je cherche Sándor Vadász sur Google, je découvre que son nom de famille signifie « chasseur ». Je vois des photos de lui, jeune, il est beau comme le sont tous les hommes sur un cliché en noir et blanc pris il y a plusieurs décennies. Aujourd'hui, il est trop enveloppé et ridé pour être beau à la manière des hommes d'âge mûr, mais son succès lui permet d'irradier cette confiance en lui qui le rend attirant pour bien des gens.

Je lis que des rumeurs circulent à son sujet depuis longtemps. Sur ses relations avec de très jeunes femmes. Je me demande pour quelle raison il ne s'est jamais rien passé entre Lou et lui. Même s'il n'est pas vraiment son genre, ça ne m'aurait pas étonnée qu'ils aient entretenu une brève liaison pendant une période aussi intense qu'un tournage, surtout si elle pouvait en tirer quelque bénéfice. Se peut-il qu'ils aient en réalité eu une aventure, et qu'elle était pour ainsi dire consentie ? Mais qu'au vu des accusations, il est plus préjudiciable de reconnaître qu'on a noué une relation consensuelle avec un tel homme que de taire d'éventuelles agressions ?

Qu'est-ce que j'insinue exactement ?

X

Après l'amour viennent toujours les ennuis, en tout cas dans les films. Autrement il n'y a plus de suspens. Babetta et le comte passent une merveilleuse nuit d'amour, mais les nuages ne vont pas tarder à assombrir le ciel. Le comte lui propose de s'enfuir avec lui et Babetta se doute bientôt qu'elle est enceinte. Par ailleurs, l'Europe centrale entre dans une période troublée – le spectateur comprend que la présence du comte sur le champ de bataille sera requise d'un moment à l'autre. Ce dernier est un fin stratège, un véritable prodige même, capable de jouer des morceaux envoûtants au clavecin en élaborant de l'autre main des stratégies militaires grandioses, il sait tout faire, mais surtout il peut et il veut aimer Babetta, la fille du peuple.

Babetta, de son côté, qui ne sait et ne veut rien d'autre qu'être heureuse, se défile lorsqu'elle découvre sa grossesse. Elle-même enfant illégitime, elle a conscience des difficultés d'une telle situation, et se rend compte qu'elle est en train de reproduire l'histoire familiale. Elle refuse donc la proposition de fuite du comte. Il est bien sûr déçu, mais ils n'ont pas le temps de régler leurs problèmes, car le comte est appelé sur le front pour prendre part à la célèbre deuxième bataille de Lützen (moins importante que la première, mais tout de même). Spoiler : ils ne se reverront plus jamais.

Après le départ du comte, Babetta regrette sa décision. Que lui réserve l'avenir ? Elle est enceinte et amoureuse. Elle n'a d'autre choix que de continuer à trimer. Sa grossesse est difficile – elle ne cesse de vomir et de s'évanouir (je n'ai pas d'enfants et peu d'expérience de la grossesse, j'ignore si ces malaises sont fréquents, mais ne pensez-vous pas que c'est assez caractéristique d'un réalisateur masculin de pointer du doigt la vulnérabilité d'une femme enceinte ?) – elle doit qui plus est dissimuler son état. Elle se confie à la jeune servante qui partage sa chambre, lui demande conseil. Ensemble, elles essaient de se débarrasser de l'enfant, ce qui échoue, évidemment.

Cela me rappelle un film où Sissy Spacek joue une femme face à une grossesse non désirée ; elle saute d'assez haut dans du sable et explique que ce n'est pas la chute qui va être efficace, mais ses efforts pour remonter. Babetta a recours à une tactique similaire, elle se porte volontaire pour les tâches les plus lourdes, en extérieur, elle va chercher le bois dans la forêt, en vain. Il n'y a rien de nouveau dans ce portrait, les femmes ont de tout temps dû assumer la responsabilité totale d'une grossesse et ont souvent perdu la vie en essayant d'avorter seules. Babetta, elle, n'en meurt pas, pas plus qu'elle ne parvient à expulser le fœtus.

Si j'avais réalisé ce film, je me serais peut-être arrêtée plus longuement sur cet épisode, et je l'aurais conclu par le décès de l'héroïne des suites d'un avortement raté, une représentation plus réaliste. Vadász, lui, avait un autre objectif, il s'agissait surtout de brosser un tableau de la Hongrie historique, derrière le prétexte de vouloir dépeindre la vie d'une roturière. Le personnage de Babetta servait uniquement à remplir sa grande mission. J'aborderai tous ces sujets si on m'attribue le poste. Peut-être. Parfois j'ai envie de mener un projet où je réécrirais la fin de plusieurs grands classiques du cinéma dans une perspective féministe. Spontanément, j'ai l'impression que ce n'est pas le genre de projet qu'un directeur de recherche accepterait. Cela ne semble pas très scientifique.

Je vois qu'elle pleure. Quand je m'approche, elle lève les yeux vers moi, presque effrayée.

« Qu'est-ce qui ne va pas ? »

Je pose une main sur son épaule. Elle est fraîche, bien qu'elle soit en plein soleil. Ça me fait penser au serpent que j'ai caressé un jour au zoo de Skansen. Sa peau avait cette même froideur. Ça n'a bien sûr rien à voir.

« Je n'ai pas eu le rôle de Sharapova, finit-elle par reconnaître. Le scénario n'est pas terrible, j'aurais peut-être décliné quand même, mais les producteurs ont finalement décidé qu'ils voulaient la même actrice du début à la fin, et pour ça je suis trop vieille. Ils ont opté pour une mannequin russe d'à peine seize ans et qui n'a pas pris un seul cours de théâtre de toute sa vie. »

Elle laisse échapper un sanglot. J'essaie de me souvenir si je l'ai déjà vue aussi inconsolable, mais je ne crois pas. À certaines occasions, j'ai pensé qu'elle aurait pu ou dû être abattue, mais elle a toujours fait contre mauvaise fortune bon cœur.

« C'est un mal pour un bien, alors, si le scénario était mauvais. »

Elle acquiesce, sèche ses larmes, mais n'a pas l'air convaincue.

« C'est juste que j'ai parfois l'impression d'avoir travaillé si longtemps et si dur, en visant un objectif que je vois les autres atteindre. Je veux dire, à un certain âge, un minimum de choses devrait nous être dû, non ? Mais ce n'est sans doute vrai que pour les hommes. »

Je hoche la tête. Pour moi, c'est une évidence, mais Lou semble authentiquement étonnée, comme si c'était la première fois que ça lui venait à l'esprit. Quelque part dans un coin de mon cerveau, je me dis qu'il peut s'agir de justice cosmique, mais c'est le genre de pensée si infime et puérile qu'elle s'évanouit avant même de former une graine de réflexion. Parce que le karma n'existe pas, et s'il existait, « copier la manière de jouer de sa copine pour décrocher le rôle » n'entrerait pas dans cette catégorie. Événement sans importance.

« Et l'affaire Vadász. Ça a été la goutte d'eau.

— Qu'est-ce que tu vas faire, alors ? »

Je me dis que beaucoup de gens doivent se demander ce qu'elle a à dire du tournage de *Babetta*. Qu'on l'écouterait. Un témoin a le devoir de parler.

« Mes agents trouvent que je devrais accepter ce rôle de maman, c'est ça, ce que je vais faire. »

Ermelinda se matérialise devant nous avec un smoothie vert à la main, tapote la joue de Lou qui lui sourit. Elle retrouve aussitôt son sérieux.

« C'est juste que… je sais que ces choses-là font partie du boulot, mais je pensais être arrivée à un niveau où ça ne devait plus se produire. »

Je remarque qu'elle a des ridules sur le cou. Un futur collier de Vénus. Ce n'est pas qu'elle me fasse pitié. Quelle amie ferais-je ? C'est juste que… la plupart des gens apprennent à digérer les échecs. Tout n'est pas servi sur un plateau d'argent. Certains diraient que son comportement est nombriliste, égotique peut-être. Qu'elle ne comprend pas la chance qu'elle a. Mais, enfin, qui peut porter tous les malheurs du monde sur ses épaules ? Même quelqu'un comme Lou a le droit d'être démoralisé quand rien ne va plus.

Il y a quelques années, j'ai eu une sorte de « réveil féministe ». Enfin, réveil, pas vraiment, car pour moi, ça ne se résume pas à un instant T où l'on ouvre soudain les yeux. Il s'agit plutôt d'une série de petits ou de grands événements, de prises de conscience, souvent constituées d'une pensée qui, une fois pensée, ne peut pas être effacée. Un peu comme la pilule rouge de *Matrix*.

C'est dans ce contexte que je me suis coupé les cheveux. J'avais trente ans et je ne comprends pas pourquoi j'ai attendu si longtemps. Après tout, certaines attendent toutes leur vie avant de sauter le pas. Ça faisait un certain temps que j'y réfléchissais et je ne comprenais pas le sentiment qui m'emplissait, jusqu'au moment où j'ai réussi à l'identifier : j'avais peur. J'étais une jeune femme adulte qui avait peur de se couper les cheveux. Quelles autres choses tout aussi absurdes m'autorisais-je à craindre ?

J'ai fini par me jeter à l'eau. J'ai demandé à ma coiffeuse une coupe bien courte, comme Mia Farrow dans *Rosemary's Baby*, et tandis que je voyais les mèches tomber autour de moi, j'ai senti quelque chose que j'ai d'abord pris pour du bonheur alors qu'il s'agissait de liberté. Je me sentais libre pour la première fois. Comme si j'avais repris le pouvoir sur ma vie. Cela faisait des années que j'hésitais, je me disais que je le ferais plus tard, quand j'aurais un copain, du succès, quand je serais plus âgée, plus mince.

En sortant du salon, quand j'ai senti tous les regards qui n'étaient pas dirigés vers moi, j'ai eu l'impression que mon cœur allait exploser dans ma poitrine. C'était donc ça, ma nouvelle vie ? Allais-je être libre ? Libérée des regards, libérée de la peur quand je rentre chez moi au milieu de la nuit, libérée des jugements et des remarques des gens autour de moi, des hommes inconnus dans les transports en commun aux gentilles dames dans le hall d'immeuble ; juste libre, comme invisible ?

Non, bien sûr. Malheureusement ce sentiment ne perdura pas. Il est absurde de penser que l'on est libérée de sa féminité simplement parce qu'on a les cheveux courts. Un autre genre d'hommes se manifesta, appelons-les « les fétichistes », qui aimaient tout particulièrement se glisser sans bruit derrière moi et me murmurer à l'oreille « C'est sexy, les cheveux courts » entre autres remarques. Ils n'étaient pas nombreux, mais ils existaient. La sexualisation ordinaire qui (le plus souvent) restait dans le cadre de la normalité a fini par me manquer, et je me suis laissé pousser les cheveux.

C'est aussi à ce moment-là que j'ai réfléchi à cesser mes efforts pour devenir actrice. J'ai pris conscience que ce n'était pas un droit humain, que tout le monde ne doit pas avoir droit à tout. On peut aussi lâcher l'affaire. Et si l'on s'y autorise, quel genre de personne devient-on ? Quelle voie s'ouvre à nous ?

Je n'en suis pas fière, mais au bout d'un moment, j'admets que les regards ont commencé à me manquer. La reconnaissance est une drogue puissante.

C'est là que j'ai décidé de tenter une carrière universitaire. J'ai terminé le mémoire obligatoire pour postuler en master 2, puis j'ai candidaté.

J'ai vu Lou après m'être coupé les cheveux, elle était à Stockholm pour la promo d'un film et pour quelques rendez-vous. Elle m'avait contactée, proposé de venir prendre un café avec elle au bar de l'hôtel, avenue Strandvägen.

C'était l'une des premières journées estivales de l'année, quand tout le monde cligne des yeux avec étonnement à cause du soleil, où les restaurants et les cafés se hâtent d'installer leurs terrasses sur les trottoirs, sans oublier de prévoir des couvertures pliées sur les dossiers des chaises. Je l'ai aperçue de loin, blond platine, les cheveux épais, bouclés, alors qu'elle les avait habituellement fins et lisses. Ce doit être des extensions, ai-je pensé, ce qu'elle a confirmé par la suite, « la vache, ce que ça démange, ça me rend folle ». C'était pour un film qui traitait des pionniers dans les plaines d'Amérique du Nord, un peu comme *La Saga des émigrants*, mais plus riche en rebondissements, a-t-elle expliqué en gloussant, fière comme un paon. Quand j'ai quitté mon béret noir, elle a éclaté d'un petit rire, incapable de se retenir, puis elle a regardé plusieurs fois autour d'elle, mais c'est peut-être une construction a posteriori.

« Waouh, tu ressembles à Lili Taylor dans le rôle de Valerie Solanas ! » s'est-elle exclamée – je ne sais pas si c'était un compliment. Elle a ajouté qu'elle était jalouse parce que ses satanées extensions lui irritaient le crâne.

Globalement, je pense qu'il est plus difficile d'avoir un réveil féministe quand on est favorisé par le système, comme l'est Lou. Elle n'est pas bête, pas si bête en tout cas, mais il est plus facile pour moi qui n'ai rien à perdre, dans mon appart en location à Stockholm, d'accepter certaines choses mais pas d'autres. Mettez-moi dans une situation où ma carrière et des centaines de milliers, voire des millions de couronnes sont en jeu, et je ne suis pas sûre de ce que je ferais. Et puis, Lou a toujours été si disciplinée. Comme si elle suivait un itinéraire parfaitement balisé, sans la moindre surprise. Elle déplorait parfois de n'être pas plus comme moi, « Tu es si libre, Katja, une vraie âme d'artiste », mais ne semblait jamais vraiment sincère. En tout cas, je n'y croyais pas.

Maintenant, chaque fois qu'elle parle du jour où je me suis coupé les cheveux, elle dit que j'ai fait une Britney. Mais je ne me suis jamais sentie aussi stable psychologiquement qu'à ce moment-là. Comme si je n'avais plus rien pour me cacher. Un instant d'inattention et le vent pouvait m'emporter.

XI

Lou ne m'a pas précisé combien de temps je peux rester. Je ne lui pose pas la question. Je ne veux pas lui rappeler qu'elle a le pouvoir de me faire partir. Août approche. Je suis ici depuis bientôt un mois. C'est comme si nous jouions nos rôles, comme si nous suivions des scènes maintes fois répétées. Les journées passent, nous effectuons les mêmes mouvements, à travers la maison, l'une à côté de l'autre, une danse complexe dirigée par un accord tacite. Renaud travaille nuit et jour. Il devait être en vacances au début de mon séjour. Il était constamment sur son vélo, participait à des événements caritatifs en smoking, ou me forçait la main dans son bureau. Désormais, il n'a plus le temps de faire tout ça. Il apparaît parfois, prend un café ou un cocktail, débarque au milieu du dîner, l'air agité. Ses téléphones (il en a deux) sonnent sans relâche. Lou ne semble pas s'offusquer de ne pas le voir plus souvent, mais qu'est-ce que j'en sais, ils passent peut-être leurs nuits ensemble, à échanger des confidences et des informations qui m'échappent. Je me demande ce qu'ils disent de moi. S'ils parlent de moi.

Un matin, je consulte mes mails, comme toujours, et en découvre un qui provient de l'institut d'études cinématographiques. Arrivé dans ma boîte deux heures plus tôt. Je le fixe longuement avant de comprendre ce qui est écrit.

Je me demande s'il y a une erreur. C'est écrit « admise ». Ils valident mon idée, je vais mener mes recherches, pendant quatre ans, écrire une thèse. Avec un salaire. Pas un prêt étudiant, un salaire. J'entends un bruissement dans mon dos. Ce sont des portes qui se ferment.

Assise sur mon lit, je regarde par la fenêtre. La lumière au-dehors est aussi blanche que d'ordinaire. Je me rappellerai cet instant, je le sais. Un tel moment, un tel souvenir, où il ne s'agit que de moi. Seulement Katja, personne d'autre.

Quand je descends à la piscine, je me prépare à lui annoncer la nouvelle. Lou est en train de lire, allongée dans le canapé, coiffée du chapeau de paille qu'elle portait sur la photo qu'elle m'a envoyée, celle qui m'a fait tout lâcher et venir ici. Enfin, lâcher, qu'avais-je à lâcher ? Mais maintenant… les mots ne sortent pas. Je me décide à lui dire au déjeuner (omelette aux épinards pour nous deux, avec un supplément frites et aïoli pour moi), mais ses yeux semblent si étrangement décolorés. La piscine leur donne habituellement de l'éclat, mais à présent même le chatoiement turquoise n'a aucun effet. Ils paraissent plus petits que d'habitude, comme si elle avait subi une réaction allergique. Elle picore dans son assiette. Soudain, son visage s'illumine. Elle a reçu un SMS.

« Renaud rentre pour le dîner ! »

Je suis surprise de sa réaction et j'en ai honte. Honte de ne pas avoir compris que ça lui importe. Mais évidemment que ça lui importe. C'est son mec, ils doivent être amoureux, bien sûr qu'ils sont amoureux.

Je le lui dirai à l'apéro. Je balancerai ça sur la table, au milieu des verres de dry martini, des noix, des olives et des cendriers. Mais même là, quelque chose me retient. Je vois que Lou a fait des efforts. Ses yeux rougis de larmes ne sont qu'un lointain souvenir. Elle a peut-être appliqué un masque anti-inflammatoire, ou un roller de jade pour tonifier la peau. Il faut dire qu'elle n'a pas lésiné sur le maquillage. D'ordinaire, c'est une inconditionnelle du look naturel, si discrètement fardée que les hommes pensent qu'elle n'a rien sur la peau. Ce soir, avec son épaisse couche d'ombre à paupières noire et ses lèvres barbouillées d'un gloss vermillon, on dirait une drag queen, impression renforcée par ses jambes osseuses sous sa robe. Hormis le maquillage, elle est fidèle à elle-même. Elle gazouille et Renaud lui sourit, sous son charme, mais je sais que les sentiments qu'elle ligote habituellement à l'intérieur d'elle-même pour ne pas déborder sont actuellement garrottés. Je ne peux pas ajouter à sa gêne en partageant ma bonne nouvelle.

J'ai pourtant l'impression que ça flotte dans l'air, car un instant plus tard, assis devant nos gaspachos, quand Renaud me demande si j'ai eu des nouvelles de ma candidature, je suis bien obligée de lui répondre que j'ai justement reçu un mail tout à l'heure.

On dirait que tout s'arrête, le cliquetis des couverts contre les assiettes, le vrombissement de la pompe, les battements d'ailes des papillons, tout retient son souffle, attend ma réponse. Seule la musique de fond, une mélodie mièvre d'ascenseur, emplit le silence.

« Alors ? demande Lou – elle sourit, mais cela n'atteint pas les yeux, ce n'est même pas un sourire.

— Eh bien… j'ai eu le poste. »

Je parle lentement, hoche la tête, tente de déglutir.

« Waouh, congratulations ! » s'exclame Renaud en levant son verre. Ses dents sont d'une blancheur pénible, presque bleutée. « Il faut fêter ça. Je vais chercher du champagne ! »

Il bondit de sa chaise et disparaît aussitôt dans la maison, en direction de la cave à vin. Sa chemise en lin et ses cheveux flottent dans le courant l'air.

Lou et moi restons immobiles. Je n'ose pas lever les yeux vers elle, j'ai peur de son regard. Elle ne parle pas et, quand je finis par la considérer, elle fixe son portable, posé sur ses genoux. On dirait qu'elle fait défiler des photos Instagram. Cela m'affecte, allez savoir pourquoi. Je pensais qu'elle serait heureuse pour moi, ou fière tout du moins. Ça ne devait pas être facile pour elle de rester à mes côtés toutes ces années, de me voir stagner tandis qu'elle faisait carrière, qu'elle avançait dans la vie, qu'elle vivait plein de merveilleuses aventures. Ça ne devait pas être facile pour elle de rentrer en Suède et chaque fois me retrouver, avec mes échecs.

Je pensais qu'elle serait soulagée. Mais ne suis-je pas injuste ? Elle traverse un moment difficile, avec l'affaire Vadász et tout le reste. On devrait se concentrer sur ça, sur son état, pas le mien. J'ai honte de mon égoïsme, mais à ce moment précis Renaud revient avec une bouteille. « C'est un millésimé, tu vas adorer, Katja. » Il la débouche sans me laisser le temps de protester et, malgré ma honte, malgré l'absurdité de ses mots – il prétend savoir quelque chose de mes goûts en matière de champagne (en ai-je ?) –, malgré tout ça, je trouve le champagne délicieux, avec sa robe ambrée et ses notes de pain grillé, et même Lou trinque et sourit quand il lui tend un verre.

Que ne ferait-on pas pour ses amis ? Que ne ferais-je pas, moi, si elle me le demandait ? J'y pense parfois, un peu comme un jeu. Mais cela s'arrête vite, je ferais tout pour elle, tout simplement. Cela en vaut la peine, quand elle allume son projecteur et le braque vers moi. Le soir, étendue dans mon lit, incapable de trouver le sommeil, je rejoue à ce jeu. Il est différent à présent, depuis que je sais que je suis retenue. Je possède quelque chose qui n'est qu'à moi. Comme cette autre fois, au lycée, comme pendant le casting pour Juliette. Je possédais quelque chose, et je le lui avais donné pour l'aider, n'est-ce pas ? Mais à présent, que ferait-elle de mon poste de doctorante ? Je ne peux pas le lui donner. Et quand bien même je le pourrais, ça n'aurait aucune valeur pour elle. Je n'ai plus que mon temps à lui offrir. Le ferais-je, si elle me le demandait, si elle me suppliait ? « Reste avec moi, Katja. » Resterais-je ? Abandonnerais-je tout ce qui est à moi pour rester près d'elle ? Ces réflexions me tiennent longtemps en éveil, je les tourne et les retourne, bien que la question soit simple, un oui ou un non, c'est tout.

À la fin du film, le point focal a un peu changé. On se concentre davantage (trop ?) sur la politique, la guerre, tous les thèmes classiques que Vadász avait dit vouloir éviter. Le spectateur a le droit à des comptes rendus de faits historiques (incarnés par des personnages, mais aussi par le biais de « cartons » décrivant les événements). Un romantisme se dégage de la représentation des somptueux paysages hongrois, avec leurs collines verdoyantes, leurs arbres qui se parent de teintes ocre à l'arrivée de l'automne, une nature pleine d'emphase. Pendant ce temps, l'enfant illégitime de Babetta grandit dans ses entrailles. En dépit de ses affres, elle parvient à dissimuler sa grossesse durant de longs mois. Le secret est bien gardé par sa camarade de chambre, la seule dans la confidence – nous, les femmes, nous devons nous serrer les coudes. Mais la bonne qui l'a accueillie le premier jour commence à nourrir des soupçons et la met au pied du mur.

C'est le début de l'automne, le jour des ablutions, une période où les domestiques descendent à la rivière pour faire bouillir le linge de maison. Elles finissent par se dévêtir, balancent leurs vêtements dans la grande marmite et se jettent à l'eau. Ce sont de belles scènes, la nature a des tons fauves, terreux, l'air semble chargé de parfums, la photographie est admirable (Renaud mérite tous les prix qu'il a reçus pour ce film). Et dans ce paysage de carte postale, des femmes pulpeuses comme dans les tableaux de Zorn se lavent, et cela semble tellement authentique, ces corps sont si réalistes, ils ne sont pas seulement sveltes aux petits seins bien dessinés, mais il y a toute une variété de physiques, augmentant la crédibilité de la scène. Babetta se déshabille, mais garde son fond de robe, puis elle tente d'entrer dans le lac entre les roseaux, un peu à l'écart, alors que les autres se jettent à l'eau, sans pudeur aucune, avec leurs jeunes tétons insolents ou leurs vieilles poitrines tombantes.

La femme de chambre remarque Babetta, s'avance vers elle et l'interroge. C'est loin d'être la première fois qu'une domestique se retrouve dans cette délicate situation, bien qu'il soit rare que le géniteur soit aussi haut placé. Babetta ne révèle pas l'identité du père, elle ne répond pas à la question, mais la femme de chambre perspicace a vite fait de deviner. Et nous, spectateurs, nous savons. Vadász a cette qualité, dans ce film comme dans ses autres, il ne cherche pas à expliciter ce qui n'a pas besoin de l'être. Il fait confiance au spectateur, capable de penser par lui-même et de tirer ses propres conclusions.

Il va parfois trop loin et devient incompréhensible, comme dans son film raté *Streetlights* qui se déroule dans le quartier rouge d'Amsterdam, parmi des prostituées, ou dans *Journal*, une sorte de road-movie mettant en scène deux frères (assez proche de *Rain Man* quand j'y pense, mais moins conflictuel) qui traversent la Hongrie dans les années 1990. Dans *Babetta*, il réussit à rester clair du début à la fin. Même si, à mon sens, il aurait dû garder une ligne féministe plus cohérente, mais c'est peut-être un peu trop lui demander.

À la fin de la scène, Babetta nage vers le milieu du lac. Les autres l'appellent, mais elle se contente de rire, de plus en plus fort à mesure qu'elle s'éloigne.

Je me demande s'il en existe d'autres. Ou plutôt je suis sûre qu'il en existe d'autres. Beaucoup d'autres, mais je ne sais pas où ils sont. Cachés quelque part, dans un tiroir de bureau, dans un coffre-fort, ils prennent la poussière ou attendent leur heure. Je me dis que c'est comme ça qu'il fait, c'est sa nouvelle monnaie d'échange, quand l'autre, la pécuniaire, ne suffit plus. Il arrive souvent un moment, dans la vie de la plupart des femmes, où l'argent n'a plus aucune importance. Quand on n'a plus le choix, plus d'autre choix que de partir, de tourner la page. C'est le dilemme de l'homme sur le retour. Pas tous, bien sûr. Mais cette catégorie d'hommes qui ne grandissent pas, qui ne mûrissent pas, qui ne tournent pas la page, qui n'acceptent pas que certaines portes leur soient à jamais fermées. Ces hommes qui continuent de vivre leur vie comme s'ils avaient encore vingt ans et que le monde leur ouvrait les bras. Comme s'ils n'avaient qu'à se servir. Ils n'ont pas reçu le mémo. Ils insistent, ils se trouvent de nouvelles femmes, filles, de nouveaux trophées, tels des vampires, pour rester en vie, pour rester jeunes, mais c'est un numéro d'équilibriste, entre tentation et menace. Vient toujours un moment où l'on a besoin d'un nouvel article à marchander.

C'est ainsi que je me représente la situation mais j'ai peut-être tort. Il est possible que ces films soient réalisés dans un parfait consentement mutuel, voire que ce soient les femmes qui sont à l'initiative. Toi, Mr Photographer, I'm ready for my close-up. Peut-être qu'il leur obéit, s'exécute. Que c'est lui qui lui obéit, à elle. Peut-être n'y a-t-il que vingt-deux films, peut-être que c'est la première fois. Après tout, je n'en sais rien.

XII

On utilise souvent la métaphore de la naissance pour évoquer la création artistique. Écrire un livre, c'est mettre au monde un enfant. Votre film est votre « bébé ». Accoucher d'une œuvre est nécessairement douloureux. Mais est-ce vraiment comparable ? J'imagine que l'amour que l'on porte à un enfant surpasse tout autre amour. Surtout celui porté aux objets. Peut-être que toute création artistique est un acte profondément narcissique ?

J'ai toujours trouvé un peu dérangeant de donner tant de place à un acte artistique, mais peut-être ne peut-on pas être artiste, indépendamment de la discipline, si l'on ne donne pas à son travail une telle importance ? Peut-on considérer la création comme un emploi ordinaire ? J'estime quant à moi qu'il est tragique d'attribuer à l'art une telle valeur. Qu'est-ce que cela dit de moi ? Est-ce pour cette raison que je ne suis pas devenue actrice ?

Notre dernière représentation au Kaskad, à Västerort (lieu qui est d'ailleurs redevenu un cinéma, diffusant des films d'animation jeunesse les samedis matin et des feel-good français pour retraités deux soirs par semaine), était une pièce de la dramaturge Dea Loher : *L'Espace d'Olga*, consacrée à la communiste allemande Olga Benário, morte dans un camp de concentration. C'était un projet de rêve pour moi. Pourtant, avec le recul, je me suis rendu compte que j'avais foncé dedans tête baissée, ignorant les objections du reste de la troupe. Je voulais être metteuse en scène et actrice principale, j'avais mon mot à dire sur tout. J'ignore pourquoi cette pièce a pris pour moi une telle importance. Toujours est-il que plusieurs membres de la troupe m'ont ensuite annoncé qu'ils auraient moins de temps à consacrer à notre compagnie à l'avenir. Nous avions l'habitude que des acteurs nous quittent pour jouer dans des pièces professionnelles où leurs prestations étaient rémunérées – ils faisaient carrière, tout simplement – mais après ça je me suis sentie si seule. Sans compter que la pièce fut un flop. C'était raté, c'est vrai. Nous avons même dû annuler des dates.

J'ai versé des larmes en verrouillant pour la dernière fois la porte, sur le quai de la station Blackeberg, entièrement carrelé de jaune, et pendant tout le trajet en métro jusqu'à Södermalm, mais quand j'ai ouvert les yeux le lendemain matin, je me suis mouchée et j'ai décidé que ma vie allait changer. Elle ne pouvait pas rester suspendue à une si courte période – les quelques semaines où l'on se présentait aux auditions des académies d'art dramatique – et vivre dans l'attente le reste de l'année. Même si personne n'avait l'air de s'en apercevoir (enfin, comment passer à côté si l'on s'intéressait vraiment à moi), je savais que c'était vrai. Je ne faisais que ça. Et les années passaient. Bientôt je serais largement la plus âgée des candidates, le genre à côté de qui on ne s'assied pas, à qui on ne parle pas parce qu'on se dit, consciemment ou inconsciemment : c'est quoi son problème ?

Dans *Babetta*, l'enfant illégitime vient enfin au monde. Babetta accouche dans l'écurie. Le sous-texte religieux n'est pas particulièrement subtil. Elle meugle et transpire. Je n'ai jamais accouché ni assisté une parturiente, cette représentation me semble néanmoins crédible. Mais qu'est-ce que j'en sais ? Elle est seule et entre chaque contraction elle dit à son enfant encore in utero qu'être seule, ce n'est pas si mal.

Sur les photos de cette époque, on voit souvent Lou et Vadász côte à côte. Ses cheveux bruns ondulés, son sourire éclatant aux dents blanches, sa fossette au menton. Elle, presque toujours en robe de gala, les épaules nues ; lui, le plus souvent en costume noir. Sur l'une des photos, ils sont à table et boivent un café, en tenue un peu plus décontractée. Lou endosse une veste en cuir noire, lunettes de soleil remontées dans ses longs cheveux dorés, et Vadász porte un costume de vieux bleu clair froissé, et l'on voit clairement sa grande croix en or autour de son cou.

Je me rappelle une interview à laquelle ils répondaient ensemble. Ronan était peut-être là aussi, auquel cas il ne m'a pas particulièrement marqué. Mais je me rappelle avoir été impressionnée par Lou qui s'exprimait avec une telle confiance, au sujet du film, des femmes, de l'histoire de la Hongrie, alors même qu'elle se tenait aux côtés d'un ponte.

Je n'ai jamais compris comment elle avait pu avoir un tel cran. Mais lui n'avait pas l'air étonné. Son regard sur elle, il l'écoutait, enregistrait, riait, émerveillé, et complétait : « Oui, tout à fait Lou, je ne l'aurais pas mieux dit », puis, tourné vers le journaliste : « Maintenant vous comprenez pourquoi elle est taillée pour ce rôle » (ils gloussent, leurs têtes à deux doigts l'une de l'autre).

Je m'en souviens, cette interview m'a beaucoup marquée. Comment cet homme au charme juvénile peut-il être un agresseur ? Je ne comprends pas qu'il soit coupable. Enfin, bien sûr que je le comprends, je ne doute pas un seul instant que toutes ces femmes disent vrai, mais cet homme, debout à côté de Lou à l'écouter ainsi, n'est pas un agresseur. C'est un mâle alpha, bien sûr, un véritable auteur, certainement, un artiste prêt à marcher sur des cadavres pour créer sa vision, mais pour moi il n'est pas libre d'être autre chose, il est prisonnier de son art. C'est ma manière de le voir, en tout cas. C'est effrayant de constater ce que l'on est prêt à sacrifier au prétexte de l'art.

Je suis allongée dans le canapé d'extérieur surplombé d'une toile d'ombrage. Dehors, le blanc est éblouissant, la chaleur caniculaire, mais ici je n'ai pas mal aux yeux – je peux admirer les collines ou bouquiner. Je me sens comme dans une couveuse, un peu en retrait du reste du monde, de la maison. Je m'étends là dès le réveil et c'est là que je passe mes journées.

Un après-midi, Lou m'y rejoint.

« C'est ici que tu te planques ? »

Elle sourit, se laisse tomber à côté de moi. Elle porte un T-shirt blanc au logo Chanel et un petit short blanc en tissu-éponge. Elle a dû se faire poser des faux ongles (mais quand ?), car ses doigts se terminent par de longues griffes rose pâle, brillantes. Une vague odeur flotte autour d'elle. De l'alcool ou de l'ammoniaque. Forte, âcre. Elle a les yeux mi-clos. Je penche pour l'alcool.

« Katja… »

Elle me tapote la jambe.

« Oui…

— Ce n'est pas bon d'être en vacances aussi longtemps. » Elle a un petit rire. « On a trop de temps pour réfléchir, poursuit-elle.

— C'est bien de réfléchir, non ? »

Elle écarquille les yeux.

« Ce n'est pas bien. Pas pour moi.
— À quoi tu réfléchis ? »

Elle s'allonge, pose la tête sur mes genoux. Sa tête se trouve trop près de mon sexe, non ? Je me demande si ça sent, si elle sent mon odeur là où elle se trouve. Elle ne semble rien remarquer.

« J'ai des idées noires. »

Elle rit de nouveau.

« Quel genre d'idées noires ? »

Son visage est tourné vers le dais de tissu qui ondule au-dessus de nous comme une grande feuille blanche.

« Je ne sais pas… mais je me suis dit… que je pourrais écrire quelque chose. »

Je remarque qu'elle ne me regarde pas quand elle parle, mais, sa phrase terminée, elle tourne la tête vers moi, attend ma réaction ou mon assentiment. Je pense aux poèmes qu'elle m'avait montrés quand nous étions au lycée.

« Oui, bonne idée. » Je hoche la tête, encourageante, force un sourire. « Lance-toi. »

Personne n'écrit de bons poèmes au lycée, c'est une vérité universelle, c'est impossible.

« J'ai appris des choses, avec tous les scénarios que j'ai lus. »

Sans doute vrai.

« J'ai des idées. »

Je me contente de hocher la tête. Sans doute vrai.

Elle se tait, ferme les yeux. Au bout d'un moment, sa respiration se fait plus profonde, et elle s'endort sur mes genoux. Je reste immobile, bien que mes jambes deviennent collantes et que j'aie des fourmis dans les pieds.

Je savais depuis longtemps que je finirais par coucher avec lui. Peut-être déjà quand elle m'a envoyé le message. Ou la première fois que j'ai vu la maison. Ou bien la première fois que je l'ai vu, lui. Ou quand il a mis sa queue dans ma bouche. Ou m'a doigtée dans son bureau. Je ne sais pas si tout le monde voit les choses comme moi, mais j'ai toujours pensé qu'il y avait une hiérarchie des actes sexuels. La pénétration est la dernière barrière. Tant qu'on ne l'a pas passée, ce n'est peut-être pas si grave. Désormais, c'est arrivé, ça aussi. À ce stade, il n'y a plus d'excuse.

Il fait l'éloge de mes formes, mes courbes auraient quelque chose de naturel, d'organique. « How God made it. » Je pense aux hanches anguleuses de Lou, que j'ai toujours admirées. Quand on est une femme, on est toujours perdante. Être une femme est une équation impossible où l'on essaie constamment de satisfaire les exigences de notre entourage. Être une femme réussie, c'est presque toujours être une femme mince. À travers notre minceur nous montrons aux autres que nous sommes irréprochables, disciplinées, déterminées, mais seules les femmes sont vraiment capables d'apprécier la minceur, car elles seules voient l'immense sacrifice que cela représente. Le regard de l'homme, celui qui compte en réalité, exige toujours autre chose que ce qu'il a déjà.

Ça arrive l'un des soirs où Lou se couche tôt à cause de sa migraine. Je me demande si elle est vraiment souffrante ou si elle n'a simplement pas le courage de nous regarder engloutir les spaghettis d'Ermelinda.

Ça arrive le plus naturellement du monde, comme si c'était déjà arrivé, et en un sens c'est vrai. J'ai déjà avalé sa semence, il a déjà fourré ses doigts en moi.

Après le dîner, nous nous installons dans le canapé, le canapé où il nous arrive de boire l'apéro. Le canapé où je passe mes journées. Il est placé dos à la maison, avec une vue imprenable sur l'extérieur. Il est invisible depuis la chambre de Lou, de laquelle on n'aperçoit que l'étoffe de lin blanc qui couvre l'alcôve.

Nous buvons du café et de la liqueur de noisette avec des glaçons. Ermelinda essore son torchon, sourit quand Renaud la remercie comme toujours pour le dîner et lui donne son congé jusqu'au lendemain. Nous contemplons la vallée, les collines brûlées, je pose mon pied sur la table basse, juste à côté de sa tasse de café. Le plus naturellement du monde, il le prend entre ses mains, comme ça, en passant, et entreprend de le masser tandis que nous continuons à discuter de la politique cinématographique française et du paysage postcolonial. C'est surtout Renaud qui tient le crachoir, il raconte son expérience de tournage dans les anciennes colonies, et poursuit en même temps son massage, le pied, la cheville, le mollet, la cuisse, puis ses doigts sont de nouveau là, mais cette fois, Lou ne m'a pas rappelé de tomber la culotte. Ses doigts rencontrent une résistance, je ne fais rien pour lui faciliter la tâche, ce qui allège en quelque sorte ma culpabilité. Pourtant, cette fois, je ne peux pas feindre de ne pas savoir ce que je veux. Il écarte sans difficulté mon sous-vêtement mouillé.

Il me couvre de louanges, de mots sur la forme organique de la femme, prononce mille autres paroles dont je tente de faire abstraction pour ne pas sortir de l'ambiance. Ses doigts sont en moi, il se caresse en même temps, puis m'attire vers lui, me retourne contre le dossier et me prend là, sur le canapé blanc du salon de jardin. Il pousse un gémissement puissant, et je pense à Lou.

Je pense à Lou du début à la fin, j'ai l'impression que je n'ai jamais été aussi proche d'elle, pas même lorsque j'ai partagé son lit, pas même lorsque j'ai regardé les vingt-deux films. Je me rappelle précisément son corps, son visage, ses mouvements sous lui, devant lui, pour lui. C'est comme si cette connaissance était gravée en moi, devenant une partie de moi. Je maîtrise le rôle à la perfection. Je bouge comme elle, je gémis comme elle, je deviens elle, à cet instant, avec son homme. Ce n'est pas agréable, mais ce n'est pas désagréable non plus.

Après, il ne dit pas à quel point nous nous ressemblons, mais je sais qu'il le pense et de tout l'acte sexuel, c'est ce qui me comble le plus.

XIII

Elle me rejoint dans ma chambre à l'aube. Pour une raison qui m'échappe, je n'ai pas fermé les volets. La pièce est plongée dans une obscurité grise. Ici, même la nuit n'est pas noire. Je vois qu'elle ne porte qu'un kimono de couleur pourpre. Elle est nue au-dessous. Je suis habituée au corps de Lou, habituée à ce qu'on m'impose sa vue. Autrefois, il était difficile de savoir où s'arrêtait mon corps et où commençait le sien. Cela fait longtemps à présent, mais j'ai l'impression que c'était hier. Ses cheveux sont hirsutes, ses yeux brillent. Je crois d'abord qu'elle vient me voir parce qu'elle *sait*, mais elle ne le mentionne pas.

« Je peux venir dans ton lit ? » demande-t-elle alors qu'évidemment, oui.

Ses pieds sont glacés, comment est-ce possible ? Ici, il ne fait jamais froid. L'odeur de Renaud émane encore de moi, je sens monter de sous la couverture un effluve de sexe. À moins que ce soit elle. Elle n'a pas l'air de le remarquer.

Elle appuie la tête contre mon épaule et s'endort immédiatement. Je reste éveillée, à écouter sa respiration. J'ai dû fini par m'assoupir, car quand j'ouvre les yeux, il fait jour dans la chambre et Lou me regarde. Les cheveux mouillés, vêtue de l'un de mes débardeurs. Sur elle, tout habit paraît cher et luxueux. Elle a cette capacité. Même mon vieux débardeur côtelé paraît beau. Ses tétons se dessinent sous l'étoffe. De petits bourgeons. Loin des chiots dépressifs. Ses cheveux dégoulinent.

« Bonjour, dit-elle avec un sourire. Tu as bien dormi ? »

Nous descendons ensemble, Lou me tient même par la main, nous allons voir Ermelinda. Elle commande une grande assiette de brunch, à partager. Nous nous attablons à l'extérieur. Le soleil brille avec la même violence que d'habitude, l'eau de la piscine scintille. Je me demande ce qui s'est passé, à moins que ça ne se soit passé à l'intérieur de moi.

« Où est Renaud ? »

Lou me considère. Ses yeux multicolores sont ternes aujourd'hui, comme la mer, me dis-je, dépourvus de couleur, de simples miroirs qui reflètent le paysage alentour, éphémères.

« Il… je ne sais pas. Peut-être qu'il… fait du vélo. »

Elle pince les lèvres, la supérieure paraît si fine. J'aperçois soudain le visage qu'elle aura dans ses vieux jours, à condition qu'elle vieillisse naturellement. Je regarde l'heure sur mon portable. Près de dix heures. Lou sait toujours où il est, qu'il soit en train de pédaler ou qu'il participe à un gala de bienfaisance. Je lève les yeux vers Lou. Elle déglutit.

« Il s'est passé quelque chose, confie-t-elle. Hier.

— Qu'est-ce qui s'est passé ?

— C'est dur à expliquer. Parfois, je n'en peux plus d'être sa chose. »

Plus tard, nous sommes installées dans le canapé extérieur (j'ai l'impression de voir l'empreinte du corps de Renaud sur les coussins, mais ça doit être une illusion). La tête posée sur mes genoux, elle commence à raconter :

« Je me sens comme Danny Glover dans *L'Arme fatale*. I'm too old for this shit, en fait. »

Je lui caresse les cheveux. Ils sont doux, comme les poils d'un chien bien shampouiné. Un chien de race.

« Parfois j'ai l'impression que je… Je ne sais pas.

— Vas-y, parle. »

Elle se hisse sur un coude, la peau de son cou se plisse, comme un petit accordéon brun en cuir.

« Je ne sais pas… Je devrais peut-être faire des enfants. Ça me changerait les idées. Et ça me donnerait une excuse.

— Une excuse pour quoi ?

— Pour décliner des propositions. » Elle hausse les épaules. « Dans ce milieu, si on n'accepte pas toutes les offres, on est condamné.

— Pourquoi tu ne fais pas un enfant alors ? »

Elle rit.

« Avec un vieux ? Pas question.

— Sans lui, dans ce cas. »

Je me demande si elle est au courant. Hier, dans le canapé, il m'a dit avoir subi une vasectomie. « Don't worry, Katja, there will be no kids. » Si tant est que ce soit vrai. Elle embrasse le jardin du regard. Dans l'oliveraie, on aperçoit un scintillement, comme un reflet solaire. Je pense à Roméo, je ne l'ai pas vu depuis la soirée, quand il était à côté de Renaud.

« J'ai plusieurs amies qui ont fait un bébé toutes seules. »

Elle me regarde.

« Qui ?

— Tu ne les connais pas. »

Elle soupire.

« Je ne me vois pas dans ce rôle. Maman solo. Comme ma mère, quoi. C'est trop… Je me sentirais enfermée. Jamais de pause. Toujours le gosse et moi. Ma mère et moi. Ce n'est pas bien.

— On n'a qu'à avoir un enfant ensemble. »

Elle grimace, une sorte de sourire tordu. Je me demande à quelle fréquence elle se blanchit les dents.

« On peut s'installer en coloc, avec d'autres femmes. »

Un authentique sourire se dessine à présent sur son visage. Ses dents m'éblouissent.

« Non, laisse tomber la coloc. On noie Renaud dans la piscine et tu emménages avec moi. Roméo nous met en cloque, on fait plein de gosses et on s'en occupe ensemble.

— Et Ermelinda nous file un coup de main ?

— Bien sûr ! »

Elle éclate de rire. C'est comme si le projecteur s'allumait de nouveau. Il est là, l'effet Lou. Cela faisait si longtemps qu'elle n'avait pas braqué son faisceau lumineux vers moi. Je le sens dans tous mes membres, je me ramollis. Toutes mes inquiétudes se dissipent. Elle ne sait rien, au sujet de Renaud et moi, elle ne peut pas savoir. C'est elle et moi. Comme toujours. Meilleures amies.

Je sens dans mon corps les échos de ce moment, où que je me trouve. C'est ça que j'attendais, dont je me languissais. Je l'avais tellement espéré. C'est la raison pour laquelle je suis venue. C'est une sensation physique, comme une corde invisible qui nous lie, ou un aimant. Une dépendance. Je sais où elle se trouve, je suis dans son champ magnétique.

Renaud débarque dans l'après-midi, en tenue de cycliste, mais il ne boit même pas un café avec nous près de la piscine, ses lunettes de sport lui cachent les yeux et il ne s'adresse qu'à Lou quand il annonce qu'il doit partir quelques jours, c'est urgent. Lou opine, semble savoir de quoi il retourne, en tout cas elle ne pose pas de questions.

« Où devait-il aller ? » je demande, plus tard ce soir-là, installée dans la salle de cinéma devant *Mary à tout prix*.

Lou enchaîne les fous rires, grogne comme un cochon entre chaque gloussement. C'est la première fois que je revois le film depuis sa sortie et je dois dire qu'il a très mal vieilli.

Elle ne se tourne pas vers moi, garde le regard rivé à l'écran tout en portant à la bouche des chips d'algue. J'ai goûté, c'est dégueulasse.

« Aider son pote. Attester de sa bonne moralité.

— Quel pote ? je demande, bien que je connaisse pertinemment la réponse.

— À ton avis ?

— Mais c'est scandaleux ! »

Elle met le film en pause et me dévisage – l'image se fige sur Mary, la frange raide de sperme séché.

« Vraiment ?

— Oui.

— Ça te choque vraiment ? »

Son visage affiche la même expression que le jour où nous nous sommes parlé pour la première fois. Si authentique, mis à nu.

« Je ne comprends pas. »

Elle soupire, on dirait qu'elle n'en revient pas de devoir m'expliquer.

« Sándor est un putain de gros porc, ça crève les yeux. Je crois qu'on ne peut pas réussir comme il l'a fait si on ne l'est pas. Tout le monde est au courant dans le milieu. Tout le monde sait tout. N'empêche que Renaud est son ami. Ils se serrent les coudes, quoi. » Elle sirote son eau de coco. « Imagine si je te demandais quelque chose. Même si tu savais que j'avais fait… la connerie en question. Tu ne mentirais pas pour me protéger ? »

Je pense à toutes les fois… toutes les fois où elle m'a demandé ou pas demandé. Je hoche la tête. Elle hausse les épaules et relance le film.

« C'est la même chose, Katja. La seule différence c'est qu'ils ont du pouvoir. Pas nous. Mais tout le monde protège ses amis. C'est ça, l'amitié. »

Le soir, nous nous glissons ensemble dans son lit à baldaquin africain. Nous nous endormons côte à côte, nos doigts entrelacés. Le lendemain matin, nous nous douchons ensemble avant de descendre retrouver Ermelinda qui nous sert à chacune un smoothie vert. Ce n'est franchement pas mauvais, le gingembre et le citron apportent une fraîcheur qui contrebalance le goût de céleri. Lou m'a prêté une tenue de yoga et je me suis coiffée comme elle. Nous attendons Marie. Elle nous a préparé une séance particulièrement corsée.

« Alors, des nouvelles de Renaud ? »

Elle secoue la tête. Sa queue-de-cheval lui fouette la nuque. On dirait qu'elle s'en fout. Je me sens idiote. Pourquoi cela me touche-t-il autant si elle-même s'en moque ?

« Ça m'a fait du bien de prendre des vacances. Je n'en ai pas pris depuis que j'ai commencé à bosser. En tout cas pas autant, tout un été. Mais je me suis un peu ennuyée, aussi. » Elle me regarde, soudain inquiète. « Désolée, Katja, ce n'est pas ce que je voulais dire. Je suis si heureuse que tu sois venue. Que tu sois là. Ça m'a permis de retrouver une partie de moi avec laquelle je n'avais pas eu de contact depuis longtemps. » Elle prend ma main entre les siennes et l'embrasse. « Tu es mon ancre, baby. »

Je souris, embarrassée.

Nous sommes interrompues par le « bonjour » suraigu de Marie qui nous parvient depuis la piscine.

Faire de l'exercice avec Lou est plus facile que seulement avec Marie. Ça me rappelle les fois où nous allions danser. Dans un bar, une boîte, un club. C'est toujours Lou qui voulait danser. Moi je ne savais pas ce que je voulais, je l'imitais. Aujourd'hui quand je sors sans elle, je n'aurais jamais l'idée de danser comme elle le faisait, comme nous le faisions. Les yeux mi-clos, les bras levés, le top qui remontait, dévoilant un ventre plat. J'imagine qu'elle le fait encore. Elle a toujours aimé avoir tous les regards braqués sur elle. Moi, ça m'a toujours mise mal à l'aise. Je me sentais inhibée. Ça m'a paru plus simple quand j'ai compris que personne ne me regardait, que tout le monde ne regardait qu'elle. J'ai la même sensation lors de notre routine de Power Pilates avec Marie.

Plantée sur mon tapis, aux côtés de Lou, je sens une petite brise envelopper l'aire de yoga. Marie ajuste la position de nos corps, nos bras, nos jambes, une légère pression de sa main vers le haut, vers le bas, sa voix douce qui complimente, toujours.

« Ce que je déteste chez elle, c'est qu'elle nous caresse dans le sens du poil », se lamente Lou après la séance.

Nous nous étirons en buvant de l'évian.

« J'ai trouvé ça super sympa !

— Mais oui, c'est super sympa, c'est bien ça le problème. Je voudrais qu'elle nous pousse à fond, qu'elle nous fasse souffrir, mais tout ce qu'elle sait dire c'est "Écoute ton corps" et ces conneries de pleine conscience. »

Le soleil nous cuit, impitoyablement haut dans le ciel. Pas de merci à trouver là-haut.

Nous dormons ensemble, nous nous douchons ensemble, nous rêvons ensemble. Un matin, Lou annonce qu'elle doit se rendre en ville. J'en suis étonnée.

« Tu peux rester ici, si tu veux. »

Elle pose la main sur mon bras. Ses ongles sont d'un rose si pâle, sa peau tannée comme un sac en cuir. Les interstices entre ses doigts sont si blancs.

« Il fait une chaleur à crever en ce moment. Aux infos, ils parlent de records de température. D'ailleurs, cette semaine est toujours la plus chaude de l'année. Dans ces conditions, il arrive souvent qu'ils déclarent une vigilance mistral. »

Je mords dans mon croissant. Les miettes saupoudrent mes jambes nues.

« C'est quoi la vigilance mistral ? »

Je me demande à quel moment elle regarde les infos.

« Le mistral est un vent qui ne souffle que dans cette région, mais surtout l'hiver ou au printemps. C'est une sorte de tempête. C'est inimaginable ! Une année, tous les meubles de jardin ont fini dans la piscine. C'est impossible de rester dehors. »

Elle sirote son jus de légumes. Ce que nous ne faisons pas ensemble, c'est utiliser les toilettes. Je me demande ce qui sort de son corps, si tant est qu'il en sorte quelque chose. Une bouillie verte, comme l'essentiel de ce qu'elle ingère.

« Reste ici, toi. Ça va être l'horreur en ville. »

Elle gesticule. Elle secoue les mains, comme si elle voulait détacher quelque chose de collant de ses doigts.

« Tu sais quand Renaud va rentrer ? »

Elle hausse les épaules, mais je remarque que sa lèvre supérieure se fige, très légèrement, bien qu'elle feigne l'indifférence.

Après son départ, je monte me coucher dans son lit. Je ne dors plus dans ma chambre. J'y passe en coup de vent pour me changer, mais je porte surtout les vêtements de Lou à présent. Ses tuniques, ses robes de plage, ses T-shirts oversize. La plupart des fringues me vont bien, j'ai dû perdre du poids, sans avoir vraiment essayé. Allongée dans le lit, je feuillette un scénario auquel elle m'a demandé de jeter un coup d'œil. Un texte que son agent lui a envoyé, écrit par une jeune réalisatrice expérimentale, taïwanaise, si je ne m'abuse, et Lou « ne sait pas trop quoi en penser ». J'essaie de lire sans parvenir à me concentrer. Le vrombissement de la climatisation est plus fort que d'habitude, je me demande si c'est parce qu'il fait plus chaud ou si elle est en train de nous lâcher.

Au bout d'un moment, je m'allonge par terre, dans la pièce dressing. Le silence règne, il fait plus frais, la moquette est douce. Le scénario n'est pas mauvais. Différent. Ça parle de féminité, de manière un peu ésotérique. Le récit présente deux moi, un jeune et un plus âgé, qui devraient tous deux être incarnés par Lou. Les deux femmes déambulent dans une grande ville, on ne sait pas exactement laquelle, et se rencontrent par le biais de connaissances communes. Elles finissent par trouver une porte qui se révèle être un portail vers d'autres époques. L'ancien et le nouveau moi se mettent d'accord pour échanger leurs rôles. C'est difficile à justifier, mais j'ai immédiatement la sensation d'avoir devant les yeux un texte de grande qualité. Original. Un peu comme si *Interstellar* n'avait pas été transformé en blockbuster hollywoodien.

Je tente de me représenter Lou dans ce rôle. Ça lui irait comme un gant. Pas beaucoup de répliques, surtout des réactions aux prises de parole des autres personnages. Pour le moi âgé, elle devra sans doute se vieillir avec du maquillage. Je me demande comment elle prendrait ça.

Elle devrait vraiment accepter ce rôle. Elle dit toujours qu'elle se moque des prix et des récompenses, mais ce n'est peut-être qu'une posture.

Quand j'ai terminé, je roule sur le dos et reste à fixer le plafond. Puis je me tourne sur le côté, quand soudain je la vois. Au fond de l'armoire, une gigantesque valise Samsonite couleur argent que j'ouvre. Je trouve ce que je cherchais sans le savoir. En apercevant la robe, mon cœur se met à battre. Je sais que c'est elle. La robe de *Babetta*. La robe iconique. Celle qu'on se représente quand on entend le titre du film. Blanche, rubans bleu pâle, style Empire, je crois, resserrée juste sous la poitrine, mais pas au niveau de la taille. Manches longues en dentelle, cousue à la main, de la belle ouvrage. Je n'ai jamais palpé de la dentelle véritable et suis étonnée de la douceur. Elle n'a pas ce côté plastique que possède la dentelle confectionnée en usine.

Je plonge le nez dans l'étoffe. En émane une odeur de poussière, de parfum, et là, quelque part, de transpiration. La robe est légendaire, en tout cas pour les cinéphiles, au même titre que le costume d'Edward aux mains d'argent, le pyjama de Superman de Christopher Reeves ou le bikini doré de la princesse Leia. Lou a porté cette robe dans plusieurs scènes centrales du film. Je suis étonnée qu'elle l'ait conservée, elle n'a jamais été particulièrement sentimentale. Pas comme moi. J'ai gardé toutes les roses séchées des premières de tous les spectacles auxquels j'ai participé. Un carton de déménagement entier, dans ma cave. La dernière fois que j'y ai jeté un coup d'œil, ça bruissait dans les courants d'air. Je prends la résolution, à cet instant précis, de balancer le carton dès que je rentre chez moi. Si j'avais joué dans un film, j'aurais sans doute aussi voulu conserver un accessoire, en souvenir.

Je serre la robe entre mes bras, comme un petit être fragile que je veux sauver. Puis je me décide. À moins que ce soit la robe qui décide pour moi. Je ne peux m'en empêcher. Je retire mon débardeur et mon short en jean et je l'enfile. Quand je me découvre dans le miroir, mon cœur s'emballe. L'espace d'un instant, je suis incapable de différencier mon reflet de Babetta, de Lou. Je lui ressemble à s'y méprendre. Peut-être est-ce le regard ? Ce regard à la fois si fragile et si franc. Existe-t-il chez moi ? Je ne le savais pas, mais cela m'emplit de joie. Une pensée me traverse l'esprit : s'il arrivait quelque chose à Lou, Dieu nous en préserve, si elle prenait un virage un peu trop rapide, faisait une sortie de route et disparaissait dans un ravin, si elle se noyait dans la piscine ou s'étouffait avec un bouquet de brocoli, si quelque chose de terrible lui arrivait, alors je serais là, prête à prendre sa place.

Alors, c'est ça que l'on ressent ? J'ai l'impression de me trouver à deux endroits simultanément. Non, d'être deux personnes en même temps. Ou plutôt, de posséder deux regards. Je suis à la fois moi-même qui me regarde dans cette robe, dans ce film, mais je suis aussi celle qui joue dans le film, qui porte cette robe, qui regarde le spectateur. Ça forme le signe de l'infini, comme dans le palais des glaces, avec des miroirs qui se reflètent perpétuellement. Je sens ma culotte s'humecter. Qui suis-je ? Le regard dans le miroir dit tout. Tout sur ce que je suis, ce que j'ai été, ce que je serai, et tout ce que j'aurais pu être. Que ça aurait pu être moi. Que ça n'a aucune importance. Que ce soit elle ou moi. Toutes les réalités peuvent coexister.

C'est pourquoi, quoi qu'il se passe maintenant, rien n'a plus d'importance. Que Renaud revienne, gravisse l'escalier, entre dans le dressing de Lou et me trouve en robe de Babetta, qu'il me baise là, sur le pouf couleur champagne ; que Lou rentre de son peeling chimique, rouge comme une écrevisse, qu'elle pénètre dans son dressing et découvre sa meilleure amie (dans ses fringues) et son mec, les sexes enchevêtrés l'un dans l'autre. Ou que Renaud ne rentre pas, mais que Lou oui, et qu'elle trouve sa meilleure amie dans la robe qui a changé sa vie (la vie de qui ?). Ou que personne n'entre, que j'ôte le costume et le range là où je l'ai trouvé tandis que mes doigts lissent doucement, amoureusement, tendrement la dentelle pour la défroisser.

Autour du dîner, elle me demande ce que j'ai pensé du scénario. Je hausse les épaules en disant que je ne suis pas sûre d'avoir compris. Elle hoche la tête. Une petite ride prudente se dessine entre ses sourcils tandis qu'elle déguste son bourgogne blanc.

« Tu as sans doute raison, concède-t-elle. Trop art et essai. »

Cette nuit-là, je dors dans mon lit. Le mien, dormir, façon de parler. Incapable de trouver le sommeil, j'écoute le hoquet de la climatisation qui fonctionne tant bien que mal. Je pense à mon vrai lit, chez moi, rue Bondegatan. Mon studio. Je me demande si mes plantes ont survécu, quelle est la température à Tanto, j'imagine plonger la tête dans une eau froide scandinave, le rafraîchissement si particulier qu'elle confère, comme si toutes les pensées s'apaisaient, devenaient limpides. La mer me manque, j'en ai besoin. Je la vois tous les jours au loin, en contrebas, avec de petits yachts éparpillés à la surface comme des jouets de bain, mais elle me manque. Je pense au regard de Lou. On remarque immédiatement quand le projecteur s'éteint. L'effet Lou. Je sais bien que tôt ou tard, elle se focalisera sur quelqu'un d'autre, et m'abandonnera de nouveau. Demain, dans un mois, peu importe. L'attente, c'est presque le plus dur. À la fois le plus dur et le plus jubilatoire.

Devant la fenêtre, le vent se lève. Je cherche « mistral », sur Google.

C'est un vent froid provenant du golfe de Gascogne, provoqué par la différence de pression entre un anticyclone et une dépression. Il touche en particulier la côte du sud de la France, et survient surtout au printemps et à l'automne, mais il arrive, comme Lou me l'a expliqué, qu'il souffle en été. Dans ce rare cas, c'est lié aux conditions météorologiques locales, et le mistral suit souvent une période de canicule. En hiver, sa violence est considérable. Il charrie du sable et contribue à créer ce climat sec si caractéristique du Midi. Dans les cas les plus extrêmes, en période estivale, le mistral peut attiser les incendies. Certains mythes voudraient même qu'il influence l'humeur et la psyché des habitants lorsqu'il balaie la région.

XIV

Le lendemain, quand j'ouvre les volets, le ciel est couvert. Je pense d'abord avoir mal vu, je suis obligée d'ouvrir la fenêtre. Peut-être est-ce à cause de la vigilance mistral dont Lou me parlait. Je descends l'escalier, et l'entends s'égosiller depuis le bord de la piscine.

« Katja ! »

Le ton de sa voix me fait accélérer. Une fois dehors, je la vois immédiatement, elle marche dans la piscine, son T-shirt blanc lui colle au corps et tout près d'elle, Renaud, sur le ventre, en slip de bain, le visage immergé. Sans réfléchir, je me jette à l'eau. Mon T-shirt colle aussi quand nous le hissons sur la margelle. Le haut de Lou est devenu transparent, ses tétons pointent sous l'étoffe fine.

Ermelinda sort sur la terrasse, des sacs en plastique verts dans chaque main pendent telles des grappes de raisins boursouflés, elle murmure « Dios mio », et Lou lui crie d'appeler une ambulance.

En attendant les secours, nous nous relayons auprès de Renaud. Bouche-à-bouche. Massage cardiaque. Quand je presse mes lèvres contre les siennes, les images reviennent me hanter. Contre mon gré. Je frissonne. Nous sommes trempées toutes les deux. Je claque des dents. La mer semble noire là-bas, au loin. Et s'il mourait ? Soudain, il hoquette, tousse, ouvre les yeux (je crois) avant de les refermer, mais c'est suffisant pour que Lou éclate en sanglots. De grosses larmes s'écrasent sur le corps inerte de Renaud. Comme de la pluie. Nous l'enveloppons dans des draps de bain blancs, frictionnons son corps pour le sécher. Je me dis qu'elle doit vraiment l'aimer, et je revois ses mains, comme elles fourrageaient à l'intérieur de moi. Sa queue au fond de ma gorge. Si seulement je pouvais chasser ces images une bonne fois pour toutes. Quel genre d'amie suis-je ?

Les ambulanciers louent la célérité de notre réaction. Lou les remercie comme s'ils ne s'adressaient qu'à elle. Renaud est conscient quand le véhicule l'emporte, mais son regard est embué. Il a l'air déboussolé. Comme ma voisine du dessous, quand elle s'est cassé la jambe dans les escaliers. Je n'avais pas réalisé à quel point elle était âgée. J'ai la même impression pour Renaud. Le voyant sur la civière, masque à oxygène plaqué sur la bouche, je me dis que c'était moins une. Il aurait été si facile de le laisser dans la piscine. De le trouver une minute plus tard. Elle doit vraiment l'aimer.

Lou insiste pour l'accompagner à l'hôpital. Je me retrouve seule avec Ermelinda. Elle me sourit et disparaît dans la cuisine pour ranger les courses. Je reste là, assise au bord de la piscine, je contemple la mer au loin, qui semble noire, le jardin, l'oliveraie. Je vois des mouvements dans l'orangerie. Mes pieds m'y amènent, contre mon gré.

Roméo sourit en m'apercevant. Ça ne lui sied pas. Sa bouche se tord dans un rictus forcé, figé, à cause de sa cicatrice, mais ses yeux pétillent. Il semble heureux de me voir.

« Vous êtes au courant pour Renaud ?

— Ce n'était qu'une question de temps pour ce fossile. »

Je lui souris, pas sûre de bien comprendre.

« Cet homme est une crise cardiaque ambulante, précise-t-il.

— Comme tous les Français ?
— Certains plus que d'autres... »

Il me raconte qu'il lui reste un trimestre d'études avant l'obtention de son diplôme de dentiste. Il pourra alors quitter ce trou pour ne plus jamais y remettre les pieds.

« Certains adorent cet endroit, tu dois trouver ça merveilleux, mais pour moi... » Il secoue la tête. « J'ai l'impression que ce lieu me possède. Ça doit être difficile à comprendre, mais je me sens prisonnier. Peut-être qu'ailleurs, je serai heureux. »

Je lui dis que je comprends, mais je ne suis pas vraiment sûre que ce soit vrai. Il poursuit, parle de tout le temps perdu, que ç'aurait été plus rapide s'il n'avait pas été obligé de travailler tout en poursuivant ses études. Je hoche la tête. Nous ne sommes pas tous nés avec une cuillère d'argent dans la bouche, qu'il s'agisse de capital financier ou culturel. À moins que tout ne soit qu'une question de confiance en soi ? Obtenir ce qu'on veut, réussir. Naît-on avec ? Cela peut-il s'apprendre ? Je ne dis rien de plus. Au bout de quelques instants, il s'excuse, il doit continuer à travailler. Je pense à ses lèvres. Quand c'est arrivé, je croyais que l'envie était partagée. À présent, je n'en suis plus si sûre.

Lou rentre dans la soirée. Elle est épuisée, veut aller se coucher tout de suite, mais prend le temps de me raconter que les médecins ont constaté une petite hémorragie cérébrale, sans doute bénigne. Ils le gardent en observation et si son état se stabilise, il pourra rentrer à la maison sous peu. Elle fouille dans le frigo, mais ne trouve rien. Elle finit par s'emparer d'une bouteille de vin blanc ouverte, se sert un verre sans m'en proposer. Je voudrais lui demander des précisions, mais Ermelinda entre dans la pièce et Lou lui présente en franglais le même compte rendu. Ermelinda opine du chef, « Don't worry », dit-elle.

Nous gravissons l'escalier côte à côte. Lou ne me regarde pas une seule fois dans les yeux.

« Tu me dis si je peux faire quelque chose. »

Ma tentative d'entrer en contact est vaine, elle ne répond pas, plongée dans son écran. Elle ferme la porte, en emportant son verre de vin blanc.

Les jours qui suivent, la tempête fait rage, et un matin, à mon réveil, la piscine a été recouverte d'une bâche blanche. Par Roméo, j'imagine. En descendant au rez-de-chaussée, j'entends du bruit provenant du bureau et je trouve un prétexte pour passer devant. Par l'embrasure de la porte, j'aperçois Lou, assise au bureau de Renaud, en visioconférence. Elle rit, parle, j'entends que ses joues sont roses alors même que je ne la vois pas. Je me demande avec qui elle discute. Près de la piscine, elle avait l'air authentiquement malheureuse. Ce n'est pas la même personne, là, derrière la porte. Je pense à la clé USB. Se trouve-t-elle encore dans le tiroir, à quelques dizaines de centimètres d'elle ? Ce n'est pas non plus la même personne.

Elle ne me demande pas de lire d'autres scénarios, et je reste en retrait. J'ignore pourquoi je me sens à ce point coupable. Après tout, c'est elle qui m'a demandé de venir, et sans moi, elle n'aurait pas réussi à le sortir de la piscine. Je reste surtout dans mon lit à bouquiner. Parfois je cherche des billets d'avion sur Internet, mais je ne veux pas qu'elle ait l'impression que je fuis, et très sincèrement je n'ai pas envie de partir. Tout ce que je veux, c'est qu'elle rallume le projecteur. Je sais bien que son mec est à l'hôpital, enfin, son mec, son vieux, quoi. Comment peut-on être aussi égoïste ? Je finis toujours par fermer les onglets liés à mes recherches de billets et je reprends mon livre. Elle n'a qu'à me demander de partir si elle ne veut plus de moi. Elle n'a qu'à me virer.

Renaud finit par rentrer. Il a été absent près d'une semaine. Le mistral ne vient pas. Le vent se calme de jour en jour. Il arrive en fauteuil roulant, accompagné d'une infirmière. Je ne sais pas si elle vient de l'hôpital (il paraît peu crédible que les hôpitaux français disposent de telles ressources) ou travaille à son compte. Ermelinda aide l'infirmière à pousser Renaud jusqu'à son bureau, Lou les suit, sans proposer son assistance, puis son téléphone sonne, elle entre dans le bureau et les portes se ferment. Je reste immobile. Que suis-je censée faire, ressentir ? C'est tellement long que je finis par me lasser. Je retourne dans ma chambre. Je reste longtemps à observer le plafond avant de m'endormir.

Le lendemain, quand je descends pour le petit déjeuner, ils sont assis à côté de la piscine. Le temps est couvert. La chaleur oppressante. La piscine toujours bâchée. Renaud a une couverture sur les genoux et un regard absent. Il fixe l'oliveraie. La peau de son visage semble plus distendue, ses cheveux gris plus fins. Ça doit être une impression. Lou me sourit.

« Comment ça va ? »

Je pose la question en suédois, je ne veux pas le déranger. Lou sourit de nouveau, répond en anglais.

« Les médecins disent qu'il a eu de la chance. De la chance que je l'aie trouvé, qu'il ne soit pas resté plus longtemps dans l'eau, que nous ayons exécuté un massage cardiaque. Il aurait sans doute eu des lésions cérébrales si ça avait duré. Enfin, s'il n'était pas mort.

— Putain. »

C'est tout ce que j'arrive à sortir. Elle me prend la main et la serre dans la sienne. Ses yeux se mouillent de larmes.

« Merci, Katja. Je ne sais pas ce que j'aurais fait sans toi. »

Je me demande pourquoi Roméo n'est pas venu quand elle a crié, mais je ne dis rien. Sa main paraît froide dans la mienne, et ses longs ongles s'enfoncent dans ma paume.

« Les médecins disent qu'il n'aura aucune séquelle.

— Comme tu dois être soulagée !

— Enfin, ils disent qu'il sera capable de marcher et de parler. »

Je lui souris.

« Et d'aller aux toilettes seul. »

À présent, c'est elle qui sourit.

« Après ce genre de chose, on prend conscience de ce qui importe dans la vie.

— Oui », dis-je, bien que je ne sois pas bien sûre d'avoir compris quoi.

L'infirmière s'approche (ce n'est pas la même qu'hier) et annonce que c'est l'heure des médicaments de monsieur. Lou se lève pour l'aider, mais Ermelinda se précipite pour prendre sa place. Renaud ne réagit pas, il se laisse pousser sans croiser ni mon regard ni celui de Lou, placide. Je me demande s'il comprend ce qui se passe autour de lui.

Lou s'assied, se sert un verre de vin de la bouteille fichée dans le seau à champagne à côté de la table, allume une des cigarettes de Renaud.

« Putain, j'ai eu la peur de ma vie ! »

Je hoche la tête, avale une gorgée de Coca Zero. Le gaz crépite contre mes dents.

« À l'hôpital, ils m'ont prise pour sa fille. »

Je hoche de nouveau la tête.

« Qu'est-ce que tu as ressenti ? »

N'est-ce pas le genre de réflexion à laquelle elle doit être habituée ? Mais je ne sais pas dans quelle mesure ils s'affichent ensemble dans le vrai monde. Le monde où les gens ont ce genre de pensées. Dans le microcosme du cinéma, personne ne se pose jamais ces questions, lors des galas de bienfaisance non plus. Elle hausse les épaules.

« Je devrais peut-être l'épouser, après tout », déclare-t-elle au bout d'un long moment, le regard rivé sur la mer qui s'étire comme un miroir gris à l'horizon. « Imagine, s'il lui était arrivé quelque chose. Que se serait-il passé ? Qui s'occuperait de tout ça ? »

D'un geste circulaire, elle embrasse la piscine, l'oliveraie. Cela fait plusieurs jours que je n'ai pas vu Roméo. J'ignore si c'est parce que je suis restée en retrait. Ou lui.

J'acquiesce.

« C'est peut-être la meilleure solution, renchérit-elle. Je me suis toujours dit que tant que je ne restais que sa petite amie, il n'était pas sûr de pouvoir me posséder, en quelque sorte. Il ne pouvait pas me traiter comme il traitait ses autres femmes. Enfin, ses ex. Coucher à droite à gauche. Faire souffrir les gens. S'il n'est pas sûr que je reste, il n'osera pas me faire ça. »

Elle me dévisage. Ses yeux semblent presque gris. Je déglutis.

« Tu trouves que c'est une erreur ? » Elle prend ma main. « À ton avis, qu'est-ce que je dois faire, Katja ?

— Tu l'aimes ?

— On ne peut pas dire que je ne l'aime pas. Et j'aime notre vie. La liberté. Cet endroit. »

Elle exécute de nouveau ce geste circulaire avec le bras.

Je pense à l'autre choix. Le mien, le sien. Celui de l'individu lambda. Avons-nous vraiment le choix ? Sommes-nous qui nous sommes ou qui nous devenons ?

J'aurais aimé être une meilleure personne. Plus bienveillante. Mais je ressens un pincement de plaisir en songeant qu'elle pourrait l'épouser, maintenant qu'il est si rabougri, maintenant que sa décrépitude saute aux yeux. C'est un vrai numéro d'équilibriste, la vieillesse, une surprise quand elle nous prend, et de quelle manière. L'idée qu'elle vive ici jusqu'à la fin de ses jours, sans que personne ne dépense un centime pour voir son dernier film au cinéma, l'idée qu'elle serait davantage *à moi* me plaît. Ou n'est-ce pas parce que sa carrière d'actrice serait également terminée ?

Au rez-de-chaussée se trouvent plusieurs chambres d'amis. Je n'y suis jamais entrée, je pensais qu'il ne s'agissait que de buanderies. Ermelinda a arrangé une des pièces pour en faire la chambre de malade de Renaud. Elle a traîné des meubles et des objets, je lui ai proposé mon aide, mais elle a décliné d'un geste de la main. Il dort derrière cette porte, se réveille (je crois) derrière cette porte, on le lave derrière cette porte, enfin, j'imagine, car les rares fois où Ermelinda le sort dans son fauteuil, il dégage la même odeur que d'habitude. Ni effluve d'hôpital ni odeur d'urine. Mais qu'en sais-je ? Ce n'est pas comme si je m'approchais encore de lui. Les infirmières se relaient à son chevet, il y a toujours quelqu'un. Surtout Ermelinda. Elle entre et sort de sa chambre, chargée de plateaux, pots, bouteilles, verres. Avec ou sans Renaud. Elle ferme la porte sans bruit, délicatement. La villa reste d'une propreté éclatante, comment y parvient-elle ? C'est un mystère. Elle travaille peut-être la nuit, quand nous dormons. Elle semble avoir passé la vitesse supérieure. Les rares fois où je croise son regard, ses pupilles sont ardentes, elle irradie, mais nos yeux se sont-ils déjà croisés avant ça ? On dirait qu'elle a changé. Pas Renaud. En tout cas, ce que j'en vois. Lou me dit qu'il fait des séances de kinésithérapie, mais je n'y assiste jamais. Je n'entre jamais dans sa chambre.

C'est le matin, un vendredi, quelque part entre fin juillet et début août. C'est là qu'elle me l'annonce. Nous sommes à table, Lou et moi. Renaud ne s'est pas montré. J'ai l'impression qu'il se tient à l'écart plus que nécessaire. Comme s'il avait honte de son grand âge et de la manière dont il l'a rattrapé. Mais comment savoir ? Les rares fois où je l'ai aperçu, il avait le regard vitreux, visiblement incapable de honte ni d'autres sentiments. Peut-être Ermelinda essaie-t-elle de le protéger. Elle est devenue le prolongement de son bras, une sorte d'ersatz de lui-même. J'ai vu d'autant plus Lou. Je crois que Marie est venue tous les deux jours, sinon davantage. Lou a aussi reçu la visite du coach aux allures de Jason Bourne. Ses muscles sont irréels, comme un animal dans la savane, un lion ou un buffle.

Du mistral, il ne reste aucune trace. La piscine m'attire comme un aimant.

« Je commence mon tournage lundi. »

Elle balance ça de but en blanc, comme si elle m'informait qu'il y avait plus de lait d'amande ou que la douche était bouchée. Rien de particulier. Elle est plongée dans un scénario posé devant elle.

« Ah bon. » Mon cœur s'emballe. « Je ne le savais pas. De quel film s'agit-il ? »

Elle hausse les épaules, sirote son café latte enrichi en collagène.

« Bah, c'est juste ce rôle de maman dont je t'ai parlé. Je vais jouer la mère de Ronan dans une sorte de réécriture moderne d'Œdipe. »

Je ne comprends pas ce qui est censé être moderne dans cette adaptation, et je sens immédiatement que ce n'est pas le moment de le demander. Elle lève les yeux vers moi tout en aspirant bruyamment sa boisson, censée maintenir ses joues rebondies et lisses, ses lèvres pulpeuses, comme des fruits bien mûrs. Quand on est mince, les rides apparaissent plus tôt, c'est comme ça, mais sa beauté est intacte, c'est indéniable. Sa chevelure n'a pas toujours été aussi claire, dorée, mais elle a toujours scintillé autour de son visage. Ses yeux d'un turquoise fluorescent sont rivés sur moi, plantés en moi.

« Je suis si heureuse que tu sois venue, Katja. Tu es vraiment ma meilleure amie. Avec toi, je peux être moi-même. Tu me comprends. C'est tellement agréable. »

Je hoche la tête, marmonne « pareil » avant de m'excuser, je dois filer aux toilettes. Je suis prise de vertige en me levant. En entrant dans la maison, l'obscurité voile ma vue. M'avait-elle dit quand nos petites vacances allaient se terminer ? Elle l'a peut-être fait sans que je m'en souvienne. Je ne me rappelle pas non plus qu'elle m'ait dit qu'elle allait jouer la génitrice de son partenaire de *Babetta*, même si c'est le genre de détail qu'elle a dû me raconter, c'est certain. Je n'ai pas été assez attentive, bien sûr. Trop égocentrique. C'est sans doute pour ça qu'elle veut que je parte. J'imagine ce film. Je me le représente. Comme une longue expiration. Un soupir.

Je me laisse tomber par terre à côté des toilettes, dans ma salle de bain, et je laisse les larmes couler. Ça n'a jamais été mon choix. Comment cela aurait-il pu l'être ? Ce n'est jamais moi qui décide la quantité de Lou qui m'est impartie. Ou à quel moment.

Les gens ne sont jamais comme on voudrait qu'ils soient. Nous leur attribuons les caractéristiques que nous leur souhaitons, selon ce que nous voulons d'eux. Elle appelle quand elle a besoin de moi, et quand elle en a terminé, elle me chasse. De plus en plus de temps s'est écoulé entre ses convocations et, chaque fois, j'ai eu peur que ce soit la dernière. La dernière fois qu'elle ait besoin de moi.

Quand je me lève, ma décision est prise. Ça ne peut pas être terminé. Je dois ramener chez moi un morceau d'elle.

J'attends que la maison soit vide, que tout le monde se trouve dehors, autour de la piscine. Lou fait ses longueurs, Renaud est assis à l'ombre. Par la fenêtre, je vois Ermelinda lui donner la becquée. Il tourne la tête de droite à gauche, semble résister, éviter la cuillère. Une bouchée sur deux au moins atterrit sur la serviette en lin blanc qu'elle a nouée autour de son cou. J'imagine parfaitement le bruit que fait la cuillère en grattant la purée sur son menton rêche, je me rappelle exactement cette sensation. Ils sont dehors tous les trois, la voie est libre. C'est facile, la clé USB se trouve là où je l'ai reposée la dernière fois, Renaud ne semble pas l'avoir utilisée, mais qu'est-ce que j'en sais ?

La dernière scène de *Babetta* est la même que la première, un parfait exemple d'une composition circulaire. Babetta meurt. Enfin, d'abord elle court à travers les bois avec son enfant dans les bras. On entend les chiens qui approchent, la rattrapent. Les hommes lui arrachent son bébé et elle se jette dans une cascade gelée. On entend de nouveau le « Halljuk » de Márk Rózsavölgyi, le volume de la musique augmente et bientôt sa respiration est engloutie par les instruments, et l'écran devient noir. Laissant la place aux crédits.

Je me rappelle la première fois que je l'ai vu, la surprise de sentir que mes joues étaient humides dans la pénombre de la salle obscure. Tout le monde sanglotait. Les applaudissements se sont mis à fuser, alors que ce n'était même pas l'avant-première (je n'y ai pas assisté), c'était une séance ordinaire. J'étais là, dans le cinéma, et autour de moi, les gens applaudissaient. Je les ai imités, et je me rappelle avoir pensé que je raconterais ça à Lou quand je la verrais, mais il s'était écoulé tant de temps, elle n'était pas rentrée pendant au moins un mois et le sentiment avait pâli au point que je n'étais plus sûre que ça avait véritablement eu lieu. Ça me paraissait gênant, elle s'en moquerait complètement, elle commençait à avoir l'habitude. Alors j'ai gardé ça pour moi, je lui ai simplement dit que j'avais vu *Babetta*, que c'était un film sublime et qu'elle jouait magnifiquement bien. Elle m'a souri, installée au bar de l'hôtel avec son cappuccino, m'a remerciée. Sa réaction ne différait en rien de celle qu'elle avait quand des inconnus venaient lui demander un autographe ou souhaitaient prendre une photo avec elle. Mais je me disais que notre amitié était plus profonde que ça, qu'il ne s'agissait pas de reconnaissance, mais de quelque chose de plus authentique.

La première fois que j'ai vu *Babetta*, j'ai songé que ce film parlait de la mort ; aujourd'hui, je me dis qu'il ne s'agit pas de mort, mais de déchéance. La différence est notable. L'idée que les choix que l'on fait, aussi importants ou insignifiants soient-ils, peuvent précipiter notre chute. Cela renferme une promesse, ou du moins une possibilité de salut. Je ne sais pas si c'est ce que le réalisateur a voulu dire, mais aujourd'hui je me dis qu'il s'agit de karma. Les actes et leurs conséquences. On a ce qu'on mérite. Et non ce qu'on croit mériter, comme le clament les défenseurs de l'économie de marché et les psychologues lifestyle.

Je me suis douchée et j'ai enfilé la plus jolie de mes tenues, la robe T-shirt que Lou m'a prêtée le premier soir. « Prends-la, elle te va beaucoup mieux qu'à moi. » Je me demande si elle était sincère ou si elle trouvait que je l'avais en quelque sorte salie, rendue inutilisable. Il n'empêche que ça me semblait approprié de la revêtir pour notre dernier dîner. Depuis l'escalier, j'entends des éclats de voix. Lou et Ermelinda. Dans la cuisine. Je ne vois que le visage de Lou, rougi, comme si Ermelinda l'avait giflée, ou comme si elle avait fait un footing au soleil.

« Vous ne savez rien de ce qu'il veut… », fulmine Lou.

Elle ne m'a pas remarquée.

« Vous non plus. Vous n'avez jamais su ! »

La voix d'Ermelinda est sèche, différente. Je ne l'ai jamais entendue prononcer plus de deux phrases. Je me demande pourquoi elles parlent anglais.

« Je l'aime. »

Ermelinda éclate de rire.

« L'amour ? Vous appelez ça de l'amour ? L'amour, c'est torcher le cul de quelqu'un. Être là quoi qu'il arrive. Ce n'est pas ce que vous faites. »

Lou, qui a toujours réponse à tout, reste coite. Des larmes roulent sur ses joues cramoisies. Je crois qu'elle serait satisfaite si elle se voyait. On dirait vraiment une petite fille.

« Renaud s'est occupé de moi. Quand je suis allée le voir, quand je n'avais personne. Il m'a aidée. C'est mon grand frère. »

Je frémis. Grand frère. Littéralement ou métaphoriquement ? Lou ne semble pas réagir.

« Il a tout fait pour moi. Vous, vous vous servez de lui. Je le vois bien. »

Je distingue l'arrière du crâne d'Ermelinda. Ses boucles qui volent quand elle secoue la tête.

« N'essayez pas de nier. Votre relation, ce n'est pas naturel. Ce n'est pas la volonté de Dieu. Qu'est-ce que vous lui vouliez ? Et tous les jeux sordides auxquels vous le poussez à jouer. Vous croyez que je ne suis pas au courant. »

Lou n'a toujours pas ouvert la bouche. Elle tend les mains vers Ermelinda.

« Je vous en prie. Je l'aime. Je veux aussi l'aider. Nous voulons toutes les deux son bien. Je veux juste qu'il guérisse.

— On n'a plus besoin de vous ici. Prenez vos cliques et vos claques, et tirez-vous. Vous avez vingt-quatre heures.

— Vous n'avez aucun droit sur moi.

— Vous croyez ça ? À partir de maintenant, c'est moi qui commande. J'ai même la loi de mon côté. Et vous, qu'est-ce que vous avez ? »

Elle fait volte-face et quitte la cuisine.

Je suis sous le choc. Je me faufile jusqu'à l'entrée de la maison et me laisse tomber sur les marches du perron. Mon cœur palpite.

À droite se dresse la maison d'Ermelinda, à moitié dissimulée par un grand arbre aux branches faméliques. Roméo en sort avec une telle nonchalance que je comprends qu'il y habite aussi. Je me demande quelle est sa superficie. Partagent-ils la chambre ? Le lit ? Y a-t-il une cuisine ? Une salle de bain ? En m'apercevant, son expression change et il sourit, bouche fermée.

« Je peux m'asseoir ? »

Je sens la chaleur irradier de son corps lorsqu'il s'assied sur la pierre blanche. Nous restons un instant à écouter le silence.

« J'imagine que tu vas partir ? » fait-il, au bout d'un moment.

Je hoche la tête. Je lui explique que Stockholm et sa fraîcheur me manquent. Je n'arrive pas à réfléchir avec cette chaleur. Il opine du chef, ricane.

« C'est vrai que cette température, ça peut vous faire perdre la boule.

— Toi, tu restes ici ?

— Il faut bien entretenir le jardin. Même si monsieur n'est plus capable d'en profiter. Ces oliviers sont âgés, des antiquités. Presque un héritage culturel.

— Comme Renaud ? »

Il glousse.

« Eh bien, si tu le dis. Un job est un job. »

À mon tour de hocher la tête.

Je ne retourne pas dans la maison, je ne supporterais pas de croiser Ermelinda. Je passe par l'extérieur. L'herbe sèche me pique les pieds. Lou est installée à la table avec son verre de vin et les clopes de Renaud. Elle en écrase une, en allume une nouvelle. Vue de côté, la peau autour de ses yeux semble quasi transparente. Elle se plisse légèrement. Le genre de défaut qu'on peut facilement photoshoper de nos jours, même sur un film. Quand je m'approche, elle semble sortir de sa torpeur. Elle prend mes mains. Les siennes sont fraîches bien qu'il fasse quasiment trente degrés dehors.

« Comment ça va ? »

Elle suçote sa lèvre inférieure avant de répondre. Quand elle me regarde, ses yeux semblent de nouveau phosphorescents. Aussi turquoise que la piscine.

« J'ai pris ma décision. Je ne vais pas pouvoir épouser Renaud. Ça ne serait pas juste. Il mérite d'être avec quelqu'un qui a du temps à lui consacrer. Et moi, je vais trop souvent voyager. »

Je pense à l'argent, à la fortune de Renaud. Elle pourrait tout arrêter. Mais je ne sais pas s'il a les capacités de signer un contrat tel que le mariage dans son état. Je ne sais pas qui est son tuteur. Ou son héritier. Est-il vrai qu'Ermelinda est sa sœur ? Je ne peux pas poser la question sans révéler que j'ai entendu. Que j'ai vu. Je me demande si je serais capable de refuser un tel pactole. Ce n'est pas vraiment ce qu'elle fait, après tout. Mais je ne sais pas si j'aurais pu me détourner de cet argent. Ne pas me battre bec et ongles pour l'obtenir.

« Je comprends. Ça doit te soulager. Enfin, je ne sais pas trop quoi te dire.

— Oui, je crois que c'est mieux comme ça pour nous deux. »

Je repense à son menton, à la main d'Ermelinda qui gratte les restes de nourriture. Je frissonne.

« Tu vas aller où ? »

La question semble la prendre par surprise. Ses yeux se mouillent de larmes, sa lèvre inférieure frémit. Elle soupire lourdement.

« Je ne sais pas, Katja. Je vais peut-être rentrer en Suède, qui sait ? Trouver un appartement à Söder, pas loin de chez toi. On pourrait se voir plus souvent. »

Je l'imagine s'installer et, tel Gulliver au pays des Lilliputiens, avaler Stockholm et tous ses habitants. Moi, mes amis, ma vie. Et si je la récupérais ? Ce serait incroyable. Indescriptible. Inimaginable.

Elle hausse les épaules et emplit son verre de vin.

« Je suis une citoyenne du monde. Une vagabonde des temps modernes. Je pourrais acheter un bateau, y vivre. »

Il n'y a plus aucune trace de larmes sur son visage. Peut-être les ai-je inventées. Elle lève son verre, découvre ses dents blanches, si parfaites, les dents du bonheur qui rappellent son humanité.

« Trinquons à la prochaine aventure. »

Je lève mon verre sans parvenir à ouvrir la bouche.

Nous restons là longtemps à boire du vin. J'ai l'impression que nous ouvrons une bouteille, une autre, puis encore une autre. Les assiettes et les bouteilles vides restent sur la table. Aucune trace d'Ermelinda.

Lou me rappelle quand nous avons monté *En attendant Godot* en seconde. Une pantomime avec des parties dansées. Elle se souvient d'un bout de la chorégraphie. Je ris tellement quand elle l'exécute que je manque me faire pipi dessus. Incroyable qu'elle ait gardé ce souvenir. Je ne sais pas pourquoi, j'étais sûre qu'elle l'avait oublié. Ça doit être à cause de tout ce qui s'est passé depuis. Comme si cela avait effacé le temps passé ensemble. Quand je me lève pour aller aux toilettes, je ne me sens pas du tout aussi vide que depuis qu'elle m'a demandé de partir. Peut-être n'est-ce pas fini entre nous ?

En revenant, je remarque que le bureau de Renaud est allumé. M'approchant à pas de loup, je vois Roméo, appuyé sur la table. Je compte d'abord me manifester, mais je change d'avis en repensant à la clé USB. Je m'éloigne sans bruit.

J'annonce à Lou que je vais me coucher. Elle affiche un air déçu, puis change rapidement d'expression et répond qu'elle aussi. Nous gravissons les marches à pas lents, main dans la main. Il est difficile de savoir où ses doigts commencent et où les miens finissent.

Je ferme la porte à double tour. Je ne sais de quoi j'ai peur, ni de qui. Je glisse la clé USB dans un préservatif, l'introduis en moi et me couche. Tout tourne à cause du vin, mais je ne mets pas longtemps à m'endormir.

« Katja, je n'ai pas le temps de te conduire à l'aéroport, je t'ai réservé un taxi. J'espère que ça te va ? »

C'est moins une question qu'une constatation. Je hoche la tête.

Un sentiment de bienséance, l'idée que c'est la bonne chose à faire, me pousse dans la chambre de Renaud pour prendre congé. Ermelinda s'y trouve, occupée à changer les draps. Elle hoche la tête quand je lui demande si je peux lui faire mes adieux, mais elle ne quitte pas la pièce. Elle poursuit sa besogne.

Je me penche en avant pour faire la bise à Renaud. Si je n'étais pas sûre du contraire, je penserais que ce qui s'est passé entre nous n'est jamais arrivé. Qu'une personne puisse changer si vite ! Au milieu de mon accolade maladroite, je sens qu'il saisit soudain mon bras. Ses doigts sont faibles, osseux, mais il me tient fermement et plonge son regard dans le mien. Je ne l'ai pas vu si limpide depuis l'accident. Je distingue quelque chose, tout au fond de ses yeux écarquillés. Est-ce de l'effroi ? Il remue ses lèvres sèches, gercées, mais aucun son ne sort.

Quand Ermelinda s'aperçoit de la situation, elle se précipite vers nous et détache les doigts de Renaud. Je suis étonnée de la force avec laquelle il serre. Elle murmure des paroles apaisantes à son oreille et là des sons jaillissent de son gosier. Comme un crissement de frein ou un raclement de chaise contre un sol en marbre, j'en connais à présent le bruit. Ça me brise le cœur, mais Lou crie que la voiture va arriver. J'essaie d'entrer en contact avec Ermelinda, elle m'ignore, je lui lance un « goodbye » un peu gauche. Peut-être aurais-je dû laisser un pourboire sur la table de chevet. À moins que ce soit elle qui hérite de tout son fric ?

À l'avant, Roméo s'affaire à arroser les rosiers, il me lance un sourire furtif avant de disparaître au coin de la maison, me laissant seule avec Lou.

« Bon, eh bien voilà... », dis-je en la regardant.

Elle me sourit tout en gardant les yeux rivés sur son téléphone. Sa tresse retombe sur une épaule. Comme dans *Babetta*. Mais plus belle. Toujours plus belle dans la réalité.

« Ça dit qu'il arrive dans sept minutes. »

Je hoche la tête.

« Qu'est-ce qui s'est passé avec Vadász, finalement ? »

Lou n'a pas l'air de comprendre de quoi je parle.

« Ah, c'est tombé à l'eau. Il a trouvé un arrangement avec les femmes. Il n'y aura pas de procès.

— Ça te fait quoi ? »

Elle hausse les épaules.

« C'est la vie », conclut-elle en français.

La grille vrombit. Le taxi est là. Elle me donne une rapide accolade, un baiser sur la joue. Elle sent si bon.

Elle sort de ma vie aussi vite qu'elle y est entrée. Plus rien ne nous relie, deux solitaires qui dérivent dans l'univers.

Je palpe la clé USB, de retour dans ma poche après une nuit en moi. Je touche les contours, le creux, la petite ficelle à une extrémité. Elle est à moi. Est-ce moi qui ai le pouvoir à présent ? L'ai-je libérée ? Devrais-je lui annoncer qu'elle est libre désormais ? C'est ce qu'elle veut, non, être libre ? Peut-être l'est-elle déjà.

Une autre partie de moi pense, ou *sait*, plus exactement, que c'est la dernière fois que je la vois. Je ne sais pas comment j'en suis sûre, c'est le genre de chose que l'on sent, non ? Je suis heureuse d'avoir gardé quelque chose d'elle que tout le monde n'a pas, que personne ne peut payer pour voir.

Et je pense au fric. Au fric monstre que pourraient générer ces vingt-deux films, tout ce que je pourrais gagner.

Ces pensées coexistent, diffusant en moi une sensation d'apaisement. Je suis si calme que cela se voit de l'extérieur. Pour la première fois de ma vie, je suis surclassée au guichet d'enregistrement, et je remarque que je ne suis même pas étonnée. J'ai évidemment droit à cette place. Comme si je l'avais méritée.

DIRECTOR'S CUT

Le lendemain, quand j'ouvre les volets roulants, le ciel est couvert. Je pense d'abord avoir mal vu, je suis obligée d'ouvrir la fenêtre. Peut-être est-ce à cause de la vigilance mistral dont Lou me parlait.

Rarement la maison m'a semblé aussi harmonieuse, c'est un peu comme se trouver au milieu d'une longue expiration. La cuisine est vide, même la radio est éteinte. Je prépare du café quand Lou entre dans la cuisine. Ses joues sont roses et elle arbore sa tenue de yoga préférée. Celle qu'elle porte le plus, en tout cas. Peut-être en a-t-elle plusieurs exemplaires. Couleur camel. Très confortable, je le sais, car je l'ai essayée, mais elle vous fait ressembler à une poupée des années 1970.

« Je te fais un café ?

— Si tu as le courage. Merci. Un cappuccino au lait écrémé. Je crois qu'il va pleuvoir. »

Elle s'éponge le front avec sa serviette, puis disparaît à l'arrière, le nez dans à son portable. Je prépare la mousse de lait en songeant à l'automne. Pourrais-je prendre un emploi salarié en plus de mes activités de recherche ou vont-elles me prendre tout mon temps ? *Mes recherches. Mon travail.* Peut-être que ce sera le dernier cappuccino que je sers. Au moment où le lait atteint la texture parfaite, crémeuse, je lance l'expresso.

J'ai toujours su planifier les choses.

Quand je sors avec le café sous le ciel grisâtre, j'ai l'impression de découvrir un lieu nouveau, débarrassé de cette chaleur étouffante. Les nuages flottent haut dans le ciel. Les nuages ? C'est la première fois depuis mon arrivée que j'en aperçois. C'est comme si la réalité avait été dépouillée de ses couleurs. D'abord je ne la vois pas, c'est parce qu'elle est assise dans le canapé. Mon canapé. Un scénario posé à côté d'elle.

« Qu'est-ce que tu fais ? »

Je me demande si ma voix est geignarde. Je suis contrariée de ne pas savoir à quoi elle est occupée. Pourtant elle n'a aucune obligation vis-à-vis de moi, je le sais bien. Elle ne semble pas le remarquer. Elle hausse les épaules, sourit.

« Tu sais, toutes ces selftapes. Si les gens savaient combien d'heures de sa vie on passe à les préparer ! Tout le monde ne voit que le côté glamour du cinéma, mais c'est un boulot de fou. » Elle avale une gorgée du cappuccino que j'ai posé devant elle et embrasse l'oliveraie du regard. « Mais si ça marche, Katja, alors là, bordel, ce serait peut-être le plus grand projet de ma vie. »

Je pense aux films dans lesquels elle a tourné récemment, depuis *Babetta*, et je me demande ce qui pourrait bien être aussi grand.

« Wish me luck », lance-t-elle, et je comprends qu'elle me congédie. Je ne me fais pas prier. Je monte dans ma chambre, m'allonge sur le lit. Je lis en buvant mon café.

Longtemps, être comédienne me semblait la seule issue possible. Je voulais passer mon temps sur les planches, c'était le seul endroit où je pouvais être moi-même. Cela peut sembler étrange. Jouer un rôle, c'est pourtant incarner l'altérité, mais je n'ai pas d'autre manière de l'expliquer. Cela n'a plus d'importance désormais. Lentement, imperceptiblement, ça a changé. Est-ce moi ou le monde alentour ? Ce que je sais, c'est qu'un beau jour je me suis réveillée et j'ai compris que monter sur scène ne me rendait pas plus heureuse, que je ne me rappelais pas la dernière fois que j'y avais ressenti du plaisir, que je m'étais sentie vivante, ou importante. J'avais alors compris que j'étais devenue comme ces fonctionnaires qui suivent un chemin tout tracé, jour après jour sans se poser de questions. Je ne réfléchissais plus à ce qui me rendait heureuse, si j'étais au bon endroit ou pas, et quand j'en ai pris conscience, je me suis sentie glacée, comme si je m'étais laissée glisser, que j'étais passée à côté de l'essentiel.

Arriva un point où être comédienne n'avait plus rien à voir avec le théâtre. Je ne pensais qu'à une chose, à Lou, à sa réussite, tellement plus éclatante que la mienne. Dès que j'ai compris que ça me rendait malheureuse, j'ai arrêté de jouer. Je ne l'ai jamais regretté. Ma vie peut être riche d'autres manières.

L'après-midi, je suis obligée de descendre pour chercher à manger. La cuisine est déserte, impeccable, la radio est allumée, ce qui signifie qu'Ermelinda n'est pas loin. Dans le frigo, je trouve des pilons de poulet grillés sur une assiette. Je me sers et sors sur la terrasse par la baie vitrée. Ermelinda est assise à la table, dos à moi. Il fait gris, l'air est étouffant et je sens une pression sur les tempes – la migraine approche. Lou se tient debout, les bras ballants, à côté de la piscine rectangulaire, et Roméo à quelques mètres, près de « mon » canapé. Ils sont proches, presque assez pour se toucher la main. Personne ne parle. En m'approchant, je remarque une silhouette à la surface de l'eau. Renaud. Sur le ventre, en slip de bain minimaliste. Le visage immergé. Sans réfléchir, je plonge. J'ai un moment de surprise, je bois la tasse, le chlore pénètre dans mon corps. L'eau ralentit mes mouvements alors que j'essaie de nager jusqu'à Renaud.

« Aide-moi ! »

Je le crie d'abord à Lou qui me dévisage comme si je lui avais posé un problème mathématique difficile. Je passe à l'anglais.

« Help ! »

Les minutes passent. Je ne sais pas combien de temps s'écoule, mais j'ai l'impression que ça dure une éternité. Je parviens à nager jusqu'à Renaud en crachant mes poumons. Je renifle. Mon T-shirt me colle à la peau. J'arrive à retourner le corps inerte. Ses yeux sont fermés. L'eau dégouline de ses narines, sur son front. Je le hisse sur la margelle, tant bien que mal. Quand j'y parviens enfin, son slip glisse, dévoilant son sexe, reposant contre une cuisse, son scrotum ressemble à une aubergine ratatinée, cuite au four, et ses cheveux gris frisottent, se détachent sur la pierre blanche de la margelle. Puis son corps glisse de nouveau dans l'eau, la tête la première, et il me faut plusieurs tentatives pour parvenir à le sortir. Je n'entends que mon propre souffle et je me demande comment il peut faire si chaud alors que le soleil ne brille pas.

Le vent souffle sur la terrasse et je frissonne. Je me laisse tomber, j'attends que Renaud remue, que sa poitrine se lève et s'abaisse, mais rien ne se passe. Un papillon solitaire vole vers l'oliveraie. Comment se fait-il que je le remarque ? C'est la première fois que je vois un mort, mais c'est le genre de chose qui ne trompe pas. Que faire maintenant ? Le mettre en position latérale de sécurité ? J'essaie de rassembler mes souvenirs.

Ermelinda marmonne quelques mots, « Dios mio », peut-être. Je leur crie d'appeler une ambulance. Le choc affecte les gens différemment, je le sais depuis notre formation aux premiers secours quand je bossais au café. On ne sait jamais qui va réagir et qui va se figer, incapable d'agir dans une situation d'urgence. Ou quelque chose dans ce style.

On dirait qu'on a appuyé sur « play ». L'instant suivant, tout le monde se presse au chevet de Renaud. Ermelinda sort son téléphone, appelle. Lou s'accroupit de l'autre côté de Renaud. Roméo approche aussi. Nous sommes rassemblés. Nous nous entraidons. N'est-ce pas ?

En attendant les secours, nous nous relayons auprès de Renaud. Bouche-à-bouche. Massage cardiaque. Ça n'a absolument aucune utilité, semble-t-il, mais il faut le faire. Je pense aux films que j'ai vus, aux documentaires radio, aux reportages dans les magazines ; aux personnes qui, grâce à la réanimation cardio-pulmonaire, ont pu revenir à la vie alors qu'elles étaient cliniquement mortes depuis longtemps. Grâce aux personnes autour d'elles, elles s'accrochent. Nous devons au moins essayer.

Je suis trempée, je claque des dents. À côté de moi traîne le poulet entamé. Et s'il était vraiment mort ? Ses lèvres sont froides, son corps réagit mollement au massage cardiaque. Ce corps, récemment si plein de vie… c'est autre chose à présent. La peau paraît plus lâche, elle se plisse aux coudes et aux genoux.

L'étoffe qui entoure le salon de jardin claque dans le vent. Je ne l'ai jamais vue bouger de la sorte, on dirait que le tissu danse. Peut-être est-ce le mistral dont Lou me parlait.

Que je le sache moi-même ne suffit pas. J'ai besoin que les ambulanciers le confirment. Il n'est plus là. Ermelinda ouvre le portail d'un bip en entendant les sirènes approcher. Je reste assise sur la terrasse, par terre, à frissonner. Ça coule le long de mes joues, je réalise que ce sont des larmes.

Le personnel de secours constate qu'il est décédé. Lou semble sortir de son état de choc, car elle fond elle aussi en larmes. Je l'ai toujours trouvée artificielle quand elle pleure au cinéma, mais c'est sans doute parce que je ne l'avais jamais vue pleurer pour de vrai. Je n'avais pas d'élément de comparaison. Mais là, elle pleure vraiment. Ses cheveux sont mouillés, ses tongs en cuir noir claquent lorsqu'elle emboîte le pas aux secouristes. Ils lui tendent une couverture, elle tremble, claque des dents, assise à l'arrière de l'ambulance au niveau des portes ouvertes. Je vais chercher un drap de bain et m'en enveloppe. Le ciel est tapissé de nuages noirs, le vent souffle fort, la tempête approche.

Lou est montée dans le véhicule. Un des ambulanciers (un jeune homme) lui éclaire les yeux avec une petite lampe de poche. Je reste assise à côté de la piscine, sans savoir ce qu'on attend de moi. Une voiture de police arrive, gyrophares allumés, mais sans sirène. On dirait que quelqu'un a baissé le volume du monde entier. Ou comme si j'observais la scène de derrière une vitre.

Ils placent Renaud dans une grande housse, pas très différente de celles dans laquelle les riches transportent leurs costumes. C'est ça, la dernière chose que je vois de lui ? Que tout le monde voit de lui ? Il y a quelques jours, il était en moi et désormais, il n'est plus là ? Il va être autopsié, non ? Pour exclure un crime. Un crime ?

Peut-être ses enfants lui rendront-ils visite à la morgue. C'est bien comme ça qu'on fait ? Peut-être qu'ils viendront, qu'on ouvrira un casier dans le mur d'une chambre froide et qu'ils le regarderont, un corps gris pâle, cireux, raide. Il ne sera plus leur père.

Une policière s'avance vers moi. Calot bleu marine sur la tête. Cheveux bouclés en queue-de-cheval. Nez gigantesque et grain de beauté sur le menton. Visage dépourvu de maquillage.

« Excusez-moi, Katja… ? »

Je hoche la tête et l'accompagne jusqu'à un transat.

Je ne vois plus Renaud. L'ambulance a dû l'engloutir. Ont-ils fait une tentative de réanimation ? Il le faut, non ? Je n'y ai pas prêté attention. Lou est assise dans le canapé, ce canapé où Renaud et moi… il y a quelques jours seulement. Suis-je la dernière femme avec qui il a couché ? Pourrait-il y avoir des particules de lui à l'intérieur de moi ? Il était stérile, m'a-t-il affirmé, mais je veux dire, de l'ADN, une trace. Quelque chose de vivant. La policière me prie de m'asseoir, sort un calepin. Je me demande pourquoi ils utilisent toujours un papier et un crayon alors qu'ils ont des smartphones. Peut-être pour garantir la protection des données ? Ou c'est une question de crédibilité ? On n'est pas sûr que ce soit vraiment un flic sans ce petit carnet de notes à la main.

« Alors, Katja, avec vos propres mots, pouvez-vous expliquer ce qui s'est passé ? »

Elle hoche la tête, encourageante, mais ne sourit pas. Elle me rappelle une jeune Bette Midler, après *The Rose*, dans les années 1980. À l'époque où elle pouvait passer pour une belle femme. Ou intéressante, du moins. Je prends mon courage à deux mains et commence mon récit. J'ai descendu l'escalier, suis sortie sur la terrasse, et j'ai vu les autres dans la piscine.

« Ils étaient tous dans la piscine ? »

La femme m'interrompt, sourcils froncés. Je me tourne vers le canapé où Lou est installée. Elle est mouillée. Ermelinda est installée à la table avec un autre policier. Elle aussi enveloppée dans une couverture de la police. Ses cheveux bouclés sont humides. Humides d'eau de piscine. J'aperçois Roméo près de l'ambulance. Trempé lui aussi.

« Katja, je vous en prie, avez-vous sauté dans la piscine pour les aider ?

— Oui… je crois que oui.

— Katja. » Elle me dévisage. « C'est important. Que s'est-il passé ?

— Tout est allé très vite. Je ne me souviens plus vraiment… »

J'ignore pourquoi je mens, mais c'est ce que je fais. Mes mains tremblent. Je les glisse sous mes fesses et poursuis mon récit. Je me suis jetée dans la piscine, j'ai, nous avons réussi à remonter Renaud. Je ne parle pas de l'aubergine. Je ne précise pas que j'ai mal à la gorge à force d'avoir appelé à l'aide.

« Alors vous avez aidé mademoiselle Faucher dans la piscine ? »

Je hoche la tête. Elle note tout dans son carnet. Une fois mon compte rendu terminé, elle range le calepin et me remercie.

« Et maintenant, que va-t-il se passer ?

— Maintenant, c'est à nous de jouer. »

Elle me dit de ne pas m'inquiéter. Et de ne pas quitter le pays avant la fin de l'enquête. Pas de problème a priori, mais on ne sait jamais. Elle se penche vers moi. D'épais poils noirs poussent dans son grain de beauté.

« Ces vieux messieurs, entre nous... des crises cardiaques ambulantes. »

Elle me confie que c'est le troisième vieil homme riche qui se noie cet été.

« C'est une épidémie. »

Son attitude détendue est contagieuse.

« On vous a déjà dit que vous ressemblez à Bette Midler ? je lui demande au moment où elle me serre la main.

— Oui, tout le temps », répond-elle, impassible.

À peine m'a-t-elle quittée que la sensation d'irréalité revient.

Je ne vois plus Lou. À présent, c'est Roméo qui est assis sur le canapé, à ma place, la mienne et celle de Renaud, et qui répond aux questions. Il a l'air si fragile, les épaules repliées vers la cage thoracique, comme des ailes. Je me suis habituée à son apparence. À son opération de bec-de-lièvre ratée. La cicatrice qui déforme ses traits. Je crois que je pourrais même trouver ça beau. Dans la mesure où les différences mettent en valeur ce qui se trouve autour ; dans la mesure où l'on ne peut apprécier la beauté que lorsqu'on se rappelle la laideur qui l'entoure. Lorsque nos yeux se rencontrent, il sourit. Ça ne lui sied pas. Du fait de sa cicatrice, sa bouche se tord dans un rictus forcé, figé, mais ses yeux pétillent. Puis il se tourne vers la policière et lui accorde toute son attention.

Je passe à travers la cuisine où Ermelinda prépare du bacon et des crêpes. Elle m'ignore. À moins qu'elle ne m'ait pas vue. Suis-je aussi invisible que j'en ai l'impression ? Ermelinda s'est changée, mais ses cheveux restent humides. Je gravis les escaliers, toujours enveloppée d'une serviette de bain blanche. Devant la chambre de Renaud, je marque une pause. La porte est entrouverte. Je jette un coup d'œil et j'aperçois Lou, allongée sur le dos dans le lit, en train de se regarder dans le miroir. Je la vois, là-haut. Elle paraît si détendue.

« Je suis si heureuse que tu sois là, Katja », dit-elle.

Elle paraît si petite. Presque comme une enfant. Hormis les rides, cela va sans dire. Tout tourne dans ma tête, dans mon corps, je ne parviens pas à réfléchir. Un verre contenant un alcool brun est posé sur l'une des tables de chevet. Je m'approche et je le vide cul sec. Ça me brûle la gorge, mais permet au moins à cette chose qui tourne de manière débridée de ralentir un peu. J'ai soudain envie de prendre mon pouls, mais pourquoi commencerais-je à faire ça maintenant ? Mes pensées sont nébuleuses, j'ai du mal à les trier. Je ne suis plus sûre de ce que j'ai vu.

Je regarde Lou. Elle porte un long gilet en cachemire couleur camel, plus proche d'une couverture que d'un gilet, d'ailleurs, le drapé est élégant, luxueux. Un délicat parfum de figue et de vanille flotte autour d'elle, d'eau chlorée aussi, bien sûr. Ses yeux sont injectés de sang, comme les miens, à cause des larmes, ou peut-être du chlore. A-t-elle plongé dans la piscine ? Hormis les yeux rougis, elle a bonne mine. Ses cheveux déferlent sur ses épaules et sur son dos, parfaits, juste légèrement en désordre. S'est-elle fait un brushing ? Autrement, comment peuvent-ils être déjà secs ? Son mec vient de se noyer et elle se fait un brushing ? Impossible de dire ce qu'elle pense, si tant est qu'elle pense quelque chose.

Je me laisse tomber sur le bord du lit. Il est étonnamment moelleux.

« Que s'est-il passé ? »

Elle hausse les épaules.

« Comment ça ?

— J'essaie de comprendre ce qui s'est passé. Je suis complètement perdue. Quand je suis arrivée sur la terrasse, j'ai eu l'impression que vous étiez tous là, au bord de la piscine. Après, vous aviez tous les cheveux mouillés... J'ai l'impression qu'il manque quelque chose. Comme si j'avais raté un épisode. »

Elle me sourit. Son sourire est un refuge pour mes pensées inquiètes. Elle passe un bras autour de mon dos.

« C'était horrible, répond-elle. Moi aussi j'ai du mal à recoller les morceaux. Je dois encore être sous le choc. »

Je repense à ma formation aux premiers secours. La plupart des gens ne sont pas eux-mêmes après un événement traumatisant. Lou a l'air exactement comme d'habitude. Enfin, qui suis-je pour en juger ?

« Moi aussi. Je n'arrive pas à comprendre qu'il ne soit plus là. »

Elle se tourne vers moi. Ses yeux sont baignés de larmes. Avant que j'aie le temps de protester, elle m'a serrée contre elle. Ses deux bras autour de mon cou, je ne sais pas quoi faire, mais ça me paraît étrange de ne pas réagir alors je la serre dans mes bras en retour. Sa taille est toute fine, je sens ses côtes à travers l'étoffe duveteuse.

J'entends des pas dans l'escalier. Ermelinda entre dans la chambre avant que j'aie le temps de l'en empêcher.

« Oh, I am sorry », commence-t-elle, mais quand elle nous aperçoit toutes les deux, elle se tait.

Lou la regarde et fond en larmes.

« Je suis désolée, Ermelinda », dit-elle.

Ermelinda la regarde avec une expression indéchiffrable. Comme si on venait de lui rappeler qu'elle avait oublié quelque chose. Ça tombe mal.

« Allez, viens, fait-elle. Le repas va refroidir. Mangeons d'abord, puis nous discuterons. »

Lou opine du chef, prend Ermelinda par la main. Elles descendent l'escalier et je reste seule. Qu'est-ce qui doit être discuté ? J'essaie de calculer combien de temps s'est écoulé depuis que Renaud était en moi, mais j'ai l'impression que le temps et l'espace se dissolvent, j'abandonne et je vais me changer. En descendant l'escalier, je suis prise d'une idée. Je passe devant le bureau de Renaud pour voir si la clé USB est encore là. C'est le cas. Je la glisse dans la poche de mon short en jean.

Quand j'entre dans la cuisine, la conversation s'interrompt. Elles me dévisagent. Lou sourit et tire la chaise à côté d'elle. Je m'assieds devant l'îlot central. Lou déguste des pancakes trempés dans du sirop d'érable. Le soleil perce de temps en temps à travers la couverture nuageuse, se reflète sur le petit bol, et le sirop brille d'un éclat ambré.

« Une tuerie, ces pancakes », se délecte Lou en feuilletant l'un des quotidiens français qu'elle reçoit chaque matin. *Le Monde. Le Figaro. Libération. Nice-Matin.*

Elle se fend d'un nouveau commentaire sur Didier Deschamps, son visage couvre toute la une des journaux, Roméo lui répond, ils bavardent en français. Je m'extrais de la conversation, je n'essaie même pas de participer.

Je n'arrive pas à avaler quoi que ce soit. Au lieu de cela, je fume clope sur clope en me resservant continuellement du café. Mon ventre paraît creux sous mon T-shirt, ça me plaît. Je rembobine mon souvenir, le film qui se joue dans ma tête. À de nombreuses reprises. Je les vois sur la terrasse. Plantés là. Leurs cheveux sont secs. Ils sont juste plantés là. Je m'excuse et sors, mais je ne peux pas rester là non plus. Tout ce que je vois c'est le corps de Renaud. Ou plutôt son absence. Je descends vers l'oliveraie. Le ciel est menaçant, un nuancier de gris. Mes jambes se hérissent de chair de poule.

Lou et Ermelinda essaient tant bien que mal d'accéder à l'ordinateur de Renaud. Tout à leur tâche, elles ne s'arrêtent même pas en me voyant arriver. Je reste à les contempler, appuyée contre l'encadrement de la porte. Je sens la clé USB à travers le tissu de mon short. Je me demande si elles sont au courant de sa disparition. Voire de son existence. Elles sont bloquées par le mot de passe. Ermelinda est assise sur la chaise de bureau antique, elle n'a pas du tout l'air à sa place, ses doigts boudinés n'ont l'habitude ni du clavier ni de la souris. Lou fouille dans les papiers et les tiroirs. Je finis par leur demander ce qu'elles cherchent. Lou se fige, se recoiffe. Sa chevelure blonde forme un parfait chignon. Ermelinda secoue la tête.

« On doit juste regarder dans ses affaires pour s'assurer que tout est en ordre », explique Lou.

Apparemment, Renaud a indiqué qu'il avait dans son testament une clause spéciale : s'il meurt d'une cause non naturelle, tout son argent revient à « cette putain de fondation », au lieu d'être partagé entre ses héritiers.

« C'est terrible si Ermelinda n'a rien, après tout ce qu'elle a enduré. »

J'ignore ce qu'elle a enduré, mais je peux imaginer. Tout ce qu'elle a vu. Pas seulement sa mort. Toutes les années où elle a travaillé pour lui. Le nombre d'invités derrière qui elle a fait le ménage. Des gens comme moi. Comme Lou.

Lou continue à fouiner dans les tiroirs.

Je pense à Renaud dans la piscine. Je ne l'ai pas vu se baigner une seule fois depuis que je suis là. Pourquoi aujourd'hui ?

Roméo a disparu. Je cherche dans tout le jardin. L'orangerie est fermée. Pas de trace de lui. J'essaie de jeter un coup d'œil par les vitres crasseuses. On dirait qu'on a tout enlevé là-dedans. Mon pouls vrombit en rythme dans mes oreilles. Roméo n'est pas une personne qui prend des vacances. Qu'est-ce que j'en sais, en fait ? Il était planté là. Ils étaient tous plantés là.

Lou n'est pas inquiète. Elle dit qu'il a l'habitude de descendre en ville pendant ses jours de congé, soit il a cours, « Pas au milieu de l'été », « Non, tu as raison », soit il est à la bibliothèque. Il ne sort jamais avec des amis, il ne passe pas une seule journée à la plage, ou sur le bord de la piscine.

« Il est tellement discipliné. »

Je pense à elle, à toutes ses longueurs de natation, mais je ne dis rien. Je n'ajoute rien. J'essaie de m'imaginer aller en ville, comme ça. Tout tourne. Ai-je rêvé que Renaud était mort ? Pourquoi Roméo est-il absent ? La police l'a-t-elle emmené ? Auquel cas, pour quelle raison ? Je repense à mes cris au bord de la piscine. J'ai toujours mal à la gorge. Pourquoi personne ne m'a aidée ? Aidée à sauver Renaud.

L'un des téléphones de Renaud sonne. Je ne sais pas s'il a un téléphone professionnel et un personnel, pourquoi en aurait-il besoin ? Ou *avait* besoin. Ça sonne sans discontinuer.

« Qui est-ce ? »

Lou ne peut pas savoir, bien sûr. Elle hausse les épaules. Ermelinda disparaît dans l'escalier avec le téléphone. Je l'entends répondre. Son anglais chantant a l'accent clairement espagnol. Je ne savais pas qu'elle parlait si bien anglais. Mais je n'avais aucune raison de me poser la question.

« Yes, monsieur Renaud vous rappelle, je l'en informe, si, si claro » et quand elle revient de la cuisine, elle a raccroché. Elle a prétexté, dit-elle, qu'il était parti faire du vélo et avait oublié son téléphone.

« Don't worry », ajoute-t-elle en posant une main sur le bras de Lou.

Je voudrais demander à Ermelinda pourquoi elle n'est pas triste, mais ce serait une indiscrétion, voire une provocation. Comme si je partais du principe qu'elle s'en fout, et que je devais m'en assurer. En même temps, je me demande pourquoi elle a menti à son interlocuteur.

Je tombe sur Roméo dans l'oliveraie. Il commence par rire quand j'essaie de lui poser des questions. Il croit que je plaisante. Pas étonnant. J'aurais aussi trouvé ça étrange. Quand il comprend que je suis sérieuse, il éclate de rire. Il dit que ma mémoire me joue des tours.

« Comment ça, me joue des tours ? »

Je sais bien ce que j'ai vu. Ses yeux bruns me fixent. Il a de longs cils, je le vois à présent. Et épais. Comme s'il avait appliqué un sérum spécial.

« J'ai essayé de le sauver, affirme-t-il.

— Non, personne n'a essayé de le sauver. Quand je suis arrivée sur la terrasse, il flottait dans l'eau, tout seul. »

J'en suis presque sûre.

« C'était avant que tu arrives, Katja. Tu n'as pas tout vu. The whole story. »

Ses yeux sombres, graves, profonds. Je voudrais tellement m'y appuyer. Je voudrais tellement le croire. C'est sûr. Ça a dû se passer comme ça.

« Y a-t-il quelque chose que tu as envie de raconter à la police ? »

Pourquoi me pose-t-il cette question ? Il vient de dire qu'il avait essayé. Qu'ils avaient tous essayé. Je secoue la tête. Non, je ne veux pas appeler les flics. Je n'ai rien à dire. Il ne s'est rien passé, n'est-ce pas ?

Il ne pose plus de questions. Je pense à toutes les années où il a vécu et travaillé ici. Quatre ans, je crois. Quatre ans. Que faisait-il avant ? Où habitait-il ? Il faut que je le lui demande. Quatre ans. Est-ce suffisant pour tisser des liens avec quelqu'un ? Une personne qui paie son loyer, qui l'invite à ses soirées ? Qui s'occupe de ses employés comme de membres de sa famille. Je pense au soir où le plongeur marocain ou algérien nous a raccompagnées en voiture. L'expression de Roméo quand il a porté Lou dans les escaliers. Il n'a jamais eu l'air inquiet. Pas même étonné. Je me demande ce qu'il a vu au fil des ans. À quoi a-t-il assisté ? Quel genre de document a-t-il signé ?

« Tu as fait ce qu'il fallait faire, Katja », dit-il en me caressant la joue.

Ses doigts sont si doux. Je me demande quelle crème il utilise.

« Les traumatismes, c'est sérieux. Ça peut te bousiller la mémoire », ajoute-t-il avant de continuer vers la maisonnette à l'avant du terrain.

Je reste là, bien que le vent me fasse vaciller. Et au moment où j'avais réussi à accepter leur version des faits, un détail affleure en moi et remet tout en question.

Il est plus de deux heures du matin et j'entends les hurlements du vent au-dehors, malgré les volets fermés. Hormis cela, la maison est silencieuse et calme. Tout le monde semble dormir. Enfin, tout le monde. Lou. Ermelinda et Roméo doivent être chez eux. J'ignorais jusqu'à présent qu'ils partageaient la maisonnette. Roméo m'a montré les lits superposés.

J'aurais dû accepter le somnifère que m'a proposé Lou. Malgré mon épuisement, c'est comme si mon corps refusait de s'apaiser. Chaque fois que j'entre dans le sommeil, j'ai l'impression de tomber, je m'éveille en sursaut et suis incapable de me rendormir. Cela fait des heures que je tourne dans mon lit, de plus en plus loin de trouver le repos.

À trois heures du matin passées, presque trois heures et demie, je me lève. Il a commencé à pleuvoir, ça dégouline le long des fenêtres. Je descends l'escalier à pas feutrés, songeant que je pourrais mettre un film dans la salle de cinéma. Renaud a une filmothèque bien fournie, Lou me l'a montrée. Tous les vieux chefs-d'œuvre y figurent, les récents aussi. Et tout le reste. Et si je projetais *Babetta* ? Ça me permettra de me détendre. Je pourrais somnoler dans un des grands fauteuils. Mais je m'aperçois que la lumière est allumée dans la cuisine. J'entends des voix, basses, mais animées. Instinctivement je m'approche, attentive à ce que l'on ne me voie ni ne m'entende.

« She knows ! Elle va tout faire foirer. »

C'est la voix de Roméo, sans aucun doute. Je ne l'ai jamais entendue ainsi. Désespérée. En colère. Les autres ne semblent pas réagir. Lou répond calmement qu'il n'y a pas à s'inquiéter. Un frisson me parcourt l'échine quand je prends conscience qu'ils parlent de moi.

« Vous n'auriez pas dû me retenir ! »

La voix de Lou se brise.

« On n'a rien fait. Tu sais qu'on a des preuves. Si besoin. »

Mes jambes se dérobent, je suis obligée de m'asseoir. Je ne comprends rien, mais je saisis qu'il reste des pièces du puzzle à assembler.

Lou reprend :

« Ne faites rien. Je vais lui parler. Je lui fais confiance.

— C'est une mauvaise idée, je l'ai déjà dit, conteste Ermelinda.

— Attendez voir. »

Je crains que Lou ne monte me parler aussitôt. Je m'éloigne sans bruit de la cuisine, je gravis les escaliers. Lorsque j'atteins ma chambre, mes mains tremblent. Je parviens enfin à fermer la porte à clé. Je ne sais pas pourquoi je fais ça. Lou ne laisserait jamais quelque chose m'arriver. N'est-ce pas ?

Je me réveille un peu après huit heures. La maison semble totalement différente ce matin. Pas de Lou. Pas d'Ermelinda. Pas de Roméo. Personne. Dans le frigo, je déniche une pomme que j'emporte dehors. La pluie a cessé, le vent s'est calmé. L'air est étonnamment limpide, frais, le ciel est haut, si je ferme les yeux j'ai l'impression d'être de retour chez moi, en Suède. Mais quand je les ouvre, je suis encore ici. La piscine scintille et les meubles d'extérieur n'ont pas bougé, visiblement le mistral n'était pas si fort cette fois-ci. Je songe de nouveau aux policiers. Mon estomac se révulse. Je pense à Renaud, quelque part dans une morgue. J'ai l'impression d'être prise dans un sentiment d'irréalité, comme si je m'étais endormie pendant un film et que j'avais rêvé la fin. Cela s'est-il vraiment passé ?

Dans le poolhouse, je trouve un racloir, et pour passer le temps je me mets à nettoyer les dalles de la terrasse. C'est très satisfaisant. Travailler comme femme de ménage me plairait, je crois. On cesse de ressasser et tandis que le corps est occupé, les pensées peuvent suinter, petit à petit. Je pense à Ermelinda, à sa vie. Puis je range le racloir. Il est à peine neuf heures. Je gravis l'escalier, me laisse tomber sur le lit et je sombre dans un sommeil profond et sans rêve. À mon réveil, c'est déjà l'après-midi et la maison grouille d'activité. Quelques hommes en costume passent de pièce et pièce, carnet et crayon à la main.

« Ils viennent du cabinet d'avocats », m'informe Ermelinda en me tendant mon americano. Elle s'approche de moi. Son haleine sent le café et le chocolat. « Ils mènent une enquête parallèle », murmure-t-elle.

Un froid se diffuse en moi. Ça ne pouvait pas être déjà terminé, c'était évident. Ça m'angoisse.

« Don't worry », ajoute-t-elle.

Je lui demande où est passée Lou, elle répond qu'elle est en ville pour un rendez-vous. Pour un nouveau film ou pour un shot de botox dans le front, je l'ignore. Essayant de calmer mes nerfs, je m'installe avec mon café sur le canapé blanc d'extérieur et observe tout en fumant les cigarettes de Renaud les hommes qui déambulent. Au bout d'un moment, j'entends des pas. Un homme ridiculement semblable à Columbo, version jeune et française (il va jusqu'à porter un trenchcoat), s'avance vers moi et me demande en excellent anglais s'il peut s'asseoir. Je hoche la tête et il pose son postérieur à l'endroit précis où Renaud et moi…

Je déglutis, allume une nouvelle clope. La fumée me brûle la gorge. Il se présente comme l'avocat de Renaud. Il ressemble davantage à un flic, mais c'est ma vision des policiers, héritée de toutes les séries télévisées que j'ai regardées. Ça me rappelle la policière – Bette Midler.

« How you doing ? » demande-t-il en allumant une cigarette. Des Gauloises bleues.

Je réponds que ça va, que j'essaie juste de soutenir mon amie qui vient de perdre son boyfriend. Columbo sourit.

« Boyfriend… C'est étrange d'employer ce terme pour un homme si âgé. C'est peut-être lost in translation. »

J'ai l'impression qu'il essaie de me détendre.

Il me pose des questions sur la relation entre Lou et Renaud, je réponds sincèrement. Oui, ils sont ensemble depuis longtemps. Oui, elle l'aimait. (Je le crois, en tout cas.) Non, elle n'hérite de rien, que je sache. Je sens mon pouls qui ralentit au cours de notre conversation. La seule chose qui trahit mon état, c'est une légère nausée. Elle est là, tapie dans l'œsophage, mais Columbo ne remarque évidemment rien.

« Vous êtes très amies ? »

Je hoche la tête.

« C'est comment d'être amie avec une star du cinéma ? »

Je déglutis.

« Pour moi, elle n'est pas en premier lieu une star. Elle est Lou. Ma meilleure amie. »

Il sourit et frappe le carnet de son crayon, ah yes, of course, of course.

« Je l'ai adorée dans ce film sur l'espace. S'il vous plaît, dites-lui de ma part. Elle ressemble à Brigitte Bardot jeune. »

Pas étonnant. Je pense à toutes les fois où des hommes m'ont approchée parce qu'ils voulaient obtenir quelque chose de Lou. Il me demande ensuite si j'ai vu Roméo. Je pense à ses longs cils. Pour une quelconque raison, je vois devant moi l'affiche d'un vieux western. Wanted. Reward. Je pense à ce qui arriverait à Roméo si la police allait s'imaginer des choses. Ses études. Son argent. Sa vie. Est-ce vraiment juste de protéger Lou à tout prix ? Y a-t-il réellement quelque chose à protéger ? Ai-je menti, au fond ?

Je lui dis que je pense que c'est sa journée de congé, mais je ne connais pas son emploi du temps. Columbo opine du chef, of course, of course. Il me dit que si je me souviens d'autre chose, anything, je n'ai qu'à lui passer un coup de fil. Je voudrais lui demander si je peux quitter le pays, mais j'ai peur que ça paraisse suspect. Je garde le silence. J'accepte sa carte et reste assise tandis qu'il se dirige lentement vers Ermelinda dans la cuisine. Il a une démarche de vieux boxeur, un peu voûté, indolent. Comment un tel homme a-t-il pu devenir avocat ? Il est presque arrivé à la porte lorsqu'il se retourne vers moi.

« Toutes ces questions peuvent vous sembler étranges. »

Il explique qu'il s'agit du testament de Renaud.

« Si l'on ne parvient pas à démontrer qu'il est décédé de causes naturelles, tout son argent reviendra à une fondation. Voilà pourquoi il est important que nous tirions cela au clair. Et ça me plaît, sourit-il. Je peux jouer à l'inspecteur, sortir un peu de mon bureau. J'ai même mis ma veste de policier », ajoute-t-il en secouant le trenchcoat.

Je force un sourire.

« J'ai vraiment essayé de le sauver… Nous », je précise.

— C'est une tragédie. »

Il disparaît dans la maison. Le vent s'est levé. Je claque des dents.

Son visage paraît déformé, comme une grimace effrayante. Instinctivement je veux reculer, fuir, mais craignant qu'elle ne remarque mon malaise je m'installe à côté d'elle dans le transat. Il me faut un instant pour comprendre qu'elle sourit.

« Tu ne devineras jamais qui vient de m'appeler.

— La police ? »

Ils l'ont peut-être informée qu'ils avaient clos l'enquête préliminaire, qu'il n'y avait pas de soupçons d'infraction. Elle secoue la tête, toujours avec ce grand sourire aux lèvres. Est-ce la première fois que je la vois heureuse ? Je ne sais pas pourquoi, mais ça m'effraie. Peut-être parce que sa peau est si fine qu'entre son visage et une tête de mort il n'y a qu'un pas.

« C'était Endora, mon agente. Ils vont faire un *Babetta 2* ! Ça fait un moment que c'est dans les tuyaux, mais là, ils viennent d'avoir le feu vert pour le financement. »

Je la dévisage avec de grands yeux, mais elle ne semble pas le remarquer.

« Tu te rends compte ! Tu te rends compte de ce que ça veut dire pour moi ? »

Elle se penche en avant, avale une gorgée de mon Coca Zero et allume l'une des cigarettes de Renaud. Qu'est-ce qu'on va devenir quand la réserve se sera tarie ? Elle frétille, tire sur sa cigarette. Sa lèvre supérieure se ride. Elle attend une réponse, je lui en donne une.

« Félicitations. Super. Tu as accepté ? »

Je pense à toutes les suites de films ici-bas. Elle souffle la fumée par le nez.

« Pas du tout ! Je veux leur donner du fil à retordre. »

Elle s'approche de moi, je sens la chaleur de son corps.

« Tu te rends compte du fric que je vais me faire ? C'est le seul rôle où je ne suis pas interchangeable. »

Elle s'éloigne de la maison en dansant, je l'entends crier quelque chose à Ermelinda. Je reste allongée sur le transat. Je sens la nausée revenir. Sans bruit, je me glisse dans la piscine et je vide mes poumons pour sombrer jusqu'au fond. De là, je vois le monde comme une lueur vacillante, inoffensive, lointaine. Mais quand je repense à Renaud, je sens la panique m'envahir, j'ai l'impression que je vais faire une crise. Je me précipite hors de la piscine et retourne me coucher.

Le vent ne souffle quasiment plus pendant la journée, même si le ciel reste sombre et menaçant. On dirait qu'on a retouché le paysage, le rose à côté du gris, presque fluorescent. On frappe à la porte. Lou entre sans attendre ma réponse. C'est chez elle, après tout. Non ? Elle s'assied sur le bord du lit, le matelas réagit à peine à son poids.

« Il faut qu'on parle. »

Un grand froid se diffuse en moi. Je pense à Renaud, lui et moi, maintenant elle est au courant, puis je pense à la conversation dans la cuisine. Elle a eu lieu, non ? Ou n'était-ce qu'un rêve ?

« Il faut que je te raconte ce qui s'est passé. »

Alors je sais. Ma mémoire ne me joue pas des tours. Ce que j'ai cru voir, c'est ce qui s'est passé. Je hoche la tête, lui dis que je vais m'habiller. Elle patiente tandis que j'enfile un jean et un hoodie. Je la suis dans la cuisine. Ermelinda et Roméo sont aux abonnés absents.

« Ces selftapes… c'est tellement humiliant parfois », déclare-t-elle en servant deux verres de vin sans me demander si j'en veux un. Au début je pense qu'elle parle des sextapes.

« Tu sais, être obligé de se filmer pour les rôles auxquels on prétend. Ne pas avoir le choix. Il s'agit encore d'être choisie. J'ai trente ans, putain. »

Trente-quatre, plus exactement, me dis-je.

« Le jour où Renaud est mort, je devais faire un essai pour *Babetta 2*, et me filmer.

— Tu as dû faire un essai pour *Babetta 2* ? »

Elle hausse les épaules.

« Ils voulaient s'assurer que je n'avais pas l'air trop vieille à l'écran. Je sais, c'est dingue, mais parfois il faut juste fermer les yeux et attendre que ça passe. Mon trépied est cassé, donc j'ai demandé à Roméo de tenir la caméra. »

Elle avale son vin par goulées.

« J'étais bonne, Katja. Je veux que tu le saches. Mes selftapes sont toujours meilleures quand quelqu'un me regarde. Toutes mes performances, d'ailleurs. Cette scène, je l'ai gérée. Ce n'est pas pour me vanter. Ils m'ont appelée dès le lendemain, ils étaient ravis. Ce scénario, c'est du génie. On peut dire ce qu'on veut de Vadász, mais il sait écrire les rôles féminins. Comme s'il ne pensait même pas au fait qu'il s'agissait d'une femme. J'ai demandé à Roméo de me donner la réplique, c'était une scène d'amour, mais rien de physique, juste du dialogue. Mais en plein milieu de la scène, Renaud est arrivé. »

Elle va remplir son verre avec la bouteille placée au frigidaire. Je n'ai toujours pas touché au mien.

« Il me fait de ces scènes, parfois. Drama queen dans toute sa splendeur. D'habitude, j'évite de le contredire, mais cette fois j'étais totalement exaltée par cette scène, je te jure, Katja, ce scénario, si ce n'est pas un Oscar en puissance, je ne sais pas ce que c'est. »

Elle me regarde avec gravité. La ride entre ses yeux est de retour.

« Le problème de Renaud, c'est qu'il ne sait pas nager. C'est le seul reliquat de son origine populaire. Il a corrigé tout le reste. Nouvelles dents, nouvelles fringues. Mais il ne sait pas nager. »

Elle me regarde comme si elle voulait que j'intervienne. J'avale une gorgée de vin, allume une cigarette.

« Bien sûr que j'allais me jeter à l'eau pour le sauver. Je l'aime, bon sang ! Mais tout à coup, Roméo est arrivé. Puis Ermelinda. Ils me regardent et secouent la tête. Et on reste plantés là. Putain, Katja ! Se noyer, ça va tellement vite ! »

Je secoue la tête. Lou aussi.

Ermelinda nous rejoint dans la cuisine. J'essaie de me rappeler si je l'ai vue ce matin, mais je ne sais pas. Elle est comme les murs, les meubles, on ne la remarque pas. Elle est invisible.

Elle contemple Lou de ses yeux sombres.

« Did you tell her ?

— J'allais le lui dire. »

Ermelinda entreprend de sortir des ingrédients du frigo, nous tourne le dos et se met à fouetter quelque chose dans un bol. Peut-être des œufs pour une omelette. Quel est son secret ? Lou me regarde par-dessus son verre. Elle boit vite. Inutile de ranger la bouteille.

« Ermelinda est la sœur de Renaud.

— Tu déconnes ? »

Lou éclate d'un petit rire. Sa voix est grave, l'a-t-elle toujours été ? Je ne la reconnais pas, mais je commence à me poser des questions. Ai-je déjà entendu mon amie ? Peut-être ne faisais-je que la regarder ?

« Je croyais que tu étais au courant. Ou que tu t'en doutais. »

Je fais non de la tête. Je ne comprends pas ce que ça change.

Je fume l'une après l'autre les cigarettes fines de Renaud, je ne me rappelle pas quand j'ai mangé pour la dernière fois.

« C'est une longue histoire », reprend Lou en s'emparant de ma clope.

Elle la porte aux lèvres, tire quelques bouffées, me la rend. Le filtre est humide. Acide. C'est le vin.

« Il s'avère que le père de Renaud, qui était marin, avait une femme dans chaque port... Quand Renaud a commencé à avoir du succès, Ermelinda l'a contacté. Et il s'occupe d'elle depuis. »

Je pense à Ermelinda, toujours avec un seau et des gants en plastique, en train de nettoyer toute trace d'humanité dans ou devant la maison.

« Elle a toujours travaillé pour lui ? »

Lou hoche la tête et hausse les épaules.

« J'imagine. Je n'ai jamais posé la question. Ils n'en font pas toute une affaire.

— Comment sont-ils sûrs que c'est vrai ? »

Elle grimace.

« Ermelinda a dû se soumettre à un test ADN, bien sûr. »

J'ai un haut-le-cœur. Je me précipite dans les toilettes des invités. J'arrive in extremis, je vomis dans la cuvette immaculée, et j'imagine Ermelinda, agenouillée elle aussi, éponge et chiffon à la main, en train de récurer. Mon estomac se révulse de nouveau, j'ai à peine le temps de m'asseoir sur la cuvette que la diarrhée crépite contre la faïence. Au bout d'un moment, mon estomac cesse de se retourner, la nausée est remplacée par des crampes. Mon ventre est totalement vide.

Dehors, l'air est plus respirable. Je suis seule. Il fait gris. Le vent joue avec quelques feuilles mortes, les balayant sans but d'un bout à l'autre de la terrasse. J'aperçois les deux femmes dans la cuisine. Ermelinda apporte une omelette, des frites et une salade. Lou mange avec bon appétit. Dans combien de temps commence le tournage de *Babetta 2* ? Quand doit-elle se mettre au régime ? Je les rejoins dans la cuisine.

Roméo débarque au milieu du repas, prend une bière dans le frigo et s'assied sur un des tabourets de l'îlot central. Il étreint la main de Lou. Je la regarde. Elle hoche la tête, encourageante. Puis il serre mes mains dans les siennes.

« Katja, dit-il, nous n'avons pas été honnêtes avec toi. Il est temps que tu apprennes la vérité.

— Je suis au courant pour Ermelinda, Lou m'a raconté.

— Il y a autre chose.

— Autre chose ?

— Écoute. C'est un sujet très sensible pour moi. »

Je ne comprends rien. Lou complète :

« Roméo est le fils de Renaud. »

Je le regarde. Il hoche la tête. Je suis prise de vertige, comme si j'allais tomber du tabouret. J'absorbe d'une traite le contenu de mon verre, le remplis aussitôt.

« Ma mère l'a contacté quand j'avais douze ans. Elle n'arrivait pas à s'occuper de moi seule. Il m'a recueilli. »

Je ne dis rien du fait qu'il travaille comme jardinier et qu'il vit dans un cabanon alors que son père roule sur l'or. J'imagine que ce n'est pas Renaud qui a payé l'opération de son bec-de-lièvre, la cicatrice aurait été plus sexy.

Roméo parle ensuite de toute la pression, je ne sais pas vraiment de quoi il veut parler. Qui lui a mis la pression ? Ses joues se mouillent de larmes, mais hormis cela il est d'une beauté scandaleuse. Ses yeux ne sont ni rougis ni gonflés. Mouillés, ses cils semblent encore plus épais. Il a l'air dans un tel état de détresse que je me sens obligée de le serrer contre moi. Il s'affaisse dans mes bras comme après un orgasme et sanglote si fort que tout son corps est secoué de spasmes. Il sent divinement bon. Je me demande s'il utilise du parfum ou si c'est son odeur naturelle, et si c'est vraiment le genre de mec à dépenser de l'argent pour un parfum. Je l'imagine plutôt acheter son déo chez Carrefour. Quand il s'est apaisé, je me dégage de son étreinte, mes cheveux et mon cou sont mouillés de ses larmes. Il est beau comme un dieu, dommage, cette balafre qui déforme sa lèvre supérieure. Chez Joaquin Phoenix, la cicatrice semble renforcer sa beauté, sans doute parce qu'elle est si réussie. Celle de Roméo est inesthétique, peu importe sous quel angle on la regarde. Mais si on en fait abstraction, son visage est magnifique. Il fait penser à Benicio del Toro jeune, ce qui n'est pas si mal. Le bec-de-lièvre en plus.

« Je suis confus », ajoute-t-il, en essayant de se calmer.

Je ne sais pas s'il s'excuse de pleurer ou s'il me dit que toute la situation le plonge dans un état de confusion.

« Ça va aller. »

C'est tout ce que je trouve à lui répondre. Je lui tends un mouchoir.

Nous restons longtemps silencieux. Plus personne ne dit mot. Nous buvons. Quand la bouteille de vin est vide, Roméo va me chercher une bière que j'accepte volontiers.

« Je crois que tu comprends, finit par dire Lou, que nous sommes tous navrés de ce qui s'est passé. Et navrés que tu te retrouves au milieu de tout ça. »

Je hoche la tête.

Je vois. Son avenir est à présent entre mes mains. Je m'imagine les flics débarquer, l'emmener, les mains menottées dans le dos, son regard braqué sur moi lorsqu'ils l'introduisent dans la voiture, la main sur sa tête comme dans les films, et elle disparaît sur la banquette arrière. Lou Faucher, ex-star du cinéma restée dans la mémoire comme la femme qui a noyé son amant de trente ans son aîné. Un film d'horreur hollywoodien. C'est tout ce qui reste.

Michael Hutchence ? Oui, on se souvient de lui. L'asphyxiophile d'INXS, retrouvé pendu dans sa chambre d'hôtel.

Elle affiche un air indifférent, mais j'imagine qu'elle a déjà pensé à tout. Elle a toujours été la plus stratège de nous deux.

« Qu'est-ce qu'on fait ? je demande.

— Eh bien, intervient Ermelinda, sortant de son mutisme. On espère qu'ils classeront l'affaire sans suite. Ça vaudra mieux pour tout le monde. »

Elle jette un coup d'œil à Roméo.

« Je suis le seul à avoir un casier judiciaire ici, indique-t-il.

— Tu as été condamné ? »

Il hausse les épaules. Il porte une chemise en jean aux manches retroussées. Il sent tellement bon ! Je me demande s'il ressemble à Renaud en bas, et si j'aurai l'occasion de vérifier.

« Excès de vitesse. Il y a quelques années. Je raccompagnais Renaud et Lou de Cannes, je ne sais pas si on peut vraiment dire que c'était ma faute. » Il secoue la tête, comme s'il se reprenait. « Enfin, c'est moi qui conduisais, donc évidemment c'était ma faute. En tout cas, c'est moi qu'ils vont soupçonner en premier. À cause de ça. Et parce que je suis un homme. »

Sa lèvre inférieure s'est remise à trembler, comme s'il allait de nouveau fondre en larmes.

« C'est terrible, je me sens affreusement mal. »

Je hoche la tête, lui caresse le dos. Je pense à notre baiser. Je me demande s'il reculerait si j'essayais de l'embrasser à nouveau. Puis la manière dont Lou et lui se tenaient la main me revient. Se glisse-t-il dans sa chambre la nuit à présent ? Le faisait-il déjà avant ?

« Ça va aller ? je lui demande.

— Oui, oui, ne t'inquiète pas », répond-il, avec un timide sourire.

Ermelinda entreprend de débarrasser nos assiettes. Désormais, nous sommes des invitées. Nous sommes chez elle. Et chez Roméo. D'ailleurs, c'est peut-être Lou qui devrait débarrasser. Je ne dis rien.

« Au moins on aura un peu discuté », constate Lou.

Je les contemple. Roméo opine du chef. Ermelina également.

« Nous pensons qu'il est important que tu reçoives une compensation pour tout ça… » Elle agite la main, dessinant de petits cercles dans l'air. « Pour la gêne occasionnée, tu vois. »

Elle plisse le front, il faut plusieurs secondes aux rides pour s'aplanir. J'imagine que son médecin lui a proposé du botox et je me demande pourquoi elle a refusé. Elle pose sa main sur la mienne. Ses longs ongles frôlent mon auriculaire. Je frissonne.

« Nous voulons te donner de l'argent, Katja. Une belle somme. »

Je sens la clé USB dans ma poche. Je l'avais presque oubliée. Presque, seulement. Lorsque je l'enferme dans mon poing, je me sens si calme. C'est une bouée. Une bouée de sauvetage.

« Que dois-je faire en échange ?

— Qu'est-ce que tu veux dire ?

— J'imagine que vous voulez quelque chose, en échange de cet argent. »

Elle soupire.

« Tu dois signer quelques papiers.

— Quel genre de papiers ? »

Nouveau soupir.

« Un NDA. Un accord de confidentialité. »

J'ai un rire. Elle sourit, la bouche fermée. Ce n'est pas un sourire.

« Mais la vérité doit prévaloir, non ? »

À présent, elle lève les yeux au ciel.

« Bon sang, Katja, tu ne comprends vraiment pas quand c'est le moment de prendre le fric et de dire merci, hein ?

— Je ne veux pas de fric. »

Je ne sais pas d'où ça sort, mais je sais en prononçant les mots que c'est vrai. L'argent, je m'en fous.

« Qu'est-ce que tu veux, alors ?

— Je ne sais pas. Je crois que j'ai besoin de réfléchir. »

Lou monte dans sa chambre. Je reste là, à écluser la bière. Le soleil se couche, bientôt il fera nuit. Le jardin est baigné d'une lueur irréelle, plus irréelle encore que d'ordinaire, du fait de l'éclairage automatique. Pourtant je sens un besoin, non, une nécessité, d'y descendre. Tout l'alcool qui imbibe mon corps me fait chanceler, je suis à fleur de peau. Mes tongs claquent quand je marche vers l'oliveraie. En passant devant l'orangerie, j'aperçois Roméo. Il contemple les arbres, les collines. Il m'entend arriver, se retourne, me sourit. Je me demande qui il serait s'il n'avait pas atterri ici. Où est sa mère, si elle est encore en vie. Il y a tant de questions. Je vois qu'il y a un sac de sport à ses pieds.

« Tu pars ? »

Il hoche la tête, explique qu'il a récupéré pas mal d'argent et qu'il va prendre une année sabbatique. Il ne fait pas mention de notre conversation dans la cuisine.

« Qu'est-ce que tu vas faire ? »

Il hausse les épaules.

« Je ne suis jamais sorti de France. Je crois que je vais demander un passeport et aller voir le monde. Je viendrai peut-être te voir à Stockholm. »

Je hoche la tête.

« Ça me ferait plaisir. »

Nous nous donnons une accolade et il répète que je suis une merveilleuse amie. Il me faut un instant pour comprendre qu'il veut dire une merveilleuse amie pour Lou, pas pour lui. Que suis-je pour lui ? Rien, n'est-ce pas ?

Je suis un peu surprise de voir que c'est Amar qui vient le chercher. J'avais l'impression qu'ils ne se connaissaient pas. Mais qu'est-ce que j'en sais ? Rien n'est aussi simple qu'il y paraît. Lorsque le portail se referme derrière lui, accompagné de son vrombissement familier, j'ai le sentiment qu'il a déserté, ou qu'il vient d'échapper à quelque chose, à quoi, je l'ignore. La seule chose que je sais c'est que moi je reste, enfermée, si l'on veut, comme une prisonnière.

Plus tard, nous sommes installées dans la cuisine. Lou est aussi belle que d'habitude, sa peau est magnifique, peut-être grâce à sa boisson au collagène. Ermelinda téléphone à Roméo à plusieurs reprises, mais tombe directement sur le répondeur. Il a dû éteindre son portable.

« Il n'a pas pu quitter le pays ? » demande Lou.

Ermelinda fronce les sourcils.

« Je ne pense pas… Il est peut-être faible, mais pas stupide. »

Je pense à ses cils. À ses longs bras. Ses lèvres chaudes. Je me demande quel âge il a. Et pourquoi il ne leur a pas fait ses adieux. Il n'a pas besoin de se justifier, après tout.

« C'est peut-être ce qui peut nous arriver de mieux », lâche Lou.

Ermelinda a préparé des frites que nous trempons dans l'aïoli. Nous buvons de la bière directement au goulot. Les bouteilles laissent des traces d'eau sur le marbre. Lou se lèche consciencieusement les doigts, l'un après l'autre.

« Je préfère qu'ils soient en train de le chercher plutôt qu'ils viennent fouiner ici.

— Tu plaisantes, j'espère. »

Elle pose sur moi un regard interrogateur. Comme si elle ne me comprenait pas du tout.

« C'est pour ton bien aussi, Katja. Je suis assez sûre que la police aurait trouvé ton ADN un peu partout sur le corps de Renaud si elle avait cherché. »

Elle esquisse un sourire narquois.

« Renaud et moi, on n'a pas de secrets l'un pour l'autre. C'est notre deal. »

Je m'excuse et cours aux toilettes. Cette fois, je n'ai plus la nausée. Je vois tout clairement. Un calme m'envahit. Je sors la carte de visite de l'avocat-Columbo de la poche qu'elle partage avec la clé USB. Composer le numéro me prend du temps et la communication doit passer par l'opérateur suédois, ce qui prend aussi un moment. Finalement, ça sonne occupé. Je croise mon regard dans le miroir. Il m'effraie.

On frappe doucement à la porte.

« Katja ? »

La voix de Lou semble pétrie d'inquiétude.

« Comment ça va, ma chérie ? »

Silence.

« Tu ne veux pas ouvrir, ma chérie ? »

Entendre sa voix me détend et je sens une immense fatigue déferler sur moi. Je voudrais simplement m'allonger et dormir. Je déverrouille la porte. Au même instant, mon portable retentit. C'est Columbo. Lou me regarde. Ses yeux sont d'un bleu profond. Comme un océan infini.

Elle s'approche de moi et quand elle prend ma main, j'ai la sensation d'être un cheval sauvage qu'il faut apprivoiser. Je vois nos deux visages dans le miroir. Mon cœur ralentit, je sens quelque chose se calmer en nous voyant côte à côte ainsi.

Je laisse le téléphone sonner jusqu'à ce qu'il se taise.

Son regard planté droit dans le mien, comme s'il allait reposer là pour toujours, le sentiment de rentrer chez soi. Je la regarde. Ses longs cheveux. Sa petite ride prudente. Ses dents du bonheur. Elle. Cela suffit. Maintenant je sais.

« Je veux juste être avec toi. »

En prononçant cette phrase, je sais qu'elle est vraie. C'est la seule chose qui compte pour moi.

Aujourd'hui Columbo est venu nous informer qu'ils avaient abandonné l'enquête préliminaire, bien que Roméo reste introuvable. L'autopsie n'a montré aucun élément suspect, et il est inconcevable d'investir des ressources pour mettre la main sur un jeune homme qui n'a pas commis d'infraction, qui a disparu juste parce qu'il ne veut pas qu'on le trouve.

« Par ailleurs, j'ai entendu certaines rumeurs à propos du défunt. Qu'il avait un faible pour les jeunes hommes. »

Nous gardons le silence, Lou, Ermelinda et moi, assises dans le canapé. Columbo trempe les lèvres dans son café.

« Vous êtes au courant ? Monsieur Berthier a-t-il eu une aventure avec le jardinier ? »

Nous nous lançons des regards et haussons les épaules à l'unisson, sans exagérer. Columbo écrase sa cigarette, se lève, affichant un air satisfait.

« C'est bien ce que je pensais, constate-t-il. Je sais où est la sortie. »

Il esquisse quelques pas. Comme à son habitude, il se retourne au dernier moment et ajoute :

« Toutes mes condoléances. »

Puis il disparaît.

Lou m'observe.

« Comment tu te sens ? » Ses yeux changeants me fixent. Elle me saisit le menton, m'oblige à croiser son regard. « Je ne laisserai jamais rien t'arriver. »

M'arriver. Que pourrait-il m'arriver ? Tout ce qui m'est arrivé a eu lieu de ton fait, voudrais-je répliquer. Mais si je lâchais les mots maintenant, elle les prendrait comme une accusation. Et non comme une bénédiction. Sans toi, je ne suis rien. Alors je garde le silence.

La dernière scène de *Babetta* est la même que la première. Un exemple parfait de structure dite circulaire. Nous, les spectateurs, savons ce qui va arriver, pas seulement parce que nous le sentons, mais parce qu'on nous l'a montré, on nous l'a promis, dès les premières minutes du film. À la fin, ils pourchassent Babetta qui descend dans le fleuve, ils sauvent le nouveau-né et symboliquement tout l'avenir de la Hongrie. C'est une image boiteuse, puisque l'enfant est ensuite placé, mais cela propose tout de même un symbole poignant de la manière dont une femme peut toujours être sacrifiée pour le bien commun.

Je prends conscience que je serai sans doute incapable de mener à bien ma thèse. Je serai incapable de faire ce qu'on attend de moi. « Regard féminin et évolution féministe dans le cinéma au XXIe siècle » ou un truc dans le genre. Je sais qu'en théorie, j'en suis tout à fait capable, mais dans la pratique ? Lou m'a demandé de l'accompagner. Elle va tourner un film en Australie, qui se passe sur Mars dans trois cents ans, je crois, il parle d'un matriarcat où les femmes ont appris à se féconder elles-mêmes et où elles vivent en paix, mettant au monde de nouvelles filles. Soudain, un petit garçon voit le jour. Lou doit jouer sa mère. Je crois que je vais l'accompagner. Je ne suis jamais allée en Australie, mais ça a l'air merveilleux. Lou doit y être dans quelques semaines. D'ici là, nous restons à la maison.

« Et *Babetta 2* ? Qu'est-ce que ça a donné ? »

Lou secoue la tête. Ce n'est pas un « non », c'est une manière mignonne de me montrer que je ne comprends rien à ce qui se passe dans son monde.

« Vadász doit d'abord régler cette affaire de #MeToo. Autrement, il y aura trop de manifestations et ce genre d'emmerdes qui gênent le tournage. » Elle sourit, toutes ses dents brillent quand elle se tourne vers moi. « Bienvenue dans mon monde. Flexibilité, et projection à long terme. Il faut savoir penser vite et lentement en même temps. »

Je hoche la tête en me disant que ça aurait pu être Lou dans la piscine, et Renaud qui la regardait. Ses longs cheveux flottant comme des algues dorées autour de sa tête.

Je sous-loue mon appartement à une ex-camarade de promo. Elle est ravie. J'envoie un mail à la fac pour refuser le poste.

Après le passage du mistral, le ciel semble plus haut. Il fait toujours chaud, mais la lumière immaculée, qui nous poursuivait où que nous allions, impitoyable, n'est plus là. Pendant la journée, nous nous allongeons dans des chaises longues, et j'aide Lou à répéter. Nous rions, nous jouons, j'ai parfois l'impression de me retrouver au lycée, en première année, lorsque rien ne s'était encore passé, que le monde s'étendait loin devant nous, et nous attendait, tout simplement.

Un matin, je vois Ermelinda sortir de l'ancienne chambre de Renaud. Ah, elle dort là désormais. Je ne le savais pas, je ne regarde plus jamais dans cette chambre, je ne passe plus à cet endroit.

Tous les soirs, nous nous projetons un film. Moi, en tout cas. J'avale tous les classiques. Cela me rend malade. Tous ces hommes, toutes ces années. Mais je ne m'arrête pas. Au début, j'ai la rage, mais au bout de quelques soirs la colère s'apaise. Je sens alors un autre sentiment envahir mon corps. Je crois que c'est le bonheur.

Nous sommes assises sur la margelle de la piscine, les pieds dans l'eau tiède. Le taxi vient nous chercher cet après-midi. Le taxi qui nous amène à l'aéroport, à l'avion en classe affaires, aux trois escales et aux dix-neuf heures de voyage jusqu'en Australie. Je n'ai jamais volé en classe affaires, j'ai de hautes attentes.

Lou a acheté deux ensembles en cachemire, un beige pour elle, un noir pour moi. Elle les a fait broder d'un « BFF » en lettres rondes et dorées. Nous avons ri aux larmes lorsque nous les avons essayés.

« Je vais commander une margarita glacée à Ermelinda, tu en veux une ? C'est bien d'être un peu éméchée en avion, ça aide à se détendre. »

Je la regarde disparaître dans la maison. Elle est toujours là, dans ma poche, la clé USB. Quand elle revient avec les cocktails, je la lui montre. Elle la regarde, puis moi, puis de nouveau l'objet. Je vois qu'elle sait ce que c'est.

« Tiens, prends-la. »

Elle me regarde, sceptique.

« Pourquoi ?

— Je veux que tu saches que tu peux me faire confiance. Tu pourras toujours me faire confiance. »

Elle reste immobile. Puis elle prend la clé, la glisse dans sa poche. Elle sort son téléphone portable. Cela me semble un peu étrange qu'elle ne réagisse pas davantage. Voilà ce que sont les cadeaux, on peut les offrir sans rien attendre en retour. Autrement il ne s'agit pas d'un don. Au bout d'un moment, elle lève les yeux.

« Regarde ton portable. »

Elle vient de m'envoyer une vidéo.

« Qu'est-ce que c'est ?

— Mon essai pour *Babetta 2*.

— Merci, fais-je, sans savoir comment réagir.

— Regarde-la. »

Je lui obéis. Elle prononce ses répliques, assise dans le canapé de la terrasse. Au début, c'est maladroit. Loin d'être mauvais, mais on voit qu'elle est consciente de la caméra. Au bout d'une minute environ il se passe quelque chose. C'est comme si une lampe s'était allumée à l'intérieur d'elle, et que quelque chose avait commencé à brûler. À briller, à étinceler. Elle *devient* Babetta, devant mes yeux, là, sur l'écran. C'est incroyable. Je suis heureuse qu'elle m'ait envoyé le film.

« Waouh !

— Continue de regarder. »

Au milieu de la scène, Renaud apparaît à l'écran. Au début, on ne voit que ses jambes, puis Roméo dézoome et l'on assiste à leur dispute. Il la traite de pute, lui dit de ne pas s'approcher de son fils. Elle le traite de gros porc dégueulasse. C'est alors qu'il l'attrape par les cheveux, la lève du canapé. Ça a l'air douloureux. Lou pousse un cri et lui crache au visage. Il lui décoche une violente gifle de l'arrière de la main. C'est là que ça arrive. Elle le pousse dans la piscine. Il tombe en arrière, dans l'eau. On voit l'effroi dans ses yeux et on entend la voix de Roméo qui dit « Hey, Lou, wait », puis l'écran devient noir.

Je regarde Lou. Elle s'est allongée le long de la piscine, les doigts dans l'eau. Tout a l'air habituel. La maison, aussi blanche que d'habitude, l'eau de la piscine aussi scintillante, le vent aussi doux et chaud. Pas de mort, pas de mistral, pas de catastrophe, pas de mensonge. Juste Lou, ma meilleure amie. Avec qui je partage tout. Pour qui je ferais tout.

FIN / THE END

Ce livre existe grâce au travail de toute une équipe.

Communication : Caroline Babulle, Solveig de Plunkett, Victoire Brulon, Inès Paulin, Adélaïde Yvert.

Coordination administrative : Martine Rivierre.

Studio : Pascaline Bressan, Barbara Cassouto-Lhenry, Joël Renaudat.

Fabrication : Muriel Le Ménez, Céline Ducournau, Bernadette Cristini, Sophia Paroussoglou, Isabelle Goulhot.

Commercial, relation libraires et marketing : Catherine Lauprêtre, Naïma Ruan, Anne-Laure Heugel, Élise Iwasinta, Armand Jamme, Julie Audouard, Joséphine Saint-Paul, Aurélie Scart.

Cessions de droits : Elisabeth Stempak, Benita Edzard, Lucile Besse, Sonia Guerreiro, Costanza Corri.

Gestion : Sophie Veisseyre, Isabelle Déxès.

Services auteurs : Viviane Ouadenni, Jean-François Rechtman, Catherine Reimbold, Anita Sevenant.

Ainsi qu'à toutes les équipes d'Interforum et d'Editis qui participent à la création, la diffusion et la distribution de ce livre.

Canoros Vehit Canentes

Composition réalisée par
Rosa Beaumont

Pour plus d'information :

www.lisez.com

Imprimé sur du papier issu de forêts gérées durablement.

CET OUVRAGE
A ÉTÉ ACHEVÉ D'IMPRIMER
SUR ROTO-PAGE
PAR L'IMPRIMERIE FLOCH
À MAYENNE EN AVRIL 2024

N° d'édition : 67260/01 – N° d'impression : 104741

Imprimé en France